W0366578

Romans du même auteur :

Horus La proie de l'or
Le secret du Fayoum

Texte intégral réservé à l'auteur © Novembre 2016 - ISBN 978-1508749370

Sylvie BARBAROUX

POUR L’AMOUR D’OSIRIS

Roman

PROLOGUE

Nous n'avons pas beaucoup de renseignements sur la vie, l'arrivée sur le trône et le règne du souverain Téti, premier roi de la VIème dynastie. Les égyptologues estiment la durée de son règne entre vingt et trente années.

Il semblerait que Téti soit le fruit de l'union d'un des fils d'Ounas, Shepses-pou-Ptah, et de Sechséchet dont on ne connait pas la filiation. Le changement de dynastie reste encore inexpliqué.

Sa demeure d'éternité réside dans la nécropole de Saqqarâ. Il s'agit d'une pyramide fort dépouillée extérieurement mais dont l'intérêt réside en son cœur. Le touriste peut admirer son sarcophage dans la chambre funéraire, reposant toujours sur ses rondins de bois. Cependant, le plus majestueux reste à mes yeux le plafond étoilé et les murs recouverts de *Textes des pyramides*, seconde pyramide à les posséder, où règne en maître le cartouche de Téti.

Rarissimes sont aussi les informations sur ses vizirs Kagemni et Mérerouka. Leur mastaba respectif a été bâti face à l'entrée de la pyramide de Téti. Autour de ce complexe, à ce jour, sont menées des fouilles archéologiques qui révèlent de nouveaux indices sur cette période historique.

La nécropole de Saqqarâ ne cesse de dévoiler ses secrets et me fascine, sans pouvoir expliquer la raison. Aussi, ai-je souhaité écrire ce roman en laissant flâner mon imagination sur le début de cette dynastie méconnue et encore énigmatique sur bien des points historiques.

Pour que le lecteur s'imprègne de cette période, j'ai fait le choix d'intégrer des mots utilisés dans l'Égypte antique, comme : *Kemet* pour l'Égypte, *Shemaou* pour la Haute-

Égypte, *Inebou Hedj* le « mur blanc » pour le centre administratif de *Kemet*, *Men-nefer* pour la ville de Memphis, *Inebou* pour le nome dont *Men-nefer* était la ville royale, *Itérou* pour le Nil… Le lexique donne la transcription de ces mots écrits en italique.

Je vous souhaite une agréable lecture !

L'auteure

Ounas était âgé et sa santé vacillait. Il allait quitter le monde des vivants pour rejoindre celui d'*Osiris*.

Le dernier souverain de la Vème dynastie n'était pas très apprécié du peuple. Des bruits couraient l'accusant du meurtre de son père Djedkarê-Isesi, ce qui justifiait, sans doute, la présence des paroles magiques gravées dans les appartements funéraires de sa pyramide, pour se racheter de son acte face à *Maât* et *Osiris*.

Avant qu'il ne fermât les yeux, sentant son corps le quitter, il convoqua sa cour. N'ayant plus de fils héritier vivant, grande était sa crainte de voir entrer le pays dans le chaos, chaos pouvant venir d'un envahisseur étranger ou des prêtres de *Rê* écartés du pouvoir depuis les dernières années de règne de son père. Il songea combien sa vie était passée trop vite en ayant négligé ce point important pour *Kemet*[1].

À bout de souffle, allongé sur son lit, il invita les prêtres d'*Osiris*, Hessi son vizir, sa conseillère Sechséchet et le fils de cette dernière, Téti, à s'approcher, tandis que ses scribes, assis sur une natte tressée, notaient la scène de la pointe de leur calame.

Sechséchet était la belle-fille d'Ounas. Elle avait épousé un des deux fils du souverain, Shepses-pou-Ptah, décédé. De leur union naquit Téti.

— Ma douce Sechséchet, toi qui as su conseiller mon père à la fin de son règne, toi qui as aimé mon fils, toi qui me conseilles jusqu'à mon dernier souffle de vie, toi qui m'as conseillé ton fils pour gendre, tu sauras le guider.

Sechséchet ne comprit le souverain qu'à moitié.

— Ne dis donc point de sottises, mon Souverain, rétorqua la sage Sechséchet. La fièvre te fait délirer !

— Cesse ton optimisme, protesta Ounas. Ta modestie m'a toujours étonné. J'aurais tant aimé l'être à mon tour, mais

[1] L'Égypte

la soif du pouvoir était plus forte, elle a pris le dessus sur ma personne et m'a fait commettre de graves erreurs...

— Arrête, grommela Sechséchet.

— Non, je ne peux plus me taire. À présent, j'avance vers le monde d'*Osiris*. Il m'attend pour me juger devant *Maât*, aussi je dois avouer mes fautes maintenant, sinon il sera trop tard et la *Dévoreuse*[1] m'anéantira à tout jamais... Je ne le veux pas.

L'assemblée resta silencieuse. Les prêtres avaient les yeux rivés sur le sol, seuls le grand-prêtre du temple d'*Osiris*, Sechséchet et Téti osèrent affronter les yeux vitreux du souverain en sueur. Sechséchet fit un geste de la main. Aussitôt, le médecin royal vint éponger le front d'Ounas et l'abreuver.

— Téti, approche, invita Ounas. C'est étrange comme des scènes de vie se reproduisent de génération en génération...

— Je ne comprends pas, Ounas, confia Téti.

— Sur son lit de mort, mon père m'a nommé comme son successeur.

— Je ne le savais pas, avoua Téti.

— Chef de la Police depuis peu, tu as fait un travail remarquable. Grâce à tes compétences, nul trouble n'est venu perturber mon règne. Aussi, pour te remercier, devant l'assemblée..., Ounas respira profondément et reprit. Je suis ton grand-père et je n'ai plus de fils... Je te nomme comme mon successeur !

— Mon Souverain...

— Succession doublement légitimée par l'union avec ma fille, Ipout. Tu es mon petit-fils et gendre. Toi seul peux prétendre au trône. Je ne tolérerai aucun refus de ta part. Sechséchet, répands sur le champ la nouvelle au palais ! La cérémonie d'investiture se déroulera demain.

— Mon Roi, puis-je te poser une question ? demanda Téti.

— Je t'écoute, acquiesça Ounas.

— Comment est mort Djedkarê Isesi ?

---

[1] Appelée Ammout. Animal effrayant prêt à dévorer le défunt à l'âme impure

Ounas fit une pause, regarda son successeur. La question sembla l'embarrasser, puis il décida de répondre.
— Qu'importe la raison, à présent il veille sur nous. Sache que gouverner *Kemet* comporte des risques.
Sechséchet embrassa une main du roi avec un sourire à peine perceptible ; son ambition pour son fils aboutissait.
À présent, l'assemblée masculine put converser sur les affaires de l'État.

Une soirée au palais fut organisée pour fêter l'investiture de Téti au rang de prince. Ounas n'avait pas vu sa fille depuis plusieurs semaines et ce soir, il remarqua son ventre arrondi. Se sentant observée, Ipout dirigea son regard vers son père et lui sourit. Elle se leva pour aller s'asseoir près de lui. Elle blottit sa tête sur l'épaule paternelle.
— Père, tu vas être grand-père ! annonça-t-elle.
— Je suis heureux pour toi et Téti, mon enfant.
— Tu verras, tu joueras avec cet enfant !
— J'aurais aimé... Ne m'en veux pas, Ipout, mais je me sens las.
Le souverain, épuisé, fut porté dans sa chambre. À peine allongé sur sa couche, son dernier souffle de vie s'échappa de sa bouche en un petit courant d'air étouffé.
Le médecin du roi ruina la cérémonie par l'annonce du décès du souverain de *Kemet*. Ce ne fut pas le silence qui envahit l'immense salle de réception mais les pleurs des convives, surtout ceux des femmes qui se devaient d'en faire trop pour ouvrir les portes de la *Douat*[1] ; les pleureuses professionnelles prendraient rapidement le relais durant les soixante-dix jours d'embaumement et de momification jusqu'à l'inhumation.

La Vème dynastie prit ainsi fin, cédant sa place à une autre dirigée par Téti.

[1] L'au-delà

1

Cela faisait dix-sept ans que Téti régnait sur *Kemet*. La dernière crue fut aussi abondante que les précédentes. *Chemou*[1] se respirait à pleins poumons dans toute la région d'*Inebou*[2]. Le soleil tendait ses bras pour que s'y lovent ibis, pigeons et tourterelles avec leurs doux amants. *Hâpy* nourrissait les terres prêtes à accueillir la crue. Téti était serein et adorait se retrouver seul avec sa fille aînée, Ouatet-Kether, qu'on appelait parfois Sechséchet, comme sa grand-mère.

Le visage d'un ange, le corps aux courbes fines et juvéniles, intelligente, elle était le premier fruit d'amour de Téti et de son épouse royale Ipout. Elle resplendissait par ses seize ans, sa joie de vivre était communicative. Que l'on soit jeune ou âgé, homme ou femme, son œil pétillant, sa soif d'apprendre et son rire étincelant rendaient chacun joyeux. Même le malade se sentait guéri lorsqu'elle lui rendait visite avec le grand et vieux médecin en chef des temples de *Sekhmet* et de *Thot*.

La tête blottie dans le cou de son père, elle songeait à l'amour. D'une main, elle cueillit quelques fleurs proches d'elle et d'un pied, dans l'eau du bassin, elle se rafraîchit, réveillant ainsi les poissons et les quelques grenouilles coassant sur leur nénuphar. Elle osa, enfin, lancer le dialogue.

— Mon père chéri, puis-je te parler ?

— Quelle question, Ouatet-Kether ! Tu sais bien que tu peux tout me confier, mon enfant.

— Hathor fait brûler en moi l'amour. Mon cœur réagit étrangement, il s'accélère, bat fort et se serre. Parfois mes joues rougissent et s'échauffent...

— Oh ! Quel délicieux sentiment que l'amour !

---

[1] Troisième et dernière saison du calendrier nilotique, période de la moisson

[2] Nome de Men-nefer (Memphis)

— Mais cela ne te fait rien, Père ?
— Que devrais-je ressentir, ma princesse ?
— Tu n'es pas jaloux ?
— Pourquoi le serais-je ? Tu es mon enfant et le resteras toujours. Te voici jeune fille, ce qui explique ces sentiments nouveaux. Même l'homme de ta vie ne t'aimera jamais autant que moi !
— Ah bon ?
— L'amour n'est pas le même. Et la vie de couple est un passage obligé dans la vie terrestre. C'est le devoir de chacun d'entre nous, enfants de *Geb* et de *Nout*, d'*Amon* et de *Mout* !
— Mon cœur est moins lourd à présent. Je te remercie, Père, pour tes sages paroles.
— Puisque je t'ai tranquillisée sur le sujet, peut-être saurai-je enfin le nom de celui qui enflamme ton âme ?
— Il est à ton service, Père. Et tu l'apprécies énormément...
— Mais encore ?
— Il est très correct, pas trop vieux !
— Arrivons-nous au but ?
— Veuf depuis deux ans...
— Mérerouka ?
— Oui, Père, c'est bien de Mérerouka dont il s'agit !
Mérerouka était un haut fonctionnaire, très apprécié par Téti, par les grands dignitaires et les prêtres de *Men-nefer*. Fort respectueux de la hiérarchie et non apeuré par les tâches difficiles, il se retrouvait souvent avec de lourdes responsabilités.
— Il serait bon que je le rencontre..., jugea Téti.
— Penses-tu que son cœur saura s'ouvrir à nouveau au mariage ?
— Je ne peux répondre à sa place, mon enfant. S'il t'aime, il n'y aura aucun souci. Et comment pourrait-il refuser d'avoir une si belle jeune femme pour épouse ?
— Fille du souverain de surcroît ! ajouta Ouatet-Kether sur le ton de la plaisanterie.

Elle reprit sa position câline paternelle et s'endormit quelques instants comme au bon vieux temps de la petite enfance.
« Ma fille devient une femme. Quel étrange sentiment d'impuissance pour un père... Serait-ce de cette jalousie dont faisait allusion ma petite Ouatet-Kether ? », songea Téti.

2

L'attente ne fut pas bien longue. Deux jours après ce fameux après-midi au bord du bassin en compagnie de sa fille, Téti reçut le prétendant.
— Je t'en prie, relève-toi mon cher Mérerouka !
— Je suis à ton service, Maître !
— Non, je ne t'ai pas convoqué pour une raison professionnelle.
Mérerouka resta perplexe devant le ton convivial de Téti et par sa déclaration inhabituelle.
— Navré d'être aussi direct, mais comment trouves-tu ma fille, Ouatet-Kether ?
— Euh ! Eh bien... C'est que..., bégaya l'homme incommodé par la question.
— Tu sais que la patience n'est pas mon fort, Mérerouka. Alors ?
— Je la trouve intelligente..., joviale...
— Mais encore ? insista le souverain.
— Ravissante.
— Enfin ! Nous y voilà ! Mon noble serviteur, récemment, ma fille m'a fait part de sa flamme amoureuse à ton égard.
— Ah bon ?
Mérerouka parut mal à l'aise.

— J'espère que cela te flatte ?

— Assurément, mon Maître.

— J'en suis ravi, crois-le bien ! Cela n'est pas nouveau, tu sais que je t'estime énormément. Tu es travailleur, honnête et sage. Aussi, aujourd'hui, je te propose ma fille aînée comme épouse. Qu'en dis-tu ?

La voûte céleste de *Nout* aurait bien pu céder sur la tête du noble qu'il n'en aurait pas été plus abasourdi.

Il éprouvait des sentiments profonds pour Ouatet-Kether, mais son cœur pleurait encore son épouse, Nefer-Maât, morte en couche avec leur enfant. Cependant, il était conscient que l'âge n'était plus à la jeunesse.

Il respira alors profondément, regarda Téti droit dans les yeux et lui déclara :

— Ô Toi, mon Maître Téti ! Souverain des Deux Terres ! Quel homme serait assez déraisonné pour refuser une jeune fille aussi fraîche pour épouse ? Oui, mon amour va vers ma femme, mais aujourd'hui, il faut que j'admette qu'elle vit parmi *Osiris* et *Anubis*, dans l'autre monde, dans l'*Amdouat*[1]. Alors oui, Téti ! Oui, je suis prêt à rendre heureuse la plus belle fille du royaume ! Tu n'auras pas à le regretter !

— Mais je l'espère bien, mon gendre !

Ils se congratulèrent. Téti, les deux mains posées sur les épaules de Mérerouka, se recula, le regarda et lui annonça :

— Mon chanceux Mérerouka !

— Oui, Maître ?

— Arrête avec ton « Maître » ! lui ordonna-t-il en lui tendant une coupe en or remplie de bière. Nous faisons partie de la même famille dorénavant.

— Très bien, Téti ! remercia Mérerouka en s'inclinant.

— Il nous faut déterminer la date des noces.

— Je te laisse choisir, Téti.

— Cela ne fait qu'une dizaine d'années que le trône m'appartient, je suis bien loin de fêter mon *Heb Sed*[2]...

---

[1] L'au-delà

[2] Jubilé du roi au bout de trente années de règne

Votre union sera l'occasion pour *Kemet* de faire la fête, le peuple en sera ravi.

De son index gauche, il gratta sa perruque, essayant ainsi de trouver une date. Il mariait sa première fille et voulait lui offrir une journée mémorable, contrairement à la coutume qui ne faisait pas d'un mariage un instant grandiose, juste une formalité fêtée dans la convivialité.

— Dans quatre mois, ce sera *Akhet*[1] et le peuple quittera les rives d'*Itérou*[2] pour s'adonner à la construction de ma demeure d'éternité. Je pense qu'il serait heureux de festoyer en milieu de saison. Qu'en penses-tu, Mérerouka ?

— Ton choix me paraît judicieux. Si ta douce fille l'approuve aussi, ce sera parfait !

Le visage radieux, Téti s'assit sur son trône doré aux pieds sculptés en forme de pattes de lion, dont les griffes étaient incrustées d'améthyste venant du *Ouaouat*[3]. Aussitôt, une servante nubienne s'empressa de poser les pieds de son maître sur un minuscule tabouret d'ébène et d'ivoire. Téti la regarda sévèrement et, d'un geste de la main, lui fit signe de sortir. Honteuse d'avoir sans doute commis une erreur regrettable, la femme se courba et, face au souverain, le regard porté sur le sol, recula et sortit de la pièce.

Mérerouka en fut gêné. Non seulement, elle était belle, mais de surcroît, elle n'avait rien fait de déplaisant. Ces quelques secondes plombèrent l'ambiance.

— Mérerouka, je te nomme Maître d'œuvre de ma demeure d'éternité, ainsi que du tombeau de notre vizir Kagemni dont l'âge grandit. Les travaux de sa tombe sont sur le point de se terminer, tu n'auras qu'à vérifier leur finition.

— Téti est bon !

— Oh, ne crois surtout pas qu'il s'agisse d'un titre bénin, honorifique… La tâche sera rude au contraire. Bon, tu peux te retirer à présent.

---

[1] Période de la crue

[2] Le Nil

[3] Région de la Basse-Nubie entre les deux premières cataractes

— Téti ! salua Mérerouka en baissant la tête tout en reculant.

Seul, le souverain se leva et fit quelques pas vers la terrasse d'où la vue était des plus majestueuses. Au loin, à l'ouest, pointaient deux demeures d'éternité d'un blanc étincelant, celles d'Ounas et de Snefrou, se dévoilant parmi la brume matinale. Elle se dissipa rapidement pour laisser flamboyer les monuments immaculés sur un fond azur. La journée s'annonçait rayonnante.

— Hapou ! hurla soudainement Téti. Hapou !

— Oui, Maître, je suis là..., accourut le chambellan.

— Enfin ! Dis-moi un peu, la servante qui était ici tout à l'heure, n'est-elle pas la princesse que j'ai rapportée du *Koush*[1] ?

— Sans vouloir te contrarier, mon vénérable Maître, il s'agit bien d'une princesse mais du pays du *Ouaouat*, lui répondit prudemment Hapou, fidèle serviteur de Téti depuis la mort d'Ounas.

— Fait-elle partie de mon harem ?

— Non, Seigneur ! Tu l'as enrôlée dans la Maison de Vie du temple d'*Hathor* pour qu'elle y fasse son éducation et apprenne la danse, la musique et le chant. Tu as souhaité qu'elle soit à ton service.

— Peu importe. Que ce soir, elle soit dans ma couche !

— Tes ordres seront exaucés, Seigneur des Deux Terres !

Téti se sentit soulagé comme rempli d'une vaillance féline.

— Appelle-moi Ankhaf !

Ankhaf, prêtre du temple d'*Osiris,* était le favori de Téti pour la purification et les ablutions matinales. Il rasait avec délicatesse et savait détendre pleinement le corps et l'esprit par ses massages à base d'onguents magiques.

— Quel honneur que d'être à ton service, Seigneur des Deux Terres !

— Ankhaf, fais de moi l'homme le plus sensuel que *Kemet* ait pu faire naître !

— Quel homme peut rivaliser avec mon Seigneur ? Aucun !

---

[1] Royaume étendu du Soudan à la Nubie actuelle, au sud de l'Égypte

— Ce soir, j'ai un rendez-vous galant, et...
— Non, ne dis plus un mot, mon Roi, il s'agit de ton jardin secret !
Nu, allongé sur une natte de papyrus tressé, Téti offrait son corps athlétique aux mains initiées d'Ankhaf. Sa chair enduite d'huiles essentielles sentait la menthe, le papyrus et le miel, revivifiant le roi d'une ardeur juvénile.
— Que tes massages me font du bien, Ankhaf !
— Merci, mon Maître est bon ! Si je ne m'abuse, un de mes jeunes élèves est venu te raser hier, n'est-ce pas ?
— Oui, en effet !
— C'est pour cela que je n'avais pas jugé bon de venir ce matin. Mais mon Seigneur a besoin d'énergie !
— Tu l'as bien dit, Ankhaf !
Dès que le prêtre eut terminé son travail, il quitta le palais pour retrouver son temple adoré. Deux servantes, alors, entrèrent. Une d'elles passa le pagne autour des hanches de Téti, le coiffa du *némès*[1] puis glissa les sandales à ses pieds. L'autre lui fit déguster des figues, petit morceau par petit morceau et lui fit boire une gorgée de bière fraîche.
Les deux servantes étaient de très jeunes filles à peine pubères achetées à des familles misérables pour leur charme. Elles avaient rejoint le harem et été choisies par l'épouse royale, Ipout, pour les besoins basiques du souverain, qu'elle ne pouvait contester. Leur longue chevelure d'ébène ondulait jusqu'à la taille. Seule une ceinture posée sur les hanches leur servait de vêtement. Téti ne pouvait s'empêcher de caresser leur peau douce, fine et tendre, ressentant alors le plaisir bestial du mâle tandis que les gazelles y étaient totalement stériles. Elles n'étaient jamais maltraitées physiquement, mais moralement... Leur avis importait peu.
Soudain, le garde ouvrit la porte et la reine fit son apparition. Les jeunes filles s'agenouillèrent devant elle. Le regard que leur lançait Ipout reflétait la haine tandis que celui destiné à son époux était soumission et admiration.

[1] Couvre-chef emblématique des souverains, en lin rayé

Même si elle choisissait les femmes du harem de son époux, elle n'appréciait pas de le savoir s'abandonnant dans leurs bras.

— Puis-je espérer enfin un instant avec mon époux ? demanda-t-elle sur un ton condescendant.

— Bien entendu, ma douce reine bien aimée ! Allez, allez ! Sortez ! ordonna Téti aux servantes d'un signe dédaigneux de la main.

— Nous voici seuls ! se réjouit la reine.

— Que t'arrive-t-il, tendre Ipout ? Tu m'as l'air bien contrariée...

— Allons sur la terrasse. Tu n'en as plus que pour ces gamines faciles, et moi, mon corps vieillit en oubliant les frissons de tes caresses..., se plaignit la reine.

— Arrête, Épouse, je suis là, lui précisa Téti d'une voix douce et envoûtante.

Elle commença à caresser cette peau fraîchement parfumée. Elle passa sa main gauche sur le visage de Téti en un geste sensuel et lui fit tomber le *némès*. Téti comprit le message de ces gestes chauds dignes de la déesse *Hathor*. Il pointa l'index droit sous le menton de son épouse et l'embrassa avec fougue. Ils furent rapidement dévêtus sur la terrasse, s'adonnant aux caresses torrides guidées par l'acte d'amour.

En sueur, ils finirent leurs ébats par un doux baiser.

— Comprends-tu ma jalousie, Téti ? Je t'aime trop...

— Je t'adore, ma Reine ! Mon amour t'est réservé, il n'est que pour toi. Les autres ne sont que...

— Cela suffit, je t'en prie... L'homme trouve toujours des excuses à sa faiblesse qui détruit le cœur de son épouse. Que dirais-tu si l'inverse arrivait ?

— Je te répudierais, douce Ipout, mais cela ne risque pas d'arriver, tu es entourée d'eunuques !

— Ta plaisanterie a un parfum assez nauséabond, mon cher époux et ne me fait point rire...

— Tiens, j'ai une nouvelle à t'annoncer, déclara soudainement Téti, changeant ainsi de sujet.

— Ce serait bien la première fois..., ironisa Ipout. De quoi s'agit-il ?
— Ouatet-Kether va épouser Mérerouka durant l'*Akhet* !
— Quoi ? Ma Ouatet-Kether ? Comment ? Le sait-elle ?
— C'est elle-même qui m'en a fait la demande, ricana Téti.
— Et tu m'annonces cela de la sorte...
— Elle m'a fait part de sa flamme, il y a deux jours.
— Comment veux-tu que je ne me sente pas vieille ?
— Cesse cette obsession, Ipout. Je te trouve resplendissante.
— C'est un homme bon, elle sera heureuse avec lui. Lorsque *Hathor* ensorcèle un jeune cœur, les amoureux pourraient creuser seuls les montagnes du *Serabit el Khadim*[1].
Le regard porté vers l'horizon où se dessinaient les étendues de cultures, Ipout s'adressa à son époux avec une voix ensorcelante.
— Dîneras-tu en ma compagnie, ce soir ?
— Oh non, ma douce ! Je ne peux pas ce soir.
— Pour quelle raison ?
— Je rencontre mon responsable du Trésor, Ouni. Nous devons traiter plusieurs dossiers importants.
— Ça ne peut pas attendre demain ? insista Ipout, déçue.
— Non. Non. Cela ne le peut.
Ipout se retourna telle une furie. Fière comme *Maât*, elle arrangea sa robe à la résille de perles colorées et sa chevelure.
— Que fais-tu, mon aimée ?
— J'ai compris la situation. Tu n'as pas à en rajouter. À mon âge, tu devrais savoir qu'il ne faut plus me conter d'inepties, une femme aimante sent le mensonge...
— Mais...
D'un pas déterminé, elle quitta la pièce en claquant si fort la porte que la coupe à fruits se brisa sur le sol.
En voyant sa maîtresse outragée, le garde posté devant les appartements de Téti entra.

[1] Montagnes dans le Sinaï où se trouvaient des mines de turquoise

— Mon Maître, excuse-moi pour cette intrusion, mais la reine...

— Rien de bien grave, il ne s'agit que d'une scène de ménage, une de plus ! Ça lui passera ! Tu peux disposer.

— Bien, mon Maître, répondit le garde en prenant congé à pas feutrés.

Ipout se doutait de ce qui était en train de se tramer. Arrivée dans ses appartements, elle appela sa gouvernante en hurlant.

— Nebet ! Nebet !

— Oui, Maîtresse ?

— Viens avec moi, quittons ce palais qui nous étouffe, prenons l'air un instant.

— Mais, ma Reine, tu n'as pas le droit de sortir du palais aussi facilement..., rappela la gouvernante.

— J'en ai assez ! hurla Ipout. Me voici moins libre qu'une esclave...

— Que se passe-t-il, ma Reine ? demanda Nebet.

— Rends-toi chez Ouni, ordonna Ipout.

— Notre responsable du Trésor ?

— Oui.

La reine lui donna des consignes. La jeune et dévouée Nebet posa son petit métier à perler sur le guéridon et s'en alla, paisiblement, pour n'alerter aucun membre du personnel. La dispute du couple royal était connue de tous.

Elle marcha pendant une bonne heure en longeant le canal d'irrigation déviant les eaux d'*Itérou*, séparation naturelle entre l'est, la ville des vivants et l'ouest, la nécropole où les demeures d'éternité rayonnaient parmi un jardin verdoyant, quotidiennement entretenu.

Elle arriva chez Ouni. Sa riche demeure se trouvait au beau milieu d'une oasis où les dattes et les sycomores profitaient pleinement du breuvage d'*Hâpy*. L'eau souterraine y était abondante.

La grande villa défiait la luxurieuse végétation. Des cris d'enfants annonçaient la présence des propriétaires.

— Ouni ! Ouni ! appela Nebet.

— Qui le demande ? questionna une femme d'un âge encore assez jeune dont le corps exprimait l'embonpoint représentatif des familles de hauts dignitaires richissimes.
— Je suis Nebet, la gouvernante de notre Reine. Elle a des informations à transmettre à notre vénérable Ouni !
— Tu viens de la part de notre Reine ? Pourquoi n'est-elle pas venue elle-même ? se méfia l'épouse du ministre.
— Notre Reine ne le pouvait. Voici une lettre de sa part, déclara Nebet en tendant un papyrus à la femme méfiante.
— Je ne sais pas lire, alors ton message ne me prouve rien...
— Le sceau royal est connu de tous. Je veux parler à ton époux sur le champ, exigea Nebet, agacée par les suspicions de cette grossière personne dont le comportement allait à l'encontre de son rang social.
Sous le raffut émis par les deux femmes, le responsable du Trésor pointa son visage à une fenêtre.
— Laisse cette femme de confiance venir me voir ! ordonna Ouni.
Nebet franchit le porche de la résidence et se retrouva dans un grand jardin où de nombreuses variétés de plantes aquatiques resplendissaient dans un bassin. Des carpes argentées sautaient sur les gourmandises : moustiques, libellules, mouches... L'homme de grande taille, massif, au crâne rasé se tenait debout, les bras croisés, faisant face à la gouvernante. Il imposait le respect par sa prestance. Nebet s'agenouilla à ses pieds.
— Nebet ! Que me vaut ta venue ? interrogea le noble.
— Ma Maîtresse m'envoie vers toi pour te remettre cela et attend ta réponse, déclara-t-elle en tendant le rouleau de papyrus.
Ouni, inquiet, le déplia et le lut, le regard assombri.
— Qu'est-ce qui inquiète notre Reine, Nebet ?
— Elle souhaite savoir si tu dois bien rencontrer notre Seigneur ce soir, avoua Nebet.
— Non, nous nous sommes vus hier... Ça sent le conflit conjugal et je ne souhaite pas être mêlé à cela.

— Ne t'inquiète pas, Ouni. Notre Reine ne fera aucun scandale, elle souhaitait juste savoir. Tiens, elle t'offre ceci pour ton aide et ton silence.

D'une bourse en cuir, Ouni en sortit une bague ornée de lapis-lazuli. Il remit le bijou dans la bourse, la ferma et la serra contre son cœur.

— Remercie Ipout de ma part et rassure-la sur mon silence. Ma bouche restera fermée jusqu'à mon *Jugement*[1] devant *Osiris*, qu'elle en soit certaine ! Son message annonce le mariage prochain de la princesse Ouatet-Kether, il sera mon unique explication sur ta venue, Nebet. Que notre Reine en soit certaine.

Nebet le salua et prit congé en toute discrétion.

— Que voulait-elle ? questionna l'épouse d'Ouni.

— Nous sommes conviés au mariage de notre princesse Ouatet-Kether qui se déroulera durant l'*Akhet*.

— Oh ! Il me faudra une nouvelle robe ! Je me parerai de mes bijoux..., anticipa l'épouse vénale, impatiente de parader.

Ouni, préoccupé, ne releva pas les propos de son épouse et s'en retourna dans son bureau. Assis en tailleur sur une natte, entouré de centaines de papyrus, il poursuivit l'étude des documents administratifs avant de les confier à son jeune scribe pour le classement. Ouni regretta sa rectitude, il aurait dû mentir, à présent il se sentit coupable de la souffrance de sa reine. *Bastet* et *Isis* régnaient au sein de son foyer, il prit conscience qu'il n'en était pas de même au palais. Haut dignitaire depuis Ounas, il avait connu Ipout enfant, il lui devait son intégrité, pourtant il s'en voulait.

Pour éviter toute suspicion, Nebet avait quitté le palais un panier d'osier à la main. Elle revint alors que *Rê* rejoignait le pays de l'ombre. À peine passa-t-elle la porte du palais qu'un gardien en poste l'accabla de questions avec virulence. La reine, guettant le retour de Nebet dans le

[1] Psychostasie. Jugement de l'âme devant Osiris dont le cœur doit être léger

jardin, entendit les voix monter depuis l'entrée du palais et s'avança.

— Quel est donc ce raffut ? questionna-t-elle.

— Nebet, ma Reine ! déclara le garde.

— Eh bien quoi Nebet ? N'a-t-elle donc pas le droit de me servir ? Je lui ai demandé d'aller me chercher des figues... Est-ce un crime ?

Le garde, gêné, s'inclina devant la reine et s'écarta pour laisser rentrer Nebet.

— C'est un comble..., s'insurgea Ipout, excédée par cette journée aussi lourde qu'un ciel chargé de nuages.

Nonchalamment, en parfaites comédiennes, les deux femmes marchèrent le long du grand bassin où coassaient des petites grenouilles joueuses. À peine entrèrent-elles dans les couloirs des appartements de la reine qu'une curieuse effervescence anima les lieux.

— Que se passe-t-il donc ici ? demanda Ipout à une servante.

– Oh, ma Reine ! Le roi te cherche depuis que *Rê* est au zénith !

— La belle affaire ! ricana Ipout. Et que me veut-il ?

— Je ne sais pas, ma Reine. Mais depuis, nous te cherchons...

— Eh bien, je sens que le rapport que je vais déposer à notre roi quant à vos compétences va être des plus déplorables. Depuis des heures, je suis dans le jardin à me prélasser. Même cela me serait-il prohibé ?

— Oh, ma Reine, ton divin époux ne faisait que s'inquiéter...

— Grand bien lui fasse ! rétorqua l'épouse royale en invitant Nebet à la suivre.

Deux eunuques ouvrirent les imposantes portes de cèdre de la chambre de la reine. Ipout invita Nebet à prendre place sur une banquette confortable installée face à la terrasse donnant sur le jardin.

— Alors, ma très chère Nebet, as-tu vu Ouni ?

— Oui, ma Reine. Il a été d'une grande sincérité, néanmoins il m'en paraissait fort désappointé, avoua Nebet.

— Mon cher Ouni, quel homme admirable et dévoué...
— Notre Roi, ton divin époux l'a rencontré hier...
— Donc pas ce soir..., conclut Ipout tout en dégustant une figue juteuse.
— Ma Reine, ne te rends pas malade, cela n'en vaut pas la peine. Ton divin époux a toujours eu son harem pour assouvir ses besoins divins, tu le sais, ma Reine. Alors pourquoi tant de jalousie en ce jour ?
— Parce que les années creusent leurs sillons sur ma personne, de plus en plus délaissée par Téti...
— Lui aussi vieillit, ma divine Reine.
— Oui, mais lui est le roi des Deux Terres et a tous les droits, même celui de blesser mon cœur...
— Non, ma Reine, il ne te fait pas plus de mal qu'hier. Il t'aime et tu le sais.
— Non, je ne le sais plus, il me file entre les doigts..., avoua Ipout, les yeux pleins de larmes.
Nebet la serra contre elle tentant de la réconforter comme elle consolerait un enfant en plein chagrin. Soudain, on tapa à la porte.
— Oui !
— Le repas de ta Majesté.
— Posez-le sur le guéridon et que l'on vienne récupérer le tout demain à l'aube. Je ne veux plus être dérangée.
— Bien, notre Reine, répondirent les servantes en posant jarres de bière, d'eau, coupes de fruits, oignons, concombres, gâteaux coulants de miel.
Elles se retirèrent.
Les portes fermées laissèrent résonner un son lourd comme étouffé par l'ambiance pesante régnant dans la chambre.
— Ma Nebet, es-tu certaine de ne rien savoir sur la soirée de Téti ? poursuivit Ipout.
Nebet prit une grande inspiration, porta son regard sur l'horizon du jardin, puis fit face à la reine.
— Il se dit au palais qu'il reçoit une princesse, pas du harem, mais de la Maison de Vie du temple d'*Hathor*. On la dit princesse du *Ouaouat*.

Le poignard fut planté. La douleur fut si intense qu'Ipout s'évanouit. Nebet appela de l'aide. Des servantes, accompagnées de Pésheshet, gouvernante en chef de l'épouse royale, vinrent et portèrent le corps de la reine sur son lit. Nebet prit un grand éventail en plumes d'autruche qu'elle actionna jusqu'au moment où Ipout reprit ses esprits.

Au même instant, Téti reçut sa fille dans ses appartements.
— Père, tu m'as demandée ?
— Ouatet-Kether, j'ai rencontré Mérerouka...
— Et ? Vite Père ! s'impatienta la princesse en coupant la parole à son père.
— Il sera ton époux très prochainement. Vos noces se dérouleront durant l'*Akhet*. La date reste à définir.
À l'annonce, la princesse se jeta au cou de son père et le couvrit de baisers.
— À présent, ma chère fille, tu peux disposer. Un rendez-vous de grande importance m'attend.
Ouatet-Kether s'en alla heureuse et courut annoncer la nouvelle à sa mère. Dans les couloirs de l'aile réservée aux femmes royales, elle constata un remue-ménage inhabituel.
— Par *Osiris*, que se passe-t-il donc ici ?
— Rien de grave, Ouatet-Kether, réconforta Pésheshet qui venait de quitter les appartements d'Ipout.
La princesse n'en crut pas un mot. Elle bouscula les gardes, poussa les portes de la chambre et la vit allongée.
— Mère ! Mère !
— Laisse-la se reposer, mon enfant, supplia Nebet. Elle a eu une grosse émotion. Je reste à son chevet. Demain sera un jour nouveau.
— À quelle émotion fais-tu allusion ?
— Une histoire d'adultes, répondit maladroitement Nebet.
— J'ai compris... Je ne suis plus une enfant.
Pour avoir du caractère, Ouatet-Kether en avait. Telle mère, telle fille. Aussi attendrissantes l'une que l'autre, et tout aussi volcaniques.

Elle courut jusqu'au pavillon de son père et poussa les gardes en faction. Là, ce fut le plus grand écœurement qu'une fille puisse avoir à l'égard de l'homme de sa vie, son père. Lui et cette femme s'ébattaient en tendres danses caressantes et langoureuses. Sidérée par cet adultère paternel, Ouatet-Kether resta figée sur le seuil de la porte grande ouverte, n'entendant même pas les musiciennes qui harmonisaient la chambre d'une délicate mélodie entonnée par une flûte, une harpe et le tintement du *ménat*[1]. Soudain, elle sentit une main se poser sur son épaule droite. C'était Ankhaf qui passait dans le couloir pour y faire brûler de l'encens. L'effroi et la déception se lisaient sur le visage de la princesse.

— Viens, mon enfant, lui dit-il doucement. Je te raccompagne dans tes appartements. Ce ne sont pas des scènes pour toi.

Ouatet-Kether, transie, semblait paralysée et n'avoir en fonctionnement physique que ses canaux lacrymaux versant l'eau de la tristesse et de la trahison. Ces larmes perlèrent sur les douces joues telle une goutte de rosée sur un pétale rose tendre d'un nénuphar.

Le palais sombra dans le lugubre sauf dans le cœur de deux êtres enlacés, oubliant l'existence d'autrui dans leur égoïste jouissance.

Cette soirée avait jeté un froid entre Téti, Ipout et leurs neuf filles. Le temps n'effacerait pas la trahison qui brûlait dans chacune d'elles, surtout dans le cœur d'Ipout. Pourtant elle savait que la vie sexuelle de Téti ne se bornait pas à son fruit féminin et que le harem n'était pas une prison de femmes mais un marché à la femelle. Cependant, cette fois-ci, tout était différent. Son instinct l'informait qu'un nouvel élan d'amour naissait d'un autre horizon, celui de la sauvageonne.

En mâle souverain fier, Téti agissait comme à l'accoutumé, comme si rien ne s'était passé. Son amour pour Ipout étant

[1] Grand collier de perles servant aussi d'instrument de musique

indestructible, où donc était le problème ? Son comportement déconcertait profondément sa famille.

Ouatet-Kether eut du mal à pardonner à son père cette infidélité, mais elle n'avait pas le droit de le juger. Aussi, elle allégea ses pensées en songeant à ses noces futures avec Mérerouka, qui restait toujours courtois envers elle. Le respect était à ses yeux la plus belle preuve d'amour.

Un après-midi, sans animosité, le père et la fille se prélassaient sur la terrasse des appartements royaux, profitant de la resplendissante végétation du jardin et écoutant les oiseaux siffler en famille.

— Père ! annonça la princesse.

— Oui, ma fille chérie ?

— Il faudrait préparer les noces, ne trouves-tu pas ?

— En effet, j'allais oublier, avoua-t-il.

— Je ne doute pas que ton esprit navigue vers d'autres êtres, lui répondit-elle aigrement, avec une froideur qui glacerait toutes les dunes du désert du Couchant. N'en oublie pas pour autant notre existence.

3

La crue avait déjà bien œuvré, inondant toutes les terres en bordure du fleuve sacré, *Itérou*. Mérerouka prenait ses nouvelles fonctions avec son sérieux qui lui allait si bien. Et la date du mariage avançait à grands pas. Le futur époux s'embellissait et semblait retrouver une jouvence oubliée depuis le décès de son épouse. *Min*[1] faisait à nouveau couler la sève dans ses veines, le protégeant d'une éventuelle

[1] Dieu de la fertilité

faiblesse androgène. Il était conscient que Téti n'avait pas de fils pour lui succéder. S'il parvenait à féconder Ouatet-Kether et qu'un garçon naissait, alors la dynastie serait assurée. Lorsqu'il apercevait la princesse, le sang bouillonnait en lui et son doux visage rond s'empourprait.

Dehors, sous les rayons ardents de *Rê*, il surveillait et guidait l'œuvre de Téti : son complexe funéraire, sur le plateau de la nécropole de *Men-nefer*, et la pyramide nommée par le roi « Djed Sout ».

— Non, Imhotep. Il faut cesser immédiatement les travaux et revoir la pente.

— Mérerouka, comment oses-tu t'opposer ainsi au choix de ton prédécesseur ? s'offusqua l'architecte furibond.

— Tout simplement parce que Téti me fait confiance. Que ce soit clair, les plans de mon prédécesseur sont corrects, mais tes ouvriers ne suivent pas l'angle prévu.

— Mais...

— Tu le sais aussi bien que moi, Imhotep, si nous creusons la descenderie avec une inclinaison aussi faible, nous nous retrouverons bien trop proches de l'emplacement prévu pour la herse et manquerons de place pour le vestibule. Il est impératif d'accentuer la pente, de respecter le plan, expliqua Mérerouka avec détermination.

Il prouva ses dires sur la maquette en bois de l'architecte, qui ne put qu'acquiescer la décision du nouveau Maître d'œuvre.

— Il se fait tard, cessons le travail pour aujourd'hui, proposa ce dernier.

Les cornes sonnèrent la fin de la journée. Les ouvriers épuisés purent rejoindre leur quartier, boire et s'alimenter à l'ombre des sycomores. Dans le village des ouvriers, la nuit, alors que seuls les gardes restaient éveillés pour surveiller les lieux, les corps reposaient à la belle étoile sur une natte de papyrus tressé, profitant de la fraîcheur nocturne.

Tôt le matin, le travail reprenait. Un scribe notait la présence de chaque ouvrier, pesait l'outil avant de lui remettre et referait les mêmes actions en fin de journée. Le métal valait un prix d'or et certains ouvriers dérobaient les outils. Aussi, deux inventaires étaient nécessaires.

En journée, les outils tintaient contre les parois rocheuses. Pendant que des hommes creusaient le premier couloir d'accès de la demeure éternelle de Téti, d'autres taillaient des blocs de pierre qui seraient, ensuite, empilés sur le sol, les uns sur les autres. Ils érigeaient la bâtisse qui rayonnerait vers les cieux le jour où le souverain embarquerait sur la barque sacrée à destination de la *Douat* pour y vivre éternellement.

En cette période, *Kemet* était riche. L'influence de Téti sur les provinces soumises enrichissait le pays. La paix était assurée par des échanges commerciaux avec les pays frontaliers, surtout avec *Keben*[1], pour le cèdre.

Mérerouka appréciait la vie. La vie sous toutes ses formes, avec ses champs, ses paysans, ses pêcheurs, ses chasseurs, ses animaux domestiques et sauvages, sa végétation, son fleuve nourricier, son ciel, ses fruits, ses hommes et femmes courageux... Il savait qu'il aurait à faire bâtir sa tombe dès le mariage ordonné, et ces scènes de vie prendraient alors une place d'honneur dans sa demeure d'éternité ; il y songeait profondément.

Quelques mois s'étaient écoulés. Au palais, Téti s'affairait à ses nombreuses responsabilités. La dernière fois où il honora Ipout, elle tomba enceinte malgré son âge. Son ventre s'était bien développé ; dans un cycle de lune, l'enfant naîtrait. Téti se réjouit de cette grossesse qui le gonfla d'orgueil, conscient qu'il pouvait encore se reproduire.

— Chambellan ! Où est mon chambellan ? hurla-t-il depuis la salle de réception.

— Oui, divin Maître, je suis là !

---

[1] Le Liban

— Qu'on aille chercher mon épouse et qu'elle se présente dans mes appartements le plus rapidement possible ! exigea Téti sèchement.

— Bien, Maître.

— Fais aussi venir ma fille Ouatet-Kether et Mérerouka qui se trouve sur mon chantier.

— À tes ordres.

Après avoir couru passer le mot aux employés, l'homme de confiance reprit son poste auprès du souverain. Chacun s'empressa d'aller chercher les personnes demandées.

Ouatet-Kether fut la première arrivée devant les appartements de son père. Postée dans le couloir depuis plus de deux heures, l'impatience la gagna.

— Sais-tu ce que notre souverain nous veut ? demanda-t-elle à un garde.

— Non, Princesse, répondit-il, navré.

— Je ne tolère plus qu'il nous traite de la sorte. Cela devient insupportable, manifesta-t-elle.

— Moi aussi, déclara la reine qui avait entendu la discussion lors de son arrivée. Il a bien changé, lui qui était si doux, si tendre.

— Calme-toi, Mère. Ce n'est pas bon pour ta santé. Ne rentre pas dans une colère qui ne te fait que du mal, conseilla la fille attentionnée. Si tu rentres dans son jeu, tu te feras dévorer par le serpent. Tiens, regarde, notre attente tire à sa fin, Mérerouka arrive !

— Que se passe-t-il ?

— Bonne question, mon brave Mérerouka, répondit la reine pendant que le gardien ouvrait la porte. Nous allons enfin le savoir.

La scène amère qu'Ipout avait vécue auparavant se renouvela. Téti était assis sur son royal fauteuil, avec à ses côtés... cette femme...

Les trois paires d'yeux reflétèrent une expression différente. Mérerouka fut gêné mais ne porta aucun jugement. Ouatet-Kether s'offusqua de voir cette femme aux côtés de son père et serra fortement la main de sa mère. Quant à Ipout, elle resta dignement écœurée et la haine foudroya l'arrogant couple illégitime. Néanmoins, elle nargua la sauvageonne en caressant son ventre arrondi.

— Ah ! Vous voici enfin ! Nous commencions à nous impatienter, reprocha Téti.

— Et nous donc, marmonna la reine.

— Tu dis ? lui demanda Téti en la voyant chuchoter.

— Allons droit au but ! osa-t-elle lui répondre.

— Puisque votre empressement est tout aussi grand que le nôtre, votre roi vous annonce deux informations de première importance, déclara-t-il, la joie dans le verbe.

Personne ne broncha sauf Ipout qui sourit ironiquement.

— Dans deux semaines, *Kemet* sera dans la joie et l'allégresse !

— Et pour quelle raison ? interrogea Ipout.

— Pour fêter les noces de notre fille aînée et adorée avec Mérerouka, ma chère épouse !

Les deux futurs époux se regardèrent, la flamme étincelante de l'amour reflétant dans leurs iris.

— Ainsi que mes secondes noces avec la princesse Khouit !

— Là, tu en fais trop, ce n'est plus supportable, hurla Ipout.

— Suffit, Femme ! Le souverain des Deux Terres ordonne à la première reine de *Kemet* de réagir dignement comme le doit son rang jusqu'à ce que son divin époux ait terminé, et lui seul l'autorisera à quitter la pièce !

— Cette esclave noire n'est qu'une intrigante. Il suffit de la regarder pour le comprendre. Elle peut sourire, ce n'est pas à une femme de mon âge que l'on dira le contraire, cracha Ipout, telle une vipère face à son ennemi.

— Je te conseille de te taire, Ipout, et de t'excuser tout de suite, ordonna Téti, qui semblait s'amuser de la scène.

— Me taire, oui, je le fais déjà depuis si longtemps. M'excuser, ça, jamais !

— Laisse donc, mon Amour ! sifflota Khouit à Téti d'un ton hypocrite. Sa colère est légitime, surtout dans son état ! Elle sait qu'elle perdra prochainement ses lunes fécondes et qu'elle vit son dernier enfantement !

Ipout aurait voulu l'empaler vivante devant le palais, de telle sorte que Téti puisse voir, de sa terrasse, sa belle se dessécher jour après jour comme un simple poisson.

— Mon cher gendre, ma joie est si grande que je te désigne comme le successeur de Kagemni le jour où il ira rejoindre la *Douat*. De nombreuses années pèsent sur ses épaules, l'heure de la vie éternelle ne tardera plus.

Mérerouka n'en crut pas ses oreilles. Lui, fils de petit noble, aujourd'hui les plus hautes responsabilités de *Kemet* lui étaient promises.

Lorsqu'ils quittèrent la salle d'audience, Ipout ressentit de violentes douleurs dans son ventre et commença à perdre les eaux. Ouatet-Kether soutint sa mère et demanda à Mérerouka d'aller chercher la sage-femme. Dans sa chambre, Ipout s'allongea. Sa fille lui tint la main.

— Courage, Mère ! Tu es une femme forte. Tu as déjà donné naissance à de nombreux enfants, tout se déroulera bien, ne t'inquiète pas, réconforta Ouatet-Kether.

La sage-femme arriva en courant, accompagnée d'une élève. L'accès à la chambre fut interdit à Mérerouka ; la naissance d'un enfant était une affaire de femmes. On apporta du lin propre et de l'eau bouillante. La sage-femme ausculta la reine sous les yeux apeurés de Ouatet-Kether.

— Ma Reine, l'enfant se présente bien. La dilatation se fait normalement.

— Mais... j'avais encore... une lune...

— Ma Reine, ton âge n'est plus à la jeunesse, mais je te rassure, tu as énormément de chance d'être pratiquement arrivée à terme.

Ipout, en plein travail, n'écoutait plus la sage-femme mais se concentrait à souffler comme il se devait pour soulager les douleurs insupportables.

— Ouatet-Kether, et toi mon élève, venez m'aider, dirigea la sage-femme.

La princesse et l'élève firent lever la reine de sa couche et soutinrent chacune un de ses bras. Elle avait des difficultés à tenir sur ses jambes, mais les deux jeunes femmes firent en sorte qu'elle conservât sa station debout. La sage-femme s'accroupit entre les jambes de la reine et surveilla l'évolution de l'ouverture du col. Soudain, elle aperçut le crâne du nourrisson.

— Pousse, ma Reine ! Allez, pousse ! Oui ! Non, ne respire plus, pousse te dis-je ! Encore !

Ipout, ruisselante de sueur, hurlait à en effrayer sa fille.

— Souffle, Mère, encouragea-t-elle maladroitement.

— Oui, ma Reine ! Encore un petit effort !

La délivrance vint enfin et un petit homme sortit des entrailles maternelles en pleurant.

— Mère, c'est un garçon ! C'est un garçon !

La sage-femme coupa le cordon ombilical et lava le nouveau-né. Son élève fit soigneusement la toilette à la reine. Une fois sa couche changée, la chambre purifiée, Ipout s'allongea. Le petit être fut posé sur un sein de sa mère qui, d'instinct, ouvrit la bouche et se mit à téter.

Ipout profita de cet instant intime avec son nouveau-né, une nourrice prendrait rapidement le relais.

— Mère, tu as été remarquable ! Ton fils, mon frère, est beau et bien dodu !

— Ma Reine, tu as été courageuse, déclara la sage-femme. L'enfant est si gros et grand qu'il n'a pu patienter un cycle de lune de plus et c'est une grande chance pour toi, et pour lui. Ouatet-Kether, ta mère a besoin de se reposer à présent.

La princesse quitta la chambre avec un large sourire. Mérerouka était resté dans le couloir.

— Mon Amour, ma mère vient de mettre au monde un garçon !

— C'est magnifique ! se réjouit Mérerouka. Il faut en informer ton père sur le champ.

— Oh, les murs ont des oreilles, regarde, il arrive déjà.

— Félicitations, mon Roi ! congratula Mérerouka. Tu peux être fier de ta grande épouse royale !

— Cela... veut dire... que..., bégaya Téti sous l'effet de l'émoi.

La porte s'ouvrit et la sage-femme, à la robe maculée de sang, félicita à son tour Téti en l'invitant à rentrer dans la chambre. Le nourrisson tétait toujours, avec ses petites mains posées sur le sein de sa mère. Ses yeux étaient ouverts. Lorsque Téti s'approcha, il crut que son fils le regardait.

— Souhaites-tu le prendre ? proposa Ipout, d'une voix douce.

— Il est tellement fragile..., déclara Téti.

La sage-femme prit l'enfant dans ses bras et le présenta au roi.

— Ton fils, mon Roi ! lui annonça-t-elle.

Le regard de Téti fut d'une grande tendresse mêlée d'une émotion intense. Il ne lâcha l'enfant du regard que pour le porter vers Ipout et lui fit un large sourire. Il inclina la tête en signe de remerciements.

— J'ai un fils... J'ai enfin un fils, répéta-t-il, heureux.

— Tu as le temps de lui donner un nom, avança Ipout.

— Sarê, je te nomme Sarê, le fils de *Rê* ! annonça Téti.

4

Sur le chantier de la demeure d'éternité de Téti, les discours allaient bon train. Pour certains, il s'agissait davantage de jalouses critiques que de vœux de bonheur et de prospérité à l'égard du Maître d'œuvre.

— Quel veinard ! Dans deux jours, il sera l'époux de la plus belle jeune fille du royaume. Il existe des personnes trop chanceuses, alors que nous, mon pauvre Inéni, nous sommes destinés à prendre des coups de bâton et à suer toute notre vie pour sombrer dans l'oubli une fois les portes du monde souterrain ouvertes, râla un paysan mobilisé pour la construction funéraire durant les crues.

— Alors que nous aurons passé notre satanée existence à ériger des demeures éternelles pour les riches..., poursuivit

Inéni, un ouvrier dont la poussière recouvrait tout son corps.

— Regardez-le, le Mérerouka ! Il semble léger comme l'air tant il est heureux..., manifesta un autre ouvrier.

— Nous, nous sommes légers car notre estomac pleure la nourriture..., se plaignit un autre.

— Tu exagères là, reprit Inéni, Téti nous nourrit bien !

— Pas assez pour le travail que nous amassons.

Au palais, les langues négatives n'étaient pas les dernières à dénigrer la décision royale en choisissant Mérerouka comme successeur de Kagemni, surtout les prêtres de *Rê*.

— Il ne connait rien au pouvoir. Il ne pourra jamais prétendre devenir un demi-dieu, même en épousant la princesse, maintenant que nous avons un prince, disaient les uns.

— Ce n'est qu'un faible opportuniste, osaient ajouter les autres.

— Qu'il reste avec *Ptah* et ses savantes idées, dans ce domaine il semble le meilleur... !

— Arrêtez ! Vos critiques sont infondées ! Et puis, il ne s'assiéra jamais sur le trône... D'où vous vient cette idée ? Il ne sera que le successeur de notre vizir..., contesta Ankhaf, agacé par ces polémiques.

Pendant ces discussions destructrices, Mérerouka veillait à ce que ses consignes soient suivies à la lettre et sans perdre un instant. Il se doutait bien que la décision du roi portait à polémiques ainsi que son union avec la princesse aînée, mais après tout, il ne se sentait nullement coupable de quoi que ce soit, c'était le roi et la princesse qui l'avaient choisi.

— Il nous tue au travail alors que nous avons tout le règne du roi pour terminer sa demeure d'éternité. C'est tout simplement du zèle, se plaignit un tailleur de pierres qui n'avait pas remarqué la présence de Mérerouka derrière lui.

— Aurais-tu des plaintes à formuler, Ipy ? demanda tranquillement Mérerouka.

— Euh... Euh... Non, Maître...

— Tu mériterais le fouet ! Le sais-tu, Ipy ?

— Oui, vénérable Maître.

— Sache que plus vite la demeure sera terminée, plus vite nous constaterons si l'œuvre tient debout ou non, et alors, nous aurons plus de temps pour décorer les salles funéraires. Si la demeure d'*Osiris* venait à s'affaisser, il nous faudrait la reconstruire, et autrement. Souvenons-nous de l'expérience de Snefrou et de ses mésaventures... Penses-tu que Téti ait sa place dans une décharge ?

— Oh, non, Mérerouka. Ne dis pas ce que je n'ai pas dit.

— Non, c'est moi qui te le dis. De plus, nous ne connaissons pas la durée de notre existence, pas même Téti, dieu vivant. Nous avons tous une vie comptée dans le monde d'*Amon*. La vie dans *l'Am-douat* nous sourira à tous. Allez vous rafraîchir et reprenez le travail !

— Merci, Maître.

— Mais attention, je ne veux plus rien entendre sur moi, ni sur notre princesse et encore moins sur notre roi. C'est bien compris ? menaça Mérerouka.

Jamais il n'avait parlé sur ce ton autoritaire, ce qui ne fit pas de mal à l'équipe. Mérerouka était la bonté même. *Maât* coulait dans ses veines. Des coups de bâton, il en donnait en effet, sur les fainéants et les voleurs. La douleur leur évitait la récidive dans leur faiblesse humaine. Mais il devait réagir ainsi, son rang professionnel l'exigeait.

Le palais royal était en effervescence, hormis la reine dont le cœur saignait en geyser de souffrance, toujours meurtrie par le second mariage du roi, malgré la naissance de leur fils.

– Mère, ne te mets pas dans un tel état. C'est malsain, je te le répète. Tu es et resteras la première épouse royale, celle qui sera toujours prioritaire, aux côtés de son divin époux et mère de son unique fils. Elle, cette... ne représente rien, même aux yeux du peuple. Regarde combien tu as dépéri en si peu de temps... Crois-tu que cela en vaille la peine et que c'est ainsi que mon père reviendra dans ta couche ? sermonna Ouatet-Kether.

— Tu ne peux pas comprendre ce que je ressens, ma fille, tu es bien trop jeune. En épousant ton père, je savais qu'il deviendrait le roi de *Kemet* en succédant à mon père et qu'il serait amené à épouser plusieurs femmes, mais je l'aime tant…

— Tu ne m'as jamais conté comment Père est parvenu au trône, sollicita Ouatet-Kether qui s'était rapprochée de sa mère.

Ipout prit le temps de raconter à sa fille le passé de Téti jusqu'à sa titulature.

— Tu n'as jamais eu de frère ? demanda Ouatet-Kether, intéressée à présent par l'enfance de sa mère.

— J'en ai eu deux. Shepses-pou-Ptah, nettement plus âgé que moi qui a rejoint le monde souterrain il y a bien longtemps. Et Ounas-Ankh qui était atteint d'un grave handicap mental. Les prêtres et hauts dignitaires l'ont écarté du trône avec brutalité au point de le tuer.

— Comment cela, ils l'ont tué ?

— Le pays tout entier, les prêtres, les hauts dignitaires de nos nomes se sont insurgés et ont persécuté le pauvre prince.

— Et ?

— Le pauvre enfant a essayé de résister à leur perfidie, mais en vain. Un jour, il s'est échappé du palais et dans la rue, il a été assassiné, piétiné par tous ces hommes assoiffés de changement. Les criminels n'ont jamais été arrêtés.

— Mais c'est affreux tout ce que tu me racontes là.

— Crois-tu que la vie soit si simple au-delà des murs du palais, ma douce enfant ?

— Je me doute que non.

— La crise touchait le pays à cause d'une sècheresse qui avait duré deux années. Mon père appréciait le charisme et la rectitude de Téti, qui était déjà mon époux. Contrairement à son frère, Ouserkarê, que mon père n'aimait pas. Téti était alors responsable du Trésor et, sur son lit de mort, Ounas le nomma comme son successeur, persuadé que *Kemet* retrouverait son faste. Aujourd'hui, *Kemet* est respecté. La paix demeure, les richesses étrangères nous dorent. Mais si ton père venait à baisser la garde, son sort serait le même que celui de mon frère Ounas-Ankh.

— Mais ce serait horrible...

— C'est simplement le pouvoir, ma fille. Sarê est si jeune et ton père âgé, ton futur époux risque d'y être confronté un jour ou l'autre. Les polémiques ont déjà commencé...

— Ne me fais pas peur ainsi, Mère, je t'en conjure. Tu es fière de Père, n'est-ce pas ?

— Oh oui ! Et je l'aime tant...

— Alors, dis-toi que tu ne l'as pas perdu. De toute façon, tu es la première épouse royale, et je ne veux plus te le répéter, consola Ouatet-Kether avec un charmant sourire.

— Certes.

— Tu le partages déjà depuis si longtemps avec son harem, alors, considère cette femme comme une de plus dans sa couche. Je suis persuadée qu'en ignorant Père, il en sera si vexé et blessé qu'il rampera à tes pieds en te suppliant.

— Je veux bien suivre tes conseils, abdiqua Ipout assise dans son fauteuil, le regard porté vers le néant. Il ne vient même pas rendre visite à son fils.

— Simplement parce que mon frère est un nourrisson, Mère.

Assise par terre, Ouatet-Kether posa la tête contre les jambes de sa mère.

Ipout avait perdu son époux mais gagné l'amour de sa fille aînée qui devenait femme chaque jour naissant. Elle était une mère comblée par ses filles et son adorable fils dont les sourires de nouveau-né l'enchantaient.

Du côté des appartements du roi, les réunions occasionnaient des va-et-vient incessants. Au palais défilaient des couturiers, des prêtres, le vizir, différents responsables des greniers, du Trésor, les scribes du roi, les chefs cuisiniers... La journée des noces devait être parfaite.

Les prêtres d'*Osiris* étaient chargés de recruter les meilleures danseuses du temple d'*Hathor* tandis que Téti exigeait les meilleures musiciennes de *Bès*.

« Je souhaite que le plaisir soit partagé et que la beauté soit présente sur tous, sur mon personnel comme sur mes convives ! ».

Les prêtres s'occuperaient aussi de la purification des corps et des lieux, les encensant régulièrement tout en psalmodiant des formules magiques.

Les scribes royaux, assis à même le sol, notaient tout ce qui se disait. Leur nombre assurait la rectitude des écrits, vérifiés par la présence du vizir et du responsable du Trésor.

Les responsables des greniers étaient soumis aux exigences des temples, plus gourmands que le peuple. Les silos étaient pleins. Les récoltes de l'année précédente avaient été exceptionnellement abondantes. Néanmoins, ce n'était pas une raison pour surconsommer face à une année en cours incertaine.

— Si mon Maître le permet, je désirerais t'informer d'un sujet important, avança Kagemni, le vieux vizir des Deux Terres.

— Je t'en prie, Kagemni. Nous connaissons tous ta sagesse ! déclara Téti.

— Mon Roi est bon, répondit Kagemni en s'inclinant avant de poursuivre, l'étude des nilomètres des temples de tout *Kemet* a révélé une baisse du niveau d'eau qui pourrait entraîner des récoltes moins abondantes et, par conséquent, une hausse des impôts.

— La sècheresse est-elle inévitable ? s'inquiéta Téti.

— Non ! Nous n'en sommes pas encore à ce point, mais...

— Alors, où est le problème, mon brave Kagemni ?

— Si *Hâpy* se détourne de nous pour une raison qui lui est propre, la famine touchera le pays... Et...

— Nous n'avons qu'à honorer *Hâpy* plus généreusement, proposa un prêtre. Qu'une vierge lui soit offerte, le dieu se réjouira de cette présence juvénile !

Le responsable du Trésor n'apprécia pas.

— Depuis quand *Kemet* verse le sang ? Quelle pensée affreuse pour des noces royales de surcroît, protesta Ouni, outré par de telles pensées barbares.

— Suffit ! hurla Téti. Pour la nourriture, poursuivit le souverain, que soient tués veaux, bœufs, oies, canards, pigeons et poissons. Pour la boisson, que les meilleurs crus de bière et de vin coulent à flots. Mérerouka ! appela le roi.

— Oui, Téti.

— Qu'en penses-tu ?

— Mon Roi, mon Maître, qu'il en soit fait suivant tes décisions, mais le peuple...

— Dans les campagnes, en ville, sur les chantiers, j'ordonne que la joie soit dans tous les cœurs et les estomacs !

— Téti est bon ! acclama l'assemblée.

— Je veux qu'ils mangent tous à leur faim et qu'ils festoient !

— La fête durera combien de jours ? demanda un des chefs cuisiniers.

— Trois jours et trois nuits, décréta Téti.

Kagemni, le vieux vizir à la grande expérience, en était malade. Il avait débuté comme grand dignitaire favori de Djedkarê-Isesi, père d'Ounas. Puis il devint juge et administrateur d'un nome de *Shemaou* [1], sous Ounas. Aujourd'hui, il était le juge de tous les juges, le vizir. Dans son cœur, il jugea que ces noces s'annonçaient trop coûteuses. Valaient-elles la peine de risquer la famine dans tout le pays ? Mais le divin souverain avait décidé, alors... Il respectait son maître vénérable au point d'avoir appelé un de ses fils Tétiankh, « Que Téti lui donne vie », aussi il n'insista pas. Il s'était exprimé, Téti avait décidé. Pourtant, il tint à souligner un détail.

— Seigneur, j'ai une requête à te faire, osa-t-il.

— Laquelle, Kagemni ? demanda Téti.

— Qu'il n'y ait aucun gâchis. Que les pauvres jusqu'aux prisonniers puissent s'alimenter toute l'année.

— Tu as ma promesse, mon vieux vizir, accepta Téti. Ta bonté te perdra !

---

[1] La Haute-Égypte – Tamehou était le nom de la Basse-Égypte

— Le peuple est notre force première. Sans lui, nous ne sommes que de beaux et bons parleurs, analysa le vizir.

— Je ne suis pas d'accord, répliqua aussitôt un prêtre, se sentant outragé. Les dieux sont la force primordiale !

— On arrête tout de suite ! hurla Ouni. Cette discussion ne mène à rien et ce n'est pas le sujet de notre réunion. Alors, calmez-vous et poursuivons, si Téti, notre divin Roi, le souhaite.

— Bien entendu ! Messieurs les couturiers, faites de moi le plus beau des hommes !

— Avec plaisir, mon Roi ! Et pour ta fille, notre Reine Ipout et notre future souveraine Khouit ?

— Aussi, bien évidemment !

— Quel bonheur !

— N'est-ce pas ! plaisanta Téti. Je veux que les cônes odorants soient distribués à chaque convive dès son arrivée. Faites en sorte que ma belle Khouit soit richement parée. Les bijoux que j'ai commandés sont-ils prêts ? demanda Téti au responsable du Trésor.

— Je m'en occupe Seigneur, n'aie crainte ! déclara Ouni qui songea tout à coup à son épouse qui porterait la bague donnée par la reine au prix du silence.

— Cette entrevue m'a épuisé. Laissez-moi seul maintenant, exigea Téti.

Tout le monde quitta la pièce sur la pointe des pieds. Leurs sandales de cuir n'émirent aucun bruissement.

Mérerouka retourna auprès des ouvriers sur la nécropole de *Men-nefer* où ils travaillaient avec précision et énergie.

Quant à la jeune Khouit, elle se pâmait à longueur de journée dans le jardin de ses appartements. Depuis plusieurs jours, elle ne souhaitait plus suivre Téti lors de ses sorties officielles en la présence d'Ipout que *Kemet* respectait par son rang de première épouse royale et de mère du prince. Cela agaçait Khouit. Son principal intérêt était de parvenir à ses rêves et ses envies. Elle trouvait toujours l'excuse de vouloir se cacher du peuple jusqu'aux noces espérant être désirée par le peuple. Sa personnalité n'était pas au goût de tous. Sa chaleur charnelle n'hésitait pas, pendant l'absence de Téti, à charmer ses habilleuses, ses domestiques et même ses gardes eunuques. Ces hommes mutilés la haïssaient, mais nul ne pouvait se plaindre devant le souverain.

Le jeu favori de Khouit était de se faire enduire entièrement le corps de miel d'acacia et de se faire lécher jusqu'aux moindres bourrelets de son intimité, pendant que des serviteurs la caressaient intensément. Même les gardes étaient parfois invités à participer… Ainsi passaient ses journées au grand écœurement des serviteurs murés dans le silence par peur de représailles.

Ipout réfléchissait sérieusement aux propos tenus par sa fille et put en conclure qu'elle n'avait pas si tort. Elle décida alors de rencontrer son époux et se rendit aussitôt dans les appartements royaux.

— Ma Reine ! saluèrent les gardes postés devant l'entrée des locaux de Téti.

— Notre Roi serait-il disposé à me recevoir ? demanda-t-elle.

— Il est seul, ma Reine !

Ils ouvrirent les portes.

— Mon Maître, la grande épouse royale désire te rencontrer.

— Quelle agréable surprise ! Qu'elle entre !

Téti se réjouit de la revoir, elle, sa femme bien aimée qu'il n'avait vue depuis plusieurs jours. Dans ses bras, elle portait le petit prince, emmailloté de lin.

— Quel bonheur de te voir, ma douce Ipout !

— J'en avais très envie, Téti !

— Tu as bien fait. Viens, allons sur la terrasse. Comment se porte notre fils ?

— À merveille ! Il dort bien, pleure rarement et se nourrit bien. Une seule nourrice ne lui suffit pas, aussi une seconde est à ses côtés pour combler son appétit !

— J'en suis ravi.

Le couple royal avait une vue splendide sur *Men-nefer* et sa luxuriante végétation. La vie y était calme, trop calme au goût des prêtres de *Rê* jugeant leur souverain comme faible.

La crise économique n'était pas au programme. Cependant, le petit peuple travaillait dur sans grande récompense et ne mangeait pas toujours à sa faim, contrairement aux pensées du roi. La mortalité infantile était fréquente, elle survenait par malnutrition pour les très jeunes enfants, par épuisement au travail pour les adolescents. Un enfant sur six pouvait espérer devenir adulte. Pourtant, Téti exigeait que les prêtres d'*Osiris* et de *Rê* soient plus généreux dans la distribution des céréales au peuple le plus modeste sans pour autant léser les familles des hauts dignitaires, celles des gouverneurs de nomes, et encore moins la cour.

« Pendant que l'homme digère, il ne pense pas à se révolter ! », avait dit Téti aux prêtres lorsqu'ils le mettaient en garde sur les réserves des greniers qui s'amenuisaient gravement d'après leurs dires.

Dans l'immédiat, Téti n'avait qu'un souci en tête.

— Ma douce Ipout, je ne sais plus quoi faire.

— Que t'arrive-t-il, Téti ? Quel nuage assombrit si densément et soudainement ta vie ? L'amour te sourit à nouveau et tu viens d'avoir un fils…

— Sache que je t'aime toujours, Ipout, et ne cesserai de t'aimer, déclara Téti en regardant sa reine avec les yeux de l'amour. Notre fils n'est qu'un nourrisson, et je me fais vieux, voilà mon grand souci.

Ipout le regarda tristement. Elle lui avait donné en dix-huit ans d'union neuf filles dont l'aînée, Ouatet-Kether à la féminité d'*Hathor*, et enfin un fils.

— Ne sois pas si triste, ma Douce. Il n'y a aucun reproche à ton égard.

— Si, tout de même…

— Non. Non. Pas du tout. Nos filles sont les plus belles de *Kemet* et regarde ce petit homme !

— Pourtant ce ne sont pas les femmes qui manquent dans ton harem, Seigneur, osa-t-elle lui rappeler amèrement. Depuis toutes ces années, une d'elles aurait dû te donner un fils.

— Cesse ta jalousie ! Tu sais que les enfants que j'ai avec les femmes du harem ne peuvent prétendre au trône.

— Pourquoi alors prends-tu une seconde épouse royale ? Et pourquoi avoir choisi cette... Sarê est né !

— Elle m'a envoûté avant la naissance de Sarê et ma demande faite, je ne pouvais revenir en arrière. Mais sache que mon cœur ne bât que pour toi, ma Reine. *Seth* doit me punir et hanter ma vie... Je ne vois pas d'autres explications.

— Tu as choisi Mérerouka, qui sera ton gendre d'ici peu, pour futur vizir. Avec ce poste, si le monde d'*Osiris* t'appelle prématurément, il pourra prétendre au trône. C'est un homme bien et très réfléchi. Il sera régent, et lorsque Sarê aura l'âge de gouverner, il montera sur le trône. Tu n'as aucun souci à te faire.

— J'ai tout de même une certaine réticence à propos de mon choix... Sera-t-il à la hauteur ?

Blottis l'un contre l'autre, profitant du coucher de soleil, ils songeaient à l'avenir du pays, lorsque soudain un garde tapa à la porte et entra dans la pièce, faisant sursauter le couple et réveillant le nourrisson. Les genoux et le visage à terre, il pria de l'excuser pour l'intrusion inopportune.

— Ô Toi, Téti ! Roi du royaume de *Kemet* ! Souverain des Deux Terres ! Pardonne ton humble serviteur de perturber ton intimité. Il vient t'annoncer un malheur.

— Parle ! Parle donc !

— Kagemni, notre vizir, est allé rejoindre le monde d'*Osiris*. Le vénérable médecin de la cour, Shem Kuimptah, a tenté de le garder dans le monde de *Khnoum* mais en vain...

— Par tous les dieux de *Kemet* ! s'écria Ipout, attristée.

— Je suis perdu. *Kemet* est perdu, déclara Téti, obsédé par l'avenir du pays.

— Va auprès de Kagemni, nous parlerons de tout ceci plus tard, proposa Ipout.

Les yeux plongés dans le néant, Téti embrassa les mains de sa reine, jeta un œil sur son fils et quitta la pièce suivi du garde. Le palais sombra dans un silence absolu. Les couloirs furent désertés, seules les torches enflammées laissaient percevoir un soupçon de vie par leurs vacillations.

Téti ordonna qu'on lui amène son siège à porteurs. Il s'y installa et, porté par six serviteurs, leur fit signe de se hâter. Des soldats suivirent le convoi royal.

Kagemni demeurait dans une confortable propriété à quatre mille *coudées*[1] du palais royal, en plein cœur d'une palmeraie. Son œuvre en tant que vizir avait été remarquable. À la mort d'Ounas, Téti, mis sur le trône, n'eut aucune hésitation à laisser Kagemni au poste le plus envié des hauts dignitaires. Sa grande réputation, son savoir et sa sagesse n'avaient aucun égal.

Aujourd'hui, Téti se trouva désarmé et regretta de ne l'avoir eu à ses côtés que si peu d'années, il restait encore toute une vie politique à mettre en place. «Il ne sera même pas présent à mes noces», regretta Téti, débordé par les événements mais sans le laisser paraître. L'âme en peine, il se rendit à l'évidence qu'à l'instant, *Kemet* se retrouvait sans vizir et sans successeur en âge de gouverner. La position de Téti devint alors très critique.

La petite armée royale s'arrêta devant la demeure du vizir où, déjà, de nombreuses pleureuses se flagellaient les joues de leurs mains aux doigts serrés. Un prêtre de *Ptah* s'avança vers Téti.

— Ô Toi, Roi des Deux Terres ! Que les dieux soient avec Toi !

— Conduis-moi auprès de notre vizir.

— Suis-moi, mon Maître.

— Que signifie cette mort si soudaine ? demanda Téti à Shem Kuimptah, son médecin qui se tenait près du défunt. Ne l'aurais-tu pas soigné comme il le fallait ? lui reprocha-t-il.

— Mon Maître, non. Non. Je n'ai rien fait de nuisible. Kagemni était usé par l'âge, vénérable Maître, se défendit Shem Kuimptah.

— Que son corps soit amené au temple de *Ptah*, ordonna Téti. Je rentre au palais annoncer à tous que *Kemet* pleure

---

[1] 1 coudée ou 1 meh = 0,525 mètre

son vizir et décrète soixante-dix jours de deuil. *Kemet* et votre Roi doivent le respect absolu au plus vénérable serviteur qu'était Kagemni.

La date des mariages fut reportée, ce qui n'enchantait guère Khouit qui commençait à s'impatienter. Ipout et Ouatet-Kether furent bouleversées par ce décès brutal. Mérerouka était très souvent auprès de Kagemni pour être guidé par ses sages conseils. À présent, il eut des difficultés à réaliser que le *ba*[1] de son ami s'était envolé pour rejoindre l'autre monde alors qu'ils venaient à peine de se quitter après une réunion.

Le corps sans vie de Kagemni fut posé sur un brancard. Les prêtres de *Ptah* le couvrirent d'un linceul et, d'un pas solennel, le portèrent jusqu'au temple de la momification.

5

« Qu'on ouvre le royaume de *Ptah* et qu'Il accueille Kagemni, notre vizir ! », hurla un prêtre marchant en tête du cortège funéraire.

Aussitôt, les deux grandes et épaisses portes de bois sculpté s'ouvrirent pour laisser le corps sans vie franchir le premier pylône et pénétrer dans la cour du temple. Les portes se refermèrent et empêchèrent les pleureuses d'entrer. Personne n'avait accès à ce lieu sacré sauf le souverain une fois l'an pour renouveler sa force de dieu vivant.

Passé le second pylône, le brancard traversa une grande salle hypostyle aux colonnes lotiformes, en hommage à

[1] Âme du défunt représentée sous la forme d'un oiseau

Nefertoum. Leur simplicité mettait en valeur les nombreux bas-reliefs hiéroglyphiques, narrant les différentes étapes du passage dans le monde d'*Osiris*. L'encens embaumait chaque interstice de l'imposante bâtisse. Quatre autres prêtres vinrent rejoindre le cortège qui s'arrêta face au naos.

Là, le grand-prêtre, l'encensoir à la main, ouvrit la chapelle et vint présenter Kagemni à *Ptah*.

« Dieu du silence ! Dieu protecteur des Artisans ! Dieu créateur, Maître de *Pésédjet*[1] ! Patron de la monarchie ! Protecteur d'*Inebou* ! Kagemni vient rejoindre les siens ! Sache que sa Sagesse, tu ne peux la nier. Permets-lui de saluer dignement le monde de *Rê* et autorise-le à vivre son éternité comme il la mérite ! ».

Des cymbales firent résonner leur mélodie cuivrée. Le cortège se recula de quelques pas, puis prit sur la gauche. Il marcha dans un étroit couloir et pénétra dans la grande salle d'embaumement, l'*ouabet*, « la place pure ».

Le corps de Kagemni devait, maintenant, être préparé pour la *Douat*. L'embaumement commença.

Tandis que le grand-prêtre, vêtu d'une peau de léopard, déambulait dans la pièce en brandissant un grand encensoir fumant, les embaumeurs se préparaient à œuvrer.

Le corps du défunt fut posé sur une table d'embaumement en calcite dont le côté tête était sculpté en forme de lion, symbole de la renaissance. Un prêtre habillé d'une tunique blanche arriva accompagné d'un embaumeur coiffé du masque imposant d'*Anubis*, « le prêtre-Anubis ».

Ce dernier incisa le flanc gauche de Kagemni à l'aide d'une lame en silex fort bien aiguisée. Il plongea alors ses mains dans les entrailles du vizir et en sortit les viscères. Les poumons, les intestins, le foie et l'estomac furent déposés aussitôt dans du natron et, le temps venu, rejoindraient leur vase canope. Seuls le cœur, la rate, les reins et la vessie ne furent touchés. Un autre prêtre grava chaque vase de formules magiques et du nom du défunt. Devant chacun des quatre viscères, son vase canope fut déposé jusqu'au jour où

[1] Ennéade, « groupe de neuf », ensemble des neuf dieux primordiaux

il serait scellé pour l'éternité. Lors des funérailles, les quatre précieux récipients seraient mis dans un coffre-chapelle entreposé près du sarcophage.

Pendant ce temps, un autre prêtre embaumeur fit chauffer de la résine. Le temps qu'elle prenne la consistance souhaitée, à l'aide d'une petite spatule, il remplit les narines et les oreilles d'une poudre aromatique, mélange de différentes herbes aseptisantes et parfumées, puis les obstrua de lin. Une fois la résine prête, il la versa dans ces orifices.

Le « prêtre-Anubis » poursuivit son travail en nettoyant l'abdomen du vieux vizir à l'aide d'huile de palme et de poudres aromatiques. Il fit très attention de ne pas toucher au cœur du défunt, il devait rester à sa place pour la résurrection de Kagemni.

Un jeune prêtre arriva dans la salle et s'adressa au prêtre-Anubis.

— Grand Anubis !

— Qu'y a-t-il ?

— Notre Souverain bien aimé, Téti, est venu te porter ceci et exige que tu en fasses dernière offrande à notre regretté Kagemni.

L'embaumeur, très concentré, n'avait pas bougé d'une sandale.

— Pose sur la table et sors ! ordonna-t-il.

— Bien, Maître, répondit le jeune disciple en se courbant et prenant congé.

Le « prêtre-Anubis », connu uniquement du grand-prêtre de *Ptah*, avait débuté comme ce jeune homme, et devant sa grande évolution éducative et ses aptitudes, le « prêtre-Anubis » de l'époque l'avait formé. Il devrait à son tour éduquer dans le plus grand secret un jeune prêtre qu'il aura jugé apte au silence du secret d'*Anubis*. Personne au temple ni même à la cour ne savait de qui il s'agissait.

La purification abdominale terminée, il tourna la tête vers la table, et là, il vit un scarabée en turquoise serti d'or. Au dos du bijou, sur le ventre de l'animal sacré, était inscrit :

« *Ô Toi, Kagemni, vizir de Téti*

Vis ta vie éternelle
Sans te retourner vers le passé
Va sur la barque sacrée
Sans avoir peur des juges
Car ta pesée sera rectitude
Car ta sagesse sera reconnue
Par notre Maître à tous,
Osiris. »

Ému par ce témoignage affectueux, le « prêtre-Anubis » déposerait le scarabée sur le cœur de Kagemni, une fois l'embaumement terminé.

— Apporte-moi le vin de palme, ordonna-t-il à son disciple.

— Tiens, Anubis !

— Merci.

Le corps du vizir était prêt à subir la dernière étape de l'embaumement. Il fut déposé dans une baignoire en granit et recouvert généreusement de natron pour un bain qui durerait soixante-dix jours.

6

Depuis la mort de Kagemni, la cour et le pays vivaient au ralenti. Le royaume suivait les longs jours de deuil décrétés par le souverain. Les pleureuses se relayaient devant l'entrée du temple, jour et nuit.

Les artisans étaient les plus sollicités. Il fallait terminer la décoration de la tombe du vizir, confectionner son sarcophage, regrouper les meubles, les bijoux, tout ce dont Kagemni aurait besoin dans sa vie éternelle et qui ornerait sa chapelle funéraire. Mérerouka avait sollicité Téti pour doubler les rations de nourriture des ouvriers et motiver ainsi les troupes afin d'accélérer les travaux de la tombe de Kagemni.

Le jour ultime arriva, celui de la momification et des funérailles.

Le corps du vieux Kagemni fut retiré du bain déshydratant. Malgré l'aspect très sec du corps, les traits physiques étaient restés intacts. Deux prêtres le portèrent et le posèrent sur la table de momification, la tête supportée par un repose-tête en demi-lune.

La table, longue de 4 *meh*[1] et large de 2 *meh*, supportait des tasseaux de bois surélevant ainsi le corps.

Un momificateur qui n'était autre que le « prêtre-Anubis » s'affaira en entonnant des liturgies magiques, seul dans la pièce.

Sur le corps inerte, lavé, débarrassé de toute impureté, le momificateur débuta la dernière étape mortuaire par les doigts de Kagemni. L'un après l'autre, les doigts se retrouvaient enrubannés de lin. Venait ensuite le tour des bras, des jambes, du tronc et de la tête. Chaque rouleau de bandelette de lin était coupé sur un quart de *meh* de large pour atteindre plusieurs *meh* de long.

Le corps momifié était aussi lourd qu'à son vivant. Le « prêtre-Anubis » demanda main-forte aux prêtres de *Ptah* afin de soulever le corps, les tasseaux le surélevant le gênaient pour terminer le travail.

Le prêtre n'omit pas de déposer, entre le corps et les bandes, de petites amulettes telles que l'*ankh*[2], le *djed*[3], l'*oudjat*[4] et *Kheper*[5], symboles qui auraient la lourde tâche de protéger le mort et de lui apporter la chance dans l'*Am-douat*. L'amulette donnée par le souverain fut placée au

---

[1] 1 meh = 1 coudée = 0,525 mètre

[2] La croix ansée symbole de la vie éternelle

[3] Pilier de la stabilité, symbole de la colonne vertébrale d'Osiris

[4] L'œil d'Horus, symbole de la victoire du bien contre le mal

[5] Scarabée symbolisant la renaissance de Rê chaque jour nouveau

niveau du cœur. Les bandelettes étaient savamment posées, formant des croisillons, et scellées par de la cire chaude.

L'œuvre achevée, les prêtres vinrent aider le momificateur à déposer Kagemni dans son cercueil de bois décoré de dessins protecteurs et de formules magiques. À l'aide de son herminette, le « prêtre-Anubis » symbolisa l'Ouverture de la Bouche et des autres sens tels que l'ouïe, la vue, la respiration.

Les pleureuses attendaient patiemment la sortie du corps de Kagemni. Téti et sa cour étaient réunis devant le temple de *Ptah*, guettant ce même instant.

Les grandes et massives portes du temple s'ouvrirent enfin. Tout le monde se leva. Le cercueil fut déposé dans un autre coffre plus grand, fait de bois doré richement décoré, et posé sur un traineau. En tête de cortège marchaient le grand-prêtre de *Ptah* et le « prêtre-Anubis ». Un prêtre versait de l'eau sur le sable, devant le traîneau funéraire, pour faciliter son déplacement. Des prêtres le tiraient à l'aide de robustes cordes de lin. Téti et toute la cour suivirent le cortège. Mérerouka se tenait aux côtés du souverain. Les pleureuses leur emboîtaient le pas, se flagellant le visage. Leurs larmes généreuses laissaient le maquillage s'étaler sur leur visage ; plus les larmes étaient nombreuses, plus l'éternité du défunt serait rayonnante. Puis, les porteurs d'offrandes défilèrent avec bière, viande, volaille, poisson séché, pain, fruits, légumes, meubles, coffres à bijoux, vêtements, onguents, huiles magiques, rouleaux de papyrus, calame et palette de couleurs ; un vizir, même dans l'éternité, ne pouvait se passer d'exercer son art.

Le cortège arriva sur la berge où plusieurs barques étaient accostées. Dans la plus grande, le défunt, les prêtres, Téti et Mérerouka y prirent place pour traverser le fleuve, suivis d'autres embarcations. Ils atteignirent la berge opposée.

Tout ce monde marcha jusqu'à la nécropole, endroit que Téti avait choisi pour la construction de sa demeure d'éternité. Le roi avait honoré Kagemni en faisant construire son tombeau face au sien.

Devant la porte se tinrent Téti et Mérerouka. Ils tournèrent le dos à la façade où étaient narrées les diverses étapes de la brillante carrière du vizir. Pour des siècles et des siècles, on pourrait lire :

« *J'ai jugé les parties de façon à ce qu'elles fussent satisfaites.*

J'ai nourri le misérable.

J'ai éloigné les maux de l'affligé. »

Mérerouka était parvenu à faire travailler jour et nuit les ouvriers pour offrir au vizir une demeure d'éternité achevée et digne de l'homme qu'elle accueillait.

Lorsque le cortège funéraire se présenta devant eux, Téti et Mérerouka ouvrirent la marche, guidant ainsi les prêtres et les porteurs d'offrandes ; ils furent d'ailleurs les seuls à pénétrer dans le tombeau. Les membres de la famille du vizir et les pleureuses restèrent sur le pas de la porte.

La tombe avait été construite de blocs de calcaire venus de Tourah. Ils mesuraient 1 *meh* de large sur 4 de long et étaient joints les uns aux autres.

L'air ambiant de la nouvelle demeure de Kagemni sentait le mortier et la peinture, encore fraîche par endroits.

Les seuls yeux autorisés à apercevoir sa tombe virent progressivement leur vizir sur les bas-reliefs des huit salles successives.

Dans la première, parfois représenté en totale nudité, le vizir naviguait sur sa barque de roseau. On le voyait chassant l'hippopotame, le crocodile et pêchant dans le fleuve bienfaiteur en compagnie d'hommes en train de tirer une nasse chargée de poissons.

La seconde salle était dépourvue de décorations.

Dans la troisième, dite à piliers, les prêtres le virent surveillant les paysans travaillant dans son domaine à l'élevage intensif où veaux, vaches, cochons étaient fort bien traités. Au travers de scènes dignes de *Bès* et d'*Hathor*, Kagemni profitait pleinement de la grâce de danseurs, danseuses, acrobates, musiciens et chanteuses tapant dans leurs mains et évoluant dans une atmosphère musicalement joyeuse.

Dans la quatrième, il apparaissait dans une barque chassant et pêchant dans les marais. Des oiseaux déployaient leurs ailes, tentant d'échapper au filet et à la pointe meurtrière du harpon. Se succédèrent des tableaux de hyènes et de gavage d'oies. Deux scribes, assis, inscrivaient le compte-rendu d'une journée de travail. Devant eux, debout, se tenait un responsable lisant le rapport à Kagemni.

Dans la cinquième salle, toutes les offrandes que méritait Kagemni étaient peintes. Elles étaient destinées au « Ka de Memi ».

Dans la salle suivante, des hommes mesuraient le grain entassé devant eux avant qu'il ne soit transporté dans le silo.

Les porteurs pénétrèrent dans la septième salle, la salle des offrandes, où une stèle fausse-porte les attendait. Ils déposèrent leur chargement devant celle-ci et quittèrent les lieux.

Seuls Téti, Mérerouka et les prêtres purent poursuivre leur marche. Ils passèrent la huitième salle, où de nouvelles offrandes étaient peintes, avant de pénétrer dans la chambre funéraire où le sarcophage de calcaire attendait le corps.

Tout en psalmodiant des formules magiques, les prêtres posèrent le coffrage mortuaire sur le sarcophage et firent passer deux grosses cordes sous le cercueil. Quatre prêtres tendirent le cordage puis, petit à petit, lâchèrent du lest pour faire descendre ce dernier jusqu'au fond de la cuve du sarcophage. Le lourd couvercle avait été posé sur le rebord nord où la tête de Kagemni reposait. Des supports de bois soutenaient le couvercle. Trois prêtres le poussèrent, tandis qu'un d'eux fit tomber progressivement les tasseaux verticaux où reposait le couvercle depuis le jour où le sarcophage fut trainé jusqu'à la chambre funéraire, bien avant que Kagemni ne mourût. Le grand-prêtre scella à tout jamais le sarcophage avec du mortier. Deux autres membres du temple de *Ptah* posèrent dans la chambre funéraire le petit coffre à canopes ainsi qu'une quarantaine d'*oushebtis*.

Ces petites figurines osiriaques faisaient office de serviteurs, qui sauraient aider Kagemni dans ses tâches quotidiennes dans l'autre monde.

Tout se déroulait dans le plus grand silence, à l'exception des chants magiques résonnant dans le tombeau. Le petit groupe recula pour quitter la nécropole tandis que le grand-prêtre effaçait toutes traces de pas à l'aide de son balai en feuilles de palmier. Le lieu devait rester pur.

Lorsque tout le monde se retrouva dehors, la porte fut refermée.

Kagemni faisait déjà partie du passé.

Le grand-prêtre s'avança vers le souverain.

— Téti, Souverain des Deux Terres ! Prête l'oreille aux paroles de ton serviteur devant *Ptah* ! Maintenant, notre vizir Kagemni a pris place sur la barque sacrée et navigue vers l'*Am-douat* ! Son *ba* plane déjà autour de nous. Je tiens à te déclarer que Mérerouka a dirigé avec efficacité l'achèvement du tombeau. Il a su et a prouvé que rien n'était impossible. Il mérite toute notre considération, et je pense que tu peux dorénavant lui prévoir un très bcl avenir.

Le roi hocha la tête en regardant Mérerouka d'un œil jubilatoire : une fois de plus, il était convaincu d'avoir choisi le bon époux pour sa fille.

Tout le monde quitta la nécropole pour rejoindre le centre de *Men-nefer*. Mérerouka marchait aux côtés de Téti.

— Alors, mon cher futur gendre, tu dois avoir hâte de convoler en justes noces ? lui demanda Téti.

— Pour sûr, Téti ! Avec la pression vécue, cela ne pourra que réjouir mon cœur et mon corps !

— De retour au palais, le deuil étant terminé, j'annoncerai la date des noces.

7

Arrivés au palais, Téti et Mérerouka s'installèrent confortablement sur des coussins moelleux.
— Désires-tu une bonne bière, douce comme l'amour et sucrée comme le miel ? demanda le roi.
— Oh, bien volontiers, vénérable Téti, lui répondit Mérerouka, décontracté.
Téti fit signe à son chambellan.
– Porte-nous le breuvage le plus frais, le meilleur qui soit et fais venir mes scribes et le grand-prêtre d'*Osiris*.
Le serviteur s'inclina et quitta la pièce tandis que Téti offrit un oignon doux à Mérerouka qui le croqua avec plaisir.
— Notre pauvre Kagemni a bien œuvré pour *Kemet*. Son *ba* plane parmi nous et il sait que tout le royaume est fier de lui, déclara Téti. Cependant, il nous faut poursuivre notre vie terrestre. *Kemet* ne peut rester sans vizir. Aussi..., Téti interrompit son discours lorsque deux serviteurs entrèrent chargés d'une lourde jarre de bière.
Ils remplirent deux coupes et Téti leur fit signe de sortir pour reprendre la discussion.
— Mon gendre, je serais heureux si tu acceptais ce poste.
Mérerouka n'eut pas trempé encore ses lèvres dans le divin breuvage qu'il se sentit déjà étourdi. On ne refusait rien au roi.
— Mon noble Souverain, tu me fais trop d'honneur et ma joie dépasse tous les bonheurs de l'existence !
— Viens que je t'embrasse !
Ils se congratulèrent et burent plus qu'il n'en fallut lorsque les scribes royaux arrivèrent, suivis du grand-prêtre d'*Osiris*.
— Scribes, notez ! ordonna Téti. En l'an 17 du règne de Téti, troisième mois *Mésori*[1], jour 4, Téti déclare...

---

[1] Douzième mois du calendrier nilotique, quatrième mois de Chemou

Il s'arrêta, regarda le grand-prêtre et lui demanda :
— Quand est-ce que *Sepet*[1] sortira de l'horizon ?
— Dans très peu de nuits, mon divin Roi. Le nouvel an est prévu dans...
Le grand-prêtre consulta son papyrus où était notée la date du lever héliaque de *Sepet* qui correspondait au début de la crue du fleuve nourricier et reprit.
— Dans exactement un cycle de lune, Téti.
— Très bien. Alors, reprenez votre calame. Téti déclare qu'en l'an 17 de Téti, premier mois de *Thot*, jour 1, Téti prendra pour seconde épouse royale, Khouit. À cette date, sa fille Ouatet-Kether sera unie à Mérerouka, nouveau vizir de *Kemet*. Trois jours de fête seront offerts à tous, de l'esclave au plus haut dignitaire du royaume. Que le lait, que le vin, que la liqueur, que la bière, que le canard, que l'oie, que le bœuf, que le mouton, que le poisson soient sur chaque table. *Min* sera ainsi vénéré pour que l'*Akhet* soit bonne pour tout le pays, pour que *Peret*[2] ensemence chaque femme. Que chaque parcelle de terre soit recouverte de limon fertile. Que *Chemou* offre des récoltes abondantes. Que tous se souviennent de mes paroles écrites !
Les scribes royaux tendirent leur papyrus à Téti, il vérifia les écrits et le remit à son futur gendre.
— Tout est correct, Téti ! attesta Mérerouka.
— Alors, Mérerouka, je te charge d'informer prêtres, cuisiniers, couturiers, hauts dignitaires qu'ils peuvent se remettre au travail.
— Bien, Téti !
Mérerouka quitta la pièce en même temps que le grand-prêtre et les scribes, mais Téti le retint.
— Ça y est, c'est officiel ! annonça-t-il.
— Oui ! acquiesça Mérerouka, rêveur, heureux mais inquiet par les nouvelles responsabilités qui lui furent posées sur les épaules.

---

[1] Sirius, l'étoile principale de la constellation du Grand Chien

[2] Période de la germination, décrue du Nil, saison la plus froide

Le messager du roi vint annoncer à Ouatet-Kether la date de ses noces. Surexcitée, elle courut en informer sa mère, bousculant à son passage les personnes dans les couloirs.

— Mère ! Mère ! Ça y est ! Je me marie bientôt ! hurla-t-elle accourant dans les appartements de sa mère.

— Je suis heureuse pour toi, ma fille, lui répondit-elle avec un trouble dans la voix.

— Ne sois pas triste, Mère, tu seras au premier rang et l'on ne regardera que toi !

— Malheureusement, je serai au premier rang, comme tu le dis, pour maudire cette... étrangère...

— Mère, Père t'a avoué sa flamme et tu sais qu'il t'aime toujours et pour l'éternité. Ne pense qu'à mon bonheur et nargue cette femme en étant joyeuse, cela ne fera que l'agacer. Ainsi, Père te reviendra rapidement. De plus, mon petit frère participera aux festivités, ce sera sa première sortie publique !

— J'essaierai, ma douce Ouatet-Kether... J'essaierai...

La date des noces arriva. Le pays était en liesse. Les trois jours fériés décrétés par Téti furent les bienvenus pour toutes les classes sociales.

On chantait, on dansait. Les enfants nus couraient et s'amusaient dans les rues. Les femmes cuisinaient et s'occupaient des plus jeunes, de leur logis tandis que leurs époux bavardaient entre hommes dans les tavernes en buvant jusqu'à l'ivresse. Néanmoins, ils n'oubliaient pas d'admirer certaines serveuses et catins légèrement vêtues aux regards de braise, maquillées au *mesdemet*[1]. Certains hommes ne se contentaient point de regarder, laissant leurs mains se balader sur la chair fraîche et docile.

---

[1] Khôl

8

Au palais, l'ambiance était bien différente ; le congé n'y avait pas sa place. Les cuisiniers étaient débordés de travail, les scribes immortalisaient chaque instant et chaque mot sur papyrus. Les dames de compagnie, servantes, chambellans et eunuques étaient aux petits soins pour les dames de la cour, pour Téti et Mérerouka.

D'ordinaire, les mariages ne nécessitaient aucune cérémonie particulière. Mais Téti était si amoureux de cette princesse au corps ferme et jeune, aussi mat que l'ébène, et si fier d'unir sa fille aînée à un homme intègre, qu'il ne pouvait faire autrement que de gratifier le peuple.

Les sagattes des prêtres des temples d'*Osiris* et de *Rê* émirent leurs notes aiguës dont les ondes naviguaient des lieux saints jusqu'aux oreilles des mortels, annonçant ainsi la cérémonie.

Le peuple se précipita au palais, ouvert exceptionnellement à tous. L'immense cour fut recouverte d'âmes aux yeux grands ouverts, rivés sur la façade ; il était hors de question de rater un événement de cette envergure. Les cœurs battaient la chamade dans chaque cage thoracique.

Le palais était paré de banderoles blanches, de petits fanions de lin finement tissé. Tandis que les soldats, armés, postés sur la première terrasse, observaient avec vigilance le moindre geste suspect, les prêtres au crâne rasé de près et vêtus de blanc dominaient les spectateurs sur le second pilier plus haut d'une vingtaine de marches. Tout le monde attendait avec fièvre les couples.

« Longue vie à notre Roi ! Longue vie à Toi, *Horus* ! », hurlait chaque bouche lorsque la patience fut récompensée par l'apparition divine.

D'une marche solennelle, Téti se montra plus vaillant que jamais. Son pagne plissé avec soin était tenu par une ceinture d'or dont l'anneau de fermeture était orné du cartouche en son nom. Le torse nu, fraîchement rasé et oint d'huiles parfumées, apparaissait musclé et viril. L'imposant pectoral d'or, serti de pierres précieuses, renvoyait les rayons du soleil. Le *pschent*[1] était supporté par une tête radieuse, fière, au menton garni de la barbe postiche, symbole du corps d'*Osiris* momifié, preuve que le roi était déifié. Les bras croisés sur le buste, Téti tenait la crosse et le flagellum. Il se présenta face à son peuple qui hurlait des louanges. Il s'assit sur le trône d'ébène aux sculptures dorées que le père de Khouit lui avait offert pour les noces. Ipout l'accompagnait, suivie de la nourrice berçant Sarê. Elle apparut digne, avec l'élégance de son rang. L'embonpoint causé par la grossesse lui offrit une grande féminité. Elle était vêtue d'une longue robe rouge, parée des plus beaux bijoux et coiffée d'une perruque savamment tressée ornée de perles colorées. Le peuple hurla sa dévotion tant il aimait sa reine. Dès que Téti fut assis, elle prit place à sa droite.

Après s'être prosternée dans le calme le plus complet, la foule acclama le couple souverain et son petit prince.

Téti quitta son trône, leva les bras et demanda le silence pour prendre la parole.

— Mon peuple adoré, aujourd'hui brille *Rê* de tous ses éclats pour fêter avec nous ce jour heureux où votre Roi va vous présenter votre seconde reine et votre nouveau vizir !

— Vive Téti ! Vive notre Roi ! Longue vie à Toi ! acclama le peuple.

Téti regarda le grand-prêtre d'*Osiris* et lui fit un signe de la tête avant de se rasseoir. Le grand-prêtre tapa dans ses mains trois fois. Alors, au rez-de-chaussée du palais, une porte s'ouvrit. Un palanquin voilé, porté par six hommes, apparut au peuple curieux et s'arrêta devant l'escalier.

« Ça y est, Khouit ! Tu as réussi ! », songea la future seconde épouse.

Deux servantes, légèrement vêtues, s'approchèrent du palanquin et en dégagèrent un pan de voile blanc, laissant

---

[1] La double couronne royale symbolisant la Haute et la Basse-Égypte

alors Téti admirer de loin sa nouvelle conquise. Les yeux des visiteurs furent surpris par l'origine de leur seconde reine et tardèrent à l'acclamer. Téti resta impassible avec un regard gourmand. Les porteurs s'accroupirent et posèrent la couche sur le sol. Les servantes aidèrent Khouit à en sortir. Une fois dehors, le palanquin quitta les lieux et Khouit resta immobile face à l'immense escalier. Les trompettes sonnèrent. Khouit gravit alors avec élégance les marches et vint s'asseoir à la gauche de Téti sous les acclamations du peuple. Ipout suivit les conseils de sa fille aînée et fit apparaître un visage détendu ce qui, malgré la distance, n'échappa point à Khouit.

Cette beauté sauvage du pays du *Ouaouat* était habillée d'une tunique longue de lin blanc au large décolleté. Le tissu transparent moulait son corps mat parfait. Sa poitrine haute et ferme pointait vers le ciel tandis que son fessier, aussi rebondi qu'un melon, formait les deux rives de *Kemet* avec en son centre le lit du fleuve bienfaiteur. Son pectoral en or, serti de lapis-lazuli et d'ivoire, attirait les regards qui s'aventurèrent rapidement sur le décolleté féminin, oubliant la richesse de la joaillerie. De larges bracelets ornaient ses bras fins. Deux gros anneaux d'or pendaient à ses oreilles, cachés à moitié par une perruque à la longue chevelure, tressée avec délicatesse, aussi sombre que les ténèbres.

Téti décida enfin de se lever, fit un pas et tendit la main à Khouit.

Le cœur battant, elle répondit à l'appel souverain, s'agenouilla devant Téti, lui montrant son pied gauche dont la cheville portait encore l'anneau de la Maison de Vie. Dans une respiration profonde, avec la prestance de la princesse qu'elle était dans son pays de naissance, elle soumit Téti à lui retirer l'anneau. Téti exécuta le geste lui-même, au grand dam d'Ipout. La soumission de Téti ne fut pas au goût de tous. Le grand-prêtre regretta le geste de son roi, le protocole voulait que ce soit lui qui retire l'anneau, mais il ne se manifesta point. Aussi, tandis qu'une partie du peuple acclamait sa seconde reine, une autre préféra s'éclipser avec délicatesse, pour elle, la fête était terminée.

Téti croisa la crosse et le flagellum sur la tête de Khouit toujours debout face à lui et prit la parole.

— En l'an 17 de Téti, premier mois de *Thot*, jour 1, devant les dieux, Téti proclame Khouit, princesse du *Ouaouat*, seconde épouse royale ! Que par cette union perdure la paix entre nos deux pays ! Que *Kemet* vive dans la prospérité ! Reine de *Kemet*, prends place aux côtés de ton époux !

Elle jeta un regard inquisiteur à Ipout. Cette dernière rétorqua par un sourire ricaneur.

Téti poursuivit son discours.

— Que ma fille vienne nous rejoindre !

Ouatet-Kether, fraîche telle la fleur du nénuphar à l'aube, apparut au bras de sa nourrice. Aujourd'hui, elle quittait définitivement sa carapace d'enfant.

— Ouatet-Kether, ma douce fille aînée, aujourd'hui, navigue vers sa vie de femme au bras de... Mérerouka !

— Quel imposteur ! Comment un simple homme du peuple peut-il épouser une princesse ? s'insurgea une voix masculine depuis la foule.

— Il n'est pas un homme du peuple, c'est évident, rétorqua une autre voix.

Mérerouka apparut.

— Viens ! Approche mon gendre ! Présente-toi à ton peuple !

Une main dans celle de Ouatet-Kether, Mérerouka fit face au peuple de *Kemet*, silencieux et prosterné en signe d'allégeance. Son émotion fut si puissante que les mots ne lui vinrent. Téti, conscient, prit la parole en l'acclamant.

— Voici votre vizir !

À nouveau, les avis se divisèrent. Certains furent optimistes, appréciant Mérerouka. D'autres, les nantis, n'apprécièrent guère ce choix, ne sachant qui il était réellement et certainement pas un enfant de leur sérail.

— Que le bonheur rayonne dans chaque cœur, dans tout le pays et que *Hâpy* et *Osiris* entendent nos prières !

Les gardes escortèrent les badauds jusqu'à la sortie du palais et refermèrent les lourdes portes. À présent, chacun fêtait les événements en privé.

Les prêtres, les gouverneurs des provinces de *Kemet*, les hauts fonctionnaires, la famille royale du *Ouaouat* qui avait fait le déplacement pour l'événement, le couple princier et le trio royal passèrent la porte du bâtiment principal. Ils le traversèrent et prirent place dans l'immense jardin du palais luxuriant. Les nombreux bassins laissaient se rafraîchir les plus jeunes invités, faisant fuir les libellules et les grenouilles dérangées dans leur tranquillité aquatique.

Danseuses et danseurs courbaient leur corps avec souplesse et grâce, laissant leur chevelure virevolter sous les mélodies pleines de gaieté. Ces dernières étaient rythmées par des musiciens dont seul restait assis un talentueux harpiste, un vieil homme aveugle. Les cymbales tintinnabulaient, les flûtes doubles soufflaient leurs notes aigües, les tambourins résonnaient d'un ton sourd, tandis qu'un luth libérait le son du vent entre les branches des arbres.

Le souverain, pâmé tel un paon, était assis entouré de ses deux épouses. Il se leva pour s'entretenir un instant avec ses invités. Alors, Ipout n'hésita plus à cracher son venin. Allongée sur de moelleux coussins, elle s'étira davantage vers Khouit et lui jeta une phrase simple.

— Malgré ta beauté de tigresse, sache que je suis la seule gravée à tout jamais dans son cœur comme une cicatrice !

Le sourire et le ton courtois de la grande reine firent froncer le visage et les yeux de Khouit qui préféra ne pas rétorquer.

Mérerouka fut félicité par les convives, hormis Pinedjem qui le jalousait pour son ascension professionnelle fulgurante. D'autres personnages de la cour se chuchotèrent à l'oreille sans perdre Téti et Mérerouka du regard.

La fête semblait régner dans chaque foyer, dans chaque ruelle, dans chaque cœur comme le souhaitait Téti. Le palais vivait dans une effervescence chaleureuse, sauf pour un petit comité formé suffisamment à l'écart des oreilles royales et de celles de leurs plus proches sujets. Pinedjem, Ouserkarê, Merenri, Hessi et Shem Kuimptah critiquaient la cour sans ménagement, tout en dégustant les nombreux plats raffinés. Ouserkarê, frère de Téti, avait été placé au haut rang de Chef des armées et nommé garde du corps du roi. Hessi, nouvellement nommé Maître d'œuvre à la place de Mérerouka, lança un point de discussion houleux ; vizir sous Ounas, il n'avait jamais accepté sa rétrogradation.

— Connaissez-vous la préoccupation majeure de notre cher roi ? demanda-t-il.

— Non, interrogea Merenri, haut fonctionnaire militaire.

— Les avancées des travaux de sa demeure d'éternité ? proposa le prêtre Pinedjem.

— Pas du tout, mon ami, répondit Hessi. C'est sa succession.

— Avec la lionne qu'il vient d'épouser, il ne devrait pas tarder à l'agrandir ! ricana Ouserkarê.

— Le problème est qu'elle ne le veut pas souvent dans son lit ! bava Hessi.

— Quoi ? s'étonna Ouserkarê, paraissant intéressé par le sujet.

— Elle est trop gourmande et exigeante pour se contenter d'un vieillard, déclara Pinedjem.

— Tu m'as l'air bien au courant, mon ami, s'étonna Ouserkarê, curieux.

— C'est que..., on parle à la cour...

— C'est ça ! s'exclamèrent Hessi et Ouserkarê.

— Qu'on aille me chercher à boire ! hurla Pinedjem.

— Allez, cachotier, raconte ! supplia Ouserkarê.

Et Pinedjem se lança dans une description plus pornographique qu'érotique de ses frasques avec la princesse du *Ouaouat*. Cela fit bouillir l'adrénaline d'Ouserkarê, des pieds à la pointe des cheveux. Il décida qu'un jour, ou une nuit, elle serait à lui, par curiosité, par vice, par jalousie ; la bière et le vin œuvraient.

Soudain, tous sursautèrent, bousculés dans leur ivresse.

— Alors, mes amis, pourquoi êtes-vous si loin du roi ? s'étonna Ankhaf accompagné de Mérerouka dont le haut du crâne était coiffé du cône de cire au parfum du lotus.

— Oh ! Félicitation, Mérerouka !

— Merci ! Venez donc vous joindre à nous ! invita Mérerouka.
— Nous sommes à la chasse d'une belle femelle !
— Oh, je vois ! Alors, amusez-vous bien ! conclut Ankhaf, le prêtre du temple d'*Osiris* très ami avec Mérerouka depuis fort longtemps.
Le trio amical but et but encore lorsqu'une courtisane non farouche se laissa tomber sur leurs coussins. Ils commencèrent à la caresser et la déshabillèrent entièrement. Alors, la jeune femme se leva et dansa avec un simple voile. Les compagnons de beuverie ne s'ennuyèrent pas un instant. Lorsque *Rê* annonça le jour nouveau, ils se réveillèrent enlacés les uns aux autres, mais sans la fille.

La nuit fut plus sucrée et délicate pour Mérerouka et Ouatet-Kether, devenue cette nuit femme, avec tendresse et volupté.
Quant à celle du couple royal, la tigresse du *Ouaouat* sut combler les plus sensuelles volontés du roi, sans y prendre le moindre plaisir.

9

Les festivités, fort onéreuses, avaient vidé quelques silos à grains et fait abattre nombre d'animaux, ce qui annonçait des privations, surtout pour le petit peuple.
— Ouvrez la porte ! Vite ! Il faut que je parle à notre roi, hurla un prêtre aux gardiens. Ouvrez !
— Que se passe-t-il ? questionna Téti, importuné par le vacarme.
— Cet homme...

— Mon Roi ! Je suis Sinouhé. Je viens de loin. J'ai marché des jours et des nuits depuis *Shemaou* pour t'annoncer que la crue ne sera pas favorable, annonça le prêtre de *Khnoum*.

— Comment cela ? Explique-toi !

— La prochaine crue devrait être catastrophique...

— Que me dis-tu ? Sors d'ici et que je ne te revoie plus !

Le pauvre prêtre, anéanti, sortit de la salle d'audience en se prosternant.

Lorsque les colossales portes furent fermées, les gardes expulsèrent le prêtre avec leur lance. Le brave et dévoué homme ne comprit pas la réaction du souverain. Mérerouka le croisa sur le parvis de l'entrée du palais, à l'extérieur, dans la rue. Il salua le prêtre qui, en voyant la tenue vestimentaire de Mérerouka, comprit que la chance lui souriait : il avait en face de lui un homme puissant, le *tjaty*, le vizir.

— Ô *Tjaty* ! Toi qui fais fonction d'oreilles et d'yeux de mon Roi, écoute-moi, par *Hâpy* ! Écoute-moi pour que *Seth* ne règne jamais sur notre pays !

— Par *Osiris*, que t'arrive-t-il, mon prêtre ?

— Nous ne pouvons parler ici, écartons-nous.

— Viens avec moi. Allons dans mon bureau, proposa Mérerouka, dont la bonté ne quittait pas son âme malgré sa fonction enviée.

Les sandales des deux hommes soulevaient le sable sous leurs pas. Le bureau de Mérerouka se situait non loin du palais, dans une bâtisse réservée à l'administration fiscale, Ouni y travaillait aussi. À leur arrivée, le vizir pria ses scribes de sortir quelques instants. Il ferma la porte, vérifia que personne ne se trouvait sous les fenêtres et invita le prêtre à parler doucement.

— Ici, nous sommes tranquilles. Je t'écoute, précisa le vizir. Quel est ton nom ?

— Je suis Sinouhé, prêtre de *Khnoum*. Je viens de *Shemaou*. Avec mes frères, nous avons vérifié la hauteur des eaux d'*Itérou* et les prévisions pour la prochaine crue ne sont pas bonnes..., déclara-t-il amèrement, d'une voix plaintive.

— Il faut vite en informer Téti...
— J'ai essayé, il est totalement stérile à mes avertissements, abdiqua le prêtre.
— Comment cela tu as essayé ? Que veux-tu dire ?
— Téti m'a mis à la porte.
— C'est insensé, s'insurgea Mérerouka, qui reprit son calme pour mieux réfléchir. Ce n'est pas le moment d'agacer davantage notre roi. Repasse me voir dans quelques jours.
— Bien, mon Maître. Que les dieux protègent ton âme, Mérerouka, pria Sinouhé.
— Va au temple d'*Osiris*, tu y trouveras l'hospitalité.
Mérerouka se retrouva seul dans sa pièce de travail, assis sur une natte de papyrus tressé. Il regarda par la fenêtre qui donnait sur un jardin où les sycomores, les persea et les tamaris avaient les branches dansantes sous le souffle d'un vent léger. Sur un des bassins, les nénuphars et les papyrus flottaient et proliféraient. « Pourquoi Téti a-t-il eu cette réaction ? songea-t-il. Ce n'est pas dans son intérêt, ni pour celui de *Kemet*... C'est surprenant. ». Mérerouka réfléchissait, plongé dans ses pensées, il ne remarqua pas le retour de ses employés.
— Tout va bien, Maître ? lui demandèrent-ils.
— Oui, ne vous inquiétez pas. Retournez au travail.

Les heures du soleil laissèrent place à celles de l'obscurité lorsque Mérerouka se leva en songeant : « J'ai trouvé ! Je me souviens lorsque Téti nous avait convoqués la veille de la mort de Kagemni, lorsqu'il lui avait déconseillé d'organiser les trois jours de fêtes... Il l'avait prévenu. Et maintenant, un petit prêtre consciencieux vient le lui rappeler. Demain, il va me falloir beaucoup de délicatesse dans le souffle de mes paroles... ».
Un léger bruit lui fit quitter ses songes. Il se retourna et eut la délicieuse surprise de voir sa jeune épouse devant lui.
— Ouatet-Kether ! s'étonna-t-il en lui tendant les bras.
— Mon doux époux aurait-il des soucis ?
— En effet, ma douce...
— Désires-tu m'en parler ?

— Non, ma belle, plus tard peut-être. Est-ce que tu souhaites m'accompagner jusqu'à la demeure éternelle de ton père ? Cela fait quelques jours que je n'y suis allé.
— Oui, bien sûr, mais la nuit ne va plus tarder à nous couvrir de sa noirceur...
— Par contre, tu ne pourras pas y entrer.
— Secret oblige ?
— Exactement !
— Cessons de bavarder, allons-y !
Ils quittèrent les lieux sur le dos d'un âne gris. Mérerouka adorait ces animaux qu'il trouvait très intelligents et besogneux. Le soleil couchant brûlait encore la peau. Il n'y avait pas suffisamment de vent pour les rafraîchir. Lorsqu'ils arrivèrent dans la verdoyante oasis, leurs corps retrouvèrent leur souplesse cutanée, excités par un léger frisson. Sur la berge, ils laissèrent l'âne, confiant sa surveillance à un vieillard, monnayant le service d'une pincée de graines de blé. Ils s'installèrent dans une petite barque royale pour traverser le fleuve et se rendre sur la nécropole.
— Tout va bien, mon aimée ?
— Parfaitement, Mérerouka ! Du moment où je suis près de toi, je suis la plus heureuse des femmes, par *Hathor* !
Peu de temps fut nécessaire pour atteindre l'autre berge.
— Je t'aime, Ouatet-Kether ! déclara, sans gêne, Mérerouka en aidant son épouse à quitter leur embarcation.
Les pieds sur la terre ferme, Ouatet-Kether déposa un léger baiser sur les lèvres de son époux.
— Bonjour, Maître ! salua un vieil homme bossu et fripé par les ans.
— Bonjour, brave Aha ! Garde la barque ! Voici pour toi.
Mérerouka venait de troquer ce service contre une petite amulette en turquoise. Conscient que tout travail méritait compensation, il avait plusieurs de ces amulettes et des graines glissées dans une bourse de cuir, attachée par un lien autour de son cou.
— Qu'*Osiris* se souvienne de ton geste, mon Maître !
— Merci, mon brave. Viens Ouatet-Kether !

Ils marchèrent le long d'une rampe s'étirant sur environ mille *coudées*.

— Par *Amon* ! Que de beauté ! s'exclama Ouatet-Kether.

Le couple se trouva face à l'enceinte du tombeau *d'Horus Netjérierkhet*[1]. Le monument funéraire était composé de six énormes et hautes marches. Son sommet se dressait vers le ciel pour toucher les étoiles et l'éternité stellaire. Les parois de calcaire blanc étincelaient sous les derniers rayons de soleil.

— C'est beau, n'est-ce pas ma douce ?

— Splendide, veux-tu dire ! Grandiose ! s'émerveilla la jeune épouse.

— Viens avec moi, nous allons faire une offrande à notre ancien roi.

— Attends, je vais cueillir quelques fleurs de lotus qui baignent dans le bassin.

La nécropole avait un grand lac naturel dont l'eau servait à irriguer les arbres et les nombreuses plantes poussant au pied des demeures d'éternité.

Ouatet-Kether, sous les yeux émerveillés des jardiniers, plongea, sans aucune retenue, dans une des réserves d'eau et en sortit avec quelques fleurs. Son corps dévoila alors, à tous, ses courbes sensuelles. Malgré la douceur de la soirée, sa tunique sécha rapidement.

Le couple fit un petit détour en longeant le mur d'enceinte. Devant la porte d'entrée de l'immense complexe funéraire, un gardien surveillait les allées et venues. Des prêtres déposaient des offrandes, vénérant toujours l'âme d'*Horus Netjérierkhet.*

— Je suis Mérerouka, ton vizir, accompagné de la princesse Ouatet-Kether ! annonça-t-il au gardien.

Sans mot dire, simplement en s'inclinant, ce dernier les invita à entrer. Ils pénétrèrent dans l'enceinte à redans, puis quittèrent le couloir hypostyle pour se retrouver face au mur « aux cobras » et celui aux piliers « *Djed* ». Ils accédèrent à la grande cour cernée par le mur *Heb Sed*. Au

---

[1] Djoser

nord, ils virent « la maison du Nord » et à l'opposé, « la maison du Sud ».

Posée contre le premier tombeau de base, une petite maisonnette, le *serdab*[1], avait deux trous sur le premier pan de mur.

— Regarde par un trou ! invita Mérerouka.

Ouatet-Kether s'exécuta.

— Ah ! hurla-t-elle. Il est vivant ! Il me regarde !

— Oui, ma douce. Pose ton offrande sur la table devant toi. D'ici, le roi communique avec les vivants et la nuit venue, ses yeux observent *Sepet* briller.

La majesté des lieux avait émerveillé la jeune princesse. La nécropole n'était ouverte qu'aux prêtres, prêtresses et aux souverains. Les artisans-ouvriers qui œuvraient pour autant de magnificences éternelles étaient les seuls « gens du peuple » autorisés à fouler le sol des allées fleuries pour y travailler. Certains n'hésitaient pas à voler une petite amulette par-ci, un bijou par-là, pour améliorer leur quotidien. Mais d'autres n'avaient pas le temps de s'enrichir qu'ils étaient jugés et empalés sur un pieu planté sur la place du village des ouvriers. Chacun pouvait attester du résultat de leur malveillance, si l'envie les caressait.

— Ne devions-nous pas nous rendre sur la nécropole future de mon père ?

— En effet !

— Alors, qu'as-tu comme soucis ? s'obstina Ouatet-Kether tout en marchant en direction de la demeure d'éternité paternelle, située au nord-est du complexe funéraire d'*Horus Netjérierkhet*.

— Le chemin sera encore un peu long. N'insiste pas, ma douce. Les murs et les arbres ont des oreilles, lui répondit-il, il n'y a rien de grave. J'avais besoin de me nourrir de la puissance d'*Horus Netjérierkhet*, notre ancêtre.

Ils arrivèrent enfin devant la demeure d'éternité de Téti, bien plus modeste que celles de ses prédécesseurs. Cependant, la princesse eut une larme dans les yeux. Elle

---

[1] Dans les complexes funéraires, pièce renfermant la statue du défunt

était heureuse de savoir que son père aurait une si douillette tombe, mais elle avait des difficultés à se résigner quant au destin d'un tout un chacun : la mort. Malgré son mariage avec cette indigène opportuniste et le mal qu'il faisait à sa première épouse, Ouatet-Kether aimait follement son père.

— Je suis dans l'obligation de te demander de rester ici, ma douce, déclara Mérerouka.

— Je le sais, je vais t'attendre sur le parvis du tombeau de Kagemni. J'en profiterai pour y faire quelques prières.

— Très bien.

Lorsque Mérerouka se présenta face à l'entrée de la tombe de Téti, les gardiens des lieux le saluèrent.

— Je constate avec bonheur que les ouvriers travaillent bien !

— Effectivement, mon Maître ! répondit un des gardiens qui n'avait pas oublié que le vizir l'avait épargné de coups de fouet pour avoir laissé vagabonder des pilleurs de tombes autour du site.

Soudain, Mérerouka vit une personne venir à lui. C'était Ipy, un des superviseurs des travaux.

— Mon brave Ipy ! Que fais-tu ici à cette heure si tardive ? questionna Mérerouka.

— J'ai coutume de venir faire un petit tour d'inspection chaque soir, mon Maître.

— Ton équipe travaille merveilleusement bien !

Ipy s'inclina, touché par le compliment.

— As-tu vérifié que la descenderie ait été rectifiée suivant mes demandes ?

— Oui, mon Maître. Les vérifications ont été menées par Imhotep.

— Allons constater sur place. Une torche ! demanda Mérerouka à un des gardiens.

Ipy invita le vizir à ouvrir la marche. Il passa l'entrée creusée et façonnée à l'horizon, au niveau du sol. Il entama la descente en empruntant la rampe dont la pente était prononcée comme il l'avait exigée. Mérerouka et Ipy purent se redresser une fois arrivés dans le vestibule.

— C'est parfait ! annonça le vizir.

— Les pauvres hommes vont souffrir lorsqu'ils descendront la herse, avoua Ipy.
— En effet, mais trop de pillages sont à déplorer ces dernières années, et nous nous devons, au nom de notre roi Téti, de lui offrir une tombe inviolable !
— Surtout lorsque les travaux sont dirigés par son gendre !
— Pardon ?
— Non, rien... Je disais simplement que tu lui offres une belle œuvre...
— Je ne suis plus le Maître d'œuvre, mais en effet je me dois de vérifier que sa demeure d'éternité soit parfaite. Que Téti soit mon beau-père ne change rien à mes volontés de bien servir mon pays. J'aime *Kemet* de la moindre petite herbe aux plus grands de nos dieux !
Ils poursuivirent leur visite en appréciant le travail des ouvriers dont les outils ne tarderaient pas à chanter dès le soleil levé, résonnant sur les blocs de calcaire venus des carrières de Tourah.
La nuit profonde s'était abattue sur le pays et la princesse commençait à s'impatienter. Un des gardiens prit l'initiative d'aller au devant de Mérerouka.
— Mon Maître, notre princesse est seule dans la nuit et la fraîcheur lui glace le sang.
Mérerouka et Ipy n'avaient pris conscience du temps et sortirent des lieux sans tarder.
— Je reviendrai dès que *Rê* apparaîtra, Ipy. Ma douce, je suis désolé, je n'ai pas vu le temps passer...
— Rentrons, j'ai froid !
Dans la nuit éclairée par la pleine lune, le couple quitta les lieux, marchant main dans la main.
— Je suis ravie d'avoir fait cette promenade. Tu m'as permis de découvrir des merveilles qui m'étaient cachées. Cela restera notre secret ! susurra-t-elle comme une petite fille.

Après une courte nuit, le vizir retourna sur la nécropole pour observer les ouvriers à l'œuvre. Les outils étaient nombreux et, en fin de journée, étaient entreposés dans une petite cabane, protégée par un scellé. Le responsable de ces outils vérifiait leur poids – la moindre poussière de métal pouvait être revendue – et pointait le matériel de travail des ouvriers. Dès le matin venu, chaque travailleur se faisait remettre ses outils par le responsable qui notait précieusement les attributions. Herminettes, hachettes, maillets, ciseaux de cuivre, cordages de lin, lames et faces en silex, aiguisoirs en quartzite..., rien ne manquait pour bien œuvrer. Sur des échafaudages de bois, à l'aide de maillets, certains tapaient sur leurs ciseaux de cuivre. D'autres utilisaient des masses et des marteaux de diorite. Des maçons étalaient sur les murs leur mortier fait d'éclats de calcaire réduit en poudre. Les traineaux glissaient sur le sable humide, tirés par les travailleurs les plus résistants. Tous ces instruments chantaient dans la nécropole.

Après avoir arpenté onze *coudées* de couloir, le vestibule passé, Mérerouka et l'architecte Imhotep s'arrêtèrent.

— Ici, il faut que tes hommes fassent un plus haut plafond, proposa le vizir.

— Comment cela ? s'étonna l'architecte.

— Oui. Je veux qu'ici-même, lorsque Téti dormira éternellement dans sa tombe, soient installées trois grosses herses !

— Tu n'y penses pas ? Tu n'es pas sérieux, j'espère ? Une seule est prévue.

— Si, justement. Elles barreront plus efficacement la route aux éventuels pilleurs.

— Puisque tels sont tes ordres, abdiqua Imhotep, contrarié par cette décision.

Quelques jours s'écoulèrent et trente-quatre *coudées* de couloir avaient été creusées par les ouvriers réquisitionnés. La poussière devenait dense et insupportable. Les deux hauts responsables se protégeaient les voies respiratoires avec un bout de tissu de leur coiffe.

— Voilà, mon vizir, annonça Imhotep, les travaux se poursuivent suivant tes souhaits.

— Ils sont en train de creuser le second vestibule ?
— En effet. À gauche, il y aura trois niches et à droite... Imhotep n'eut pas le temps de terminer sa phrase que Mérerouka le fit pour lui.
— La chambre funéraire !
— Exactement.
— Je te rappelle que je désire un magnifique sarcophage de grauwacke.
— Je sais, Mérerouka. D'ailleurs, des tailleurs de pierre y travaillent déjà.
— N'allons pas trop vite en besogne. Notre souverain est bien vivant et vaillant !
La petite pointe humoristique ne fit point sourire l'architecte.
— Le plus important est que la bâtisse tienne debout pour toujours et que le sous-sol soit préservé des pilleurs..., précisa Mérerouka.
— Et surtout que l'appartement funéraire ait un plafond bien solide. Le couloir, lui, sera bouché par de gros blocs de gravats.
— Je te fais confiance, Imhotep ! N'es-tu donc pas le meilleur des architectes ?
— Tu m'honores !
Mérerouka prit la décision de rendre visite aux « ouvriers de l'intérieur ». L'odeur de sueur, la poussière et le manque d'oxygène rendaient l'endroit insupportable. Le vizir ne s'y attarda point et ressortit rapidement de la sépulture, admiratif par le courage de ces hommes qui œuvraient pour leur roi.
— Dès que l'intérieur sera terminé, il faudra s'occuper de l'extérieur. Combien de blocs sont taillés ? demanda-t-il à l'architecte.
— La taille des blocs se déroule bien, mais...
— Y aurait-il des soucis ?
— Eh bien..., hésita Imhotep.
— Est-ce qu'on nous livre en temps voulu les blocs bruts commandés ?
— Oui. Oui. Là n'est pas le problème...

— Alors ? Fais-toi plus clair, grogna Mérerouka.

— C'est le levage des blocs... Ils sont trop lourds... Il fait chaud... Et les hommes souffrent énormément...

— Je vais en parler à notre roi et lui proposer d'augmenter l'effectif d'ouvriers sur le terrain.

— C'est une très bonne idée !

— J'espère que la chapelle Nord sera magnifique...

— Nous ferons tout notre possible.

— J'en suis certain. Il ne faudra pas négliger les magasins et le temple haut.

— Nous n'y sommes pas encore... !

— Mon cher Imhotep, je te laisse. D'autres tâches administratives m'attendent.

— Regarde, Mérerouka ! Ne serait-ce donc pas notre princesse bien-aimée qui vient à nous ?

Ouatet-Kether marchait vers eux avec une élégance princière.

— Mais que fais-tu ici ? questionna Mérerouka, inquiet par cette présence inattendue.

— J'espérais que ma venue aurait été une agréable surprise, regretta la princesse.

— Princesse ! salua l'architecte.

— Imhotep ! Quel plaisir de te revoir ! Ton œuvre est splendide ! Tu es digne de ton illustre prédécesseur.

— Ton époux y est pour beaucoup. Je vous laisse ! Du travail m'attend.

Imhotep s'inclina devant le couple et prit congé.

— Alors, peux-tu m'expliquer la raison de ta présence ? insista Mérerouka.

— J'avais juste envie de te voir. Mes journées sont souvent longues à la maison. Ta présence me manque. Nous nous voyons si peu le soir.

— Mais tu sais que tu ne dois pas venir en ces lieux, ils sont sacrés et dangereux.

Pensif, le vizir prit son épouse par la main, ils s'écartèrent du chantier.

— Ouatet-Kether, j'ai croisé devant le palais un prêtre de *Shemaou*. Il a marché jour et nuit sous la chaleur de *Rê* pour avertir ton père que la crue ne serait pas bonne et que les récoltes prochaines seraient des plus mauvaises.

— Quel malheur ! Est-ce ceci qui te mine depuis plusieurs jours ?

— Oui, et ce n'est pas tout. Ton père a rejeté ce brave homme avec violence. Je pense qu'il s'en veut. Il avait été conseillé par Kagemni de ne pas organiser d'aussi grandes noces et de rester dans la modestie pour éviter la colère du peuple à venir...

— Et mon père ne l'a pas écouté...

— Malheureusement. Tu te doutes de sa réaction !

— En effet..., je l'imagine très bien...

— Demain, le prêtre viendra avec moi rencontrer ton père. Il faut que nous lui fassions entendre la réalité des faits, qui peuvent ne pas être aussi catastrophiques que cela d'ailleurs, dédramatisa Mérerouka.

— Espérons-le ! Demain, je prierai *Hâpy*, il faut qu'il nous vienne en aide.

— Rentrons, il se fait tard et j'ai beaucoup de travail qui m'attend.

De retour dans ses appartements, le jeune couple fut accueilli par les servantes aux bras chargés d'une volaille rôtie, de fruits et de légumes qu'elles posèrent sur de petits guéridons. Lové sur de confortables coussins, Mérerouka tendit sa coupe à une jeune servante. Elle la remplit de bière fraîche entreposée dans une amphore d'argile rosée. Ouatet-Kether croqua dans un oignon doux.

— Il faudrait que mon père consulte l'*Our-maou* [1] du palais.

— Je lui conseillerai. Cela devrait le calmer quelques instants.

— Depuis qu'il est le Grand *Horus*, son âme a tellement changé. *Khnoum* semble faire tourner l'esprit de mon père en sens inverse de celui de son tour céleste !

---

[1] Le grand voyant

— Je n'irais pas aussi loin dans mes propos. Il a tellement de responsabilités... Notre rôle est de bien le conseiller. Si de mauvaises décisions sont prises, c'est le pays tout entier qui serait en péril. Allez, je m'en vais poursuivre mon travail, conclut Mérerouka en embrassant le front de son épouse avant de se cloîtrer dans le bureau de sa demeure.

De nombreux rouleaux de papyrus étaient soigneusement rangés, d'autres posés sur la natte devant Mérerouka. Les lourdes charges de l'État reposaient sur ses épaules. Cependant, il était conscient que lui et Téti n'étaient pas libres de leurs décisions. Le grand-prêtre d'*Osiris* semblait être le tout-puissant. Il était sage et de bon conseil, ce qui ne plaisait pas à tout le monde. Le Trésor du temple d'*Osiris* était riche des impôts prélevés chaque année. D'après les comptes de Mérerouka, même si la sécheresse prévue s'abattait sur le pays, le peuple ne devrait pas être affamé. Mais si elle venait à durer, le pays serait plongé dans un chaos dévastateur. L'esprit dans l'analyse, le regard fixé sur un papyrus déroulé, Mérerouka décida de raisonner Téti pour réduire les frais de sa sépulture. Il saurait y mettre les formes.

La nuit s'était abattue sur la ville. Un des disciples du vizir vint dérouler les rideaux de roseaux des fenêtres.

— Mon Maître, allez vous détendre auprès de votre épouse ! Le travail saura attendre le lever de *Rê*.

— Tu es sage. Rentre chez toi aussi ! À demain !

Ouatet-Kether, vêtue d'une robe légère dont le lin fin laissait transparaître ses courbes féminines, se prélassait sur un fauteuil dans le jardin. Mérerouka fit signe aux serviteurs de s'éclipser sans faire de bruit, laissant alors les tourtereaux dans leur intimité. Il se leva et doucement, silencieusement, s'agenouilla derrière le siège de son épouse, commença à lui caresser les cheveux et déposa un baiser sur sa nuque parfumée.

— Oh ! Continue ! réclama-t-elle.

— *Chesmou*[1] fait de toi une reine ! Tu dégages le parfum des fleurs qui éclosent dans l'oasis ! Viens avec moi !

Il prit Ouatet-Kether dans ses bras et la porta jusqu'à leur couche. Une petite fiole de verre soufflé était posée sur le chevet.

— Masse-moi le corps de cette huile de genièvre, mon doux époux ! Ses bienfaits seront encore plus efficaces sous l'effet de tes tendres caresses !

Mérerouka ne se fit pas prier. Les massages ne durèrent pas longtemps ; une envie des plus charnelles envahit les deux amoureux. Ouatet-Kether s'enroula autour de son mari telle une liane souple sur un tronc d'arbre. Leurs ébats furent fougueux, comme chaque soir.

10

Mérerouka embrassa les lèvres grenade de son épouse et quitta le lit sans la réveiller.

Le soleil n'était pas encore apparu à l'horizon. Le vizir avait fait sa toilette et revêtu la tenue de son rang. Il rejoignit son bureau où le prêtre, rasé de près, l'attendait.

— Je suis heureux de constater ta ponctualité, brave prêtre. Es-tu prêt à rencontrer le roi ?

— Ce n'est pas cela qui m'effraie, c'est davantage sa réaction..., craignit Sinouhé. Je ne pensais pas qu'il puisse réagir de la sorte.

— Il ne devait pas être en forme ce jour-là. Peut-être était-il contrarié ?

---

[1] Divinité des onguents, du vin, des huiles et des parfums

Les deux hommes traversèrent les loges, les grands couloirs du palais et arrivèrent devant les appartements royaux à l'entrée bien gardée.

— Téti peut-il nous recevoir ? demanda Mérerouka.

Un garde lui fit signe de patienter et jeta un œil dans la chambre de Téti.

— Vénérable Maître, notre Roi dort encore !

— Nous patienterons dans ce cas. Assieds-toi, Sinouhé !

Rê avait déjà bien entamé son ascension lorsque Téti daigna se lever. L'activité des serviteurs signalait la disponibilité du souverain. Le garde l'informa de la présence du vizir.

— Déjà là ? s'étonna le roi tandis que Mérerouka le salua. Oh ! Toi ! Que fais-tu ici ? Je t'ai chassé et tu oses revenir ? hurla-t-il en s'adressant au prêtre apeuré.

— Téti ! Grand *Horus* d'Ouaret, il faut que tu l'écoutes ! Reçois-nous ! Si tu le chasses, les conséquences te seront fatales, précisa Mérerouka.

Agacé, Téti accepta l'audience. Le prêtre lui expliqua la situation. La crue était prévue deux fois plus faible que l'année précédente.

— Oui, je comprends, Sinouhé ! Ma réaction n'était pas juste. Mais que faire ? Jusqu'à présent, je n'ai jamais été confronté à une situation aussi grave...

— Téti, va consulter l'*our-maou*, le voyant pour l'oracle et que les offrandes et l'encens soient suffisants dans les temples d'*Hâpy* et d'*Osiris* ! conseilla Sinouhé.

— Et s'ils ne nous écoutent pas ? s'inquiéta Téti.

— Depuis quand Téti baisse-t-il les bras et ne croit plus en nos dieux ? s'inquiéta Mérerouka.

Le prêtre n'en crut pas ses oreilles.

— Nous trouverons bien une autre solution en cas de mauvaises réponses des dieux, négocia Mérerouka qui ne soupçonnait pas Téti aussi faible, ce qui n'était pas dans ses habitudes.

— Laissez-moi maintenant ! déclara Téti, se débarrassant ainsi du fardeau de la journée. Que l'on m'apporte encens et onguents, j'ai terriblement mal à la tête ! hurla-t-il au chambellan alors que les deux visiteurs matinaux quittaient la pièce. Toi, reste ici ! exigea le roi d'une des servantes dont la puberté était à peine perceptible.

Il profita de cette pauvre enfant avec l'appétit d'un véritable *reri*[1].

— Maintenant, sors d'ici !

La jeune fille souillée, en larmes, sortit.

— Toutes des moins que rien, à peine bonnes à écarter les jambes ! hurla-t-il en s'enivrant de vin de bon matin.

Khouit était la cause de son changement de comportement. Hormis la nuit des noces, elle refusait toute relation intime avec son vieil époux, prétendant une mauvaise santé. Elle préférait organiser et participer à de grandes orgies secrètes.

Téti regretta cette union et comprit la réaction d'Ipout, son instinct féminin ne l'avait pas trompée. Mais, fier, il n'osait revenir vers elle. Aussi se réfugia-t-il dans l'alcool, les drogues, entraînant ses réactions virulentes et son manque de cohérence.

Téti fit enfumer son palais ; l'encens brûlait avec intensité. Ses appartements furent encombrés d'amulettes, de statues d'*Osiris* et d'*Hâpy*. Fou, il devenait fou. L'alcool, la fumée épaisse de résines odorantes et euphorisantes de graines de pavot et son ego semblaient le travestir en un démon survolté.

Il se prosterna devant un autel improvisé où *Hâpy* trônait.

— Ne veux-tu donc point m'aider dans ma lourde et grande tâche, *Hâpy* ? Pourquoi as-tu décidé de manquer de générosité en cette année alors que la vie me souriait jusqu'à présent ? Qu'ai-je donc fait qui ne te convienne ?

À peine acheva-t-il sa question qu'une douce, calme et délicate voix féminine lui rétorqua.

— Peut-être est-ce tout simplement ce second mariage qui ne convient pas aux dieux, Téti ?

---

[1] Le porc

— Ipout ! Qui t'a permis d'entrer ?

— Aurais-tu oublié que tout *Kemet* m'est ouvert, mon divin époux ? lui répondit-elle toujours aussi calme.

— Oh… si je pouvais…, grommela-t-il en brandissant un encensoir fumant.

— Je ne te reconnais plus, Téti. Quel démon est en toi ? Ne serait-ce point *Seth* en personne ?

— Arrête ! Arrête-toi ! supplia le roi. Ne me menace pas !

— Tu me menaces, Téti, depuis l'instant où j'ai passé ta porte.

— Que veux-tu ?

— Je venais simplement te rendre visite. Faut-il absolument une raison pour te voir ? Voici encore une nouveauté.

La reine fit signe aux serviteurs et au chambellan de prendre congé. Le *mesdemet* coulant sur les joues, la perruque de travers, Téti s'écroula au sol. Il semblait redevenir humain.

— Je suis perdu, Ipout… *Kemet* est perdu…

— Que me racontes-tu ? demanda la reine en s'asseyant près de lui.

Il posa la tête sur l'épaule de sa première épouse.

— La crue ne sera pas satisfaisante… *Kemet* va sombrer dans la famine, la misère, à cause de moi, se lamenta-t-il.

— Qui t'a annoncé cela ?

— Un prêtre de *Khnoum* qui a fait tout ce long chemin pour m'avertir.

— Ces prêtres…, tous les mêmes…

— Ne parle pas ainsi des *itou neter*[1] ! Je ne te le permets pas !

— Que veux-tu ? Il suffit que le chef des prêtres lecteurs décide d'un jour pour faire son relevé, qu'il en déduit déjà que l'année sera médiocre.

— Arrête !

---

[1] Les prêtres divins

— En tant que prêtresse du temple d'*Hathor*, j'irai..., non, nous irons prier ensemble *Osiris* et *Hâpy*. Ce n'est pas ici qu'il faut implorer les dieux.
— Tu as raison.
— Mon époux, quel être es-tu devenu ? Je te conseille de te reprendre rapidement si tu souhaites éviter un coup d'état. Va te faire une toilette pour redevenir présentable.
Téti allait rappeler ses serviteurs lorsqu'Ipout l'en empêcha.
— Non ! Seul ! Veux-tu réellement que la cour entière se moque de toi ?
Il regarda Ipout dont le visage reflétait l'amour et la noblesse, puis plongea ses mains dans la jarre d'eau pure pour s'en inonder le visage. Ipout s'approcha et prit soin de lui.
— Qu'a-t-elle fait de toi, mon doux époux ?
— Je ne sais pas... Je ne sais plus. Tu m'avais prévenu.
— Et pourtant, comme d'habitude, tu n'en fais qu'à ta tête et voici le résultat. Tout le monde sait qu'elle refuse de partager sa couche avec toi, et donc qu'elle ne te donnera jamais d'enfant.
— Je ne peux même pas la répudier, je déclencherais une guerre avec le pays du *Ouaouat*...
— Allez, viens ici que je te remaquille !
Ipout trempa le bâtonnet de bois d'acacia dans un pot de bois sculpté où le fard noir était entreposé. Elle posa le bâton applicateur sur une paupière fermée de Téti, puis fit glisser l'ustensile vers l'extérieur de l'œil. Elle répéta l'opération sur l'autre paupière. Le *mesdemet* noir durcissait le regard épuisé du roi.
— Te voici présentable. Attends !
Ipout déposa quelques gouttes d'essence de lotus derrière les oreilles de Téti.
— Maintenant, tu sens bon !
— Je t'aime tant, ma douce Ipout.
— Pourtant, ta façon de m'aimer ne me convient pas vraiment, mais j'ai encore un peu de patience en réserve.
— Heureusement que tu existes ! Grand est Ounas !

— Trêve de belles paroles, nous avons des priorités.

S'installant sur leur chaise supportée par des épaules robustes, ils quittèrent le palais royal.

— Vite ! Au temple d'*Osiris* ! ordonna Téti.

Le temple était grandiose. Sa façade imposait le respect, le peuple n'y avait pas accès. Le couple royal tapa à la porte monumentale. Des prêtres l'ouvrirent, surpris de voir le roi et la reine. On alla chercher le grand-prêtre.

— Mon divin Roi ! Ma Reine ! Que nous vaut votre venue ?

— *Kemet* est en danger. Il nous faut solliciter la bienveillance d'*Osiris* ! répondit Téti.

— Nous étions justement en pleine cérémonie. Ma Reine, je ne peux t'autoriser à pénétrer dans le lieu saint et t'invite à patienter dans cette salle hypostyle.

— Oui, je comprends, abdiqua Ipout tout en faisant tintinnabuler son sistre.

Téti suivit le grand-prêtre jusqu'au naos, où étaient réunis tous les prêtres du temple devant la statue du dieu *Osiris*. La représentation divine lavée, purifiée et revêtue d'un lin blanc immaculé, les formules magiques furent chantées. Téti se tint aux côtés du grand-prêtre durant toute la cérémonie, priant pour que le drame ne survînt pas.

Ipout, seule dans la grande salle couverte, déambulait parmi les colonnes en espérant la générosité d'*Hâpy* pour les terres de *Kemet* et l'esprit recouvré pour son époux.

Avant que les portes de l'édicule de granit où était posée la statue d'*Osiris* ne soient refermées, Téti s'avança, se présenta au dieu, s'agenouilla et psalmodia.

« Ô Toi, *Osiris* ! N'attends pas la fête du redressement du *Djed* pour permettre à mon peuple de garder la stabilité ! Toi, *Osiris* ! Écoute mes prières ! Ne laisse pas *Kemet* sombrer dans la misère ! Je viendrai t'implorer jusqu'à ce que tu m'entendes ! ».

Un mois durant, tous les jours, le couple royal vint prier *Osiris* jusqu'au jour où Sinouhé revint lui annoncer la bonne nouvelle : ce n'était qu'un caprice d'*Hâpy* ! Suite à de nouveaux relevés, les prévisions devinrent plus optimistes.

Kemet était sauvé. Téti se promit de ne plus se laisser aller pour un amour qui ne le méritait pas.

11

Une année s'était écoulée. L'amour de Mérerouka et Ouatet-Kether réchauffait tous les cœurs.

Un soir, alors que le couple était allongé, tendrement enlacé sur son lit, Ouatet-Kether eut le sang bouillonnant. Lentement, elle glissa sa jambe droite entre les cuisses de son époux. Elle la monta jusqu'au sexe chaud de Mérerouka.

— Tu es bien gourmande ce soir, mon amour !

— Hum... ! Honore mon oasis de ton palmier nourrissant et inonde-la de ta semence bienfaitrice !

Devant de telles avances, l'heureux homme s'exécuta sans se faire prier. Ouatet-Kether avait le sentiment que le fruit de l'amour s'améliorait de jour en jour et devenait plus sucré que le miel.

— Mon doux amour, il faut que je t'avoue quelque chose, annonça-t-elle.

— Je t'écoute ! répondit Mérerouka inquiet.

— Hier, j'ai fait le test de l'orge et du blé.

— Serais-tu enceinte ?

— Oui et l'orge a germé en premier, ce devrait être un garçon ! Je vais t'offrir un fils, mon tendre époux !

— Je t'aime ! Ma douce fleur, je t'aime encore plus qu'au premier jour ! Tu es magnifique, tu es ce qui m'est arrivé de mieux dans ma vie.

Lorsque toute la cour en fut informée, le palais s'agita. La future mère avait toutes les servantes à ses petits soins.
Dans ses appartements, Khouit fumait de rage et de jalousie à l'égard de sa belle-fille.
« Et dire qu'il me faut faire semblant d'être enchantée, songea-t-elle. Téti a besoin d'un autre fils ».
Mielleusement, elle tenta de se rouvrir à son royal époux qui ne cédait pas au stratagème. Il ne sut jamais qu'elle avait un amant attitré, un homme très proche de lui. Chaque soir, ils assouvissaient leurs fantasmes avec délectation.

Téti s'était rapproché d'Ipout. Le bonheur qu'elle lui offrait n'avait d'égal, et malgré son âge avancé, la reine lui avait enfin offert un fils.
— Un garçon me dis-tu ? Ma fille va donner vie à un garçon ? insista Téti, heureux.
— Oui, mon divin époux ! Par tes prières, *Osiris* est d'une grande générosité à ton égard ! Bientôt, tu seras entouré de ton premier fils et d'un petit-fils !
— *Osiris* est grand !

Les lunes s'écoulaient et en homme comblé, Mérerouka adorait caresser et embrasser le ventre de son épouse qui s'arrondissait. La neuvième lune s'annonçait.
Depuis l'annonce de la grossesse, Mérerouka excellait dans son travail. Les dossiers avançaient, les travaux de la demeure d'éternité de Téti progressaient. La construction du temple haut et de la chapelle sépulcrale prenait forme.
Mérerouka se rendait sur le terrain chaque jour. Dans le fracas des outils, il s'entretint avec l'architecte.
— Les travaux ont bien avancé, mon brave Imhotep. Je tiens à féliciter tes ouvriers !
— Mérerouka, tu es trop bon !
— Cependant, notre Roi n'apprécierait pas de voir sa demeure d'éternité achevée trop tôt.
— Oui, je comprends. Je te propose de faire construire des barques sacrées.

— Excellente idée, Imhotep ! Très bonne idée ! Fais creuser deux fosses sur la face sud. Les barques n'ont pas à être immenses, mais je les souhaite à la hauteur de notre souverain.
— Il faut rapporter du bois de *Keben*.
— Attends mon aval, il faut que j'en discute avec Téti.
— J'avertirai les menuisiers du travail qui les attend !

À cette nouvelle, Téti fut flatté. Cet honneur le mettait au même rang que son prédécesseur *Khoufou*[1] où des barques souterraines protégeaient le souverain dans son voyage dans l'au-delà. Comblé, il le fut davantage lorsqu'un messager accourut.
— Mon Roi ! Venez vite ! Où est Mérerouka ?
— Je suis là !
— Venez vite ! Ouatet-Kether accouche !

L'effervescence régnait dans la chambre de Ouatet-Kether, entourée de servantes et aidée par la sage-femme. Ipout se tenait aux côtés de sa fille. Lorsque Mérerouka et Téti se présentèrent, la sage-femme leur interdit l'accès ; il s'agissait d'une affaire de femmes.
Les douleurs étaient intenses et se rapprochaient. Le front de la future mère perlait. Le visage crispé par la douleur, Ouatet-Kether souffrait courageusement, en silence. La sage-femme visita la princesse.
— Qu'on apporte vite de l'eau bouillante et du tissu propre ! exigea-t-elle. Respire, mon enfant, profondément. Lorsque les douleurs s'intensifieront, souffle rapidement ! M'as-tu comprise ?
— Oui..., murmura difficilement Ouatet-Kether.
La sage-femme invita la reine et une disciple à aider la princesse à se lever.
— L'enfant se présente bien. Souffle ! Souffle ! Oui, c'est bien ! À mon ordre, pousse le plus fort possible !
Ouatet-Kether mena son rôle de femme avec courage.

[1] Khéops

— Oui ! Pousse ! Pousse ! Non, ne respire pas ! Pousse ! Fort ! Ça y est, Ouatet-Kether ! Je te félicite !

La sage-femme prit l'enfant dans ses bras et alla le présenter au père et au grand-père qui faisaient les cent pas derrière la porte.

— C'est un garçon ! annonça-t-elle.

Mérerouka regarda le petit homme qui pleurait et songea à sa première épouse et son premier fils décédés. Ses yeux laissèrent couler sur ses joues des diamants de joie. Il regarda son divin beau-père en annonçant :

— Mon fils, je t'offre le nom de Meri-Téti !

12

Mérerouka était un père comblé. Il trouvait son fils magnifique comme *Rê*. L'enfant grandissait bien. Son adorable et fine frimousse était le portrait de sa mère dont les formes laissées par la grossesse l'embellissaient davantage ; Ouatet-Kether avait quitté sa chrysalide de jeune fille pour un corps de femme. Ses journées se partageaient entre l'éducation de son fils, qu'elle tenait à assurer durant les premières années, et les obligations au temple d'*Hathor* où elle secondait sa mère. Quant à Ipout, elle était une mère rayonnante et une grand-mère ravie. Elle se sentait rajeunie lorsqu'elle jouait avec les deux jeunes enfants. Elle fondait lorsque son fils lui disait : « Mère ! Je t'aime, tu sais ! ».

Ipout et Ouatet-Kether passaient beaucoup de temps ensemble, laissant les garçons jouer dans le jardin. Un après-midi ensoleillé, alors qu'un vent léger faisait chanter les feuilles des arbres, Ipout offrit à son petit-fils un cadeau protecteur.

— Viens, mon enfant ! dit-elle à Meri-Téti.
— Oui, grand-mère ! obéit-il bien sagement.
— Aujourd'hui, tu as trois ans, et je désire t'offrir un cadeau.
— Oh, merci, grand-mère !
Ipout glissa autour du coup de son petit-fils une cordelette où pendait une bourse de cuir. Meri-Téti l'ouvrit et en sortit un scarabée d'albâtre.
— Regarde ! s'exclama l'enfant en tendant l'amulette à sa mère.
Elle lui lut la phrase gravée au dos.
« Moi, Meri-Téti, l'aimé de Téti, ferai de ma vie un combat éternel contre *Seth* ».
— Vois-tu, mon enfant, il te faudra garder cette amulette. Sur le chemin de ta vie, lorsque tu auras à prendre une décision, en la serrant dans ta main, elle t'aidera.
— C'est beau, grand-mère ! Mais qui est *Seth* ? demanda Meri-Téti.
— Ne t'inquiète pas, petit homme, tu apprendras tout cela avec le temps. Pour l'instant, apprends à bien poser ton pied devant l'autre, à tendre l'oreille pour apprendre et à ouvrir la bouche uniquement pour dire le mot juste !
— D'accord, grand-mère. Je t'aime ! Et tu n'offres rien à Sarê ?
— Regarde, il a le même cadeau autour du cou, répondit Ouatet-Kether en souriant à son petit frère.
Les deux jeunes enfants réclamèrent les jambes de leur mère. Ipout et Ouatet-Kether firent sortir un sein du décolleté de leur robe qui fut englouti par leur progéniture.
— Mère, je ne t'ai jamais vue aussi resplendissante ! déclara Ouatet-Kether.
— Ton père est redevenu l'homme de ma vie et je suis tellement heureuse de lui avoir offert un successeur malgré mon âge. Notre amour a écarté cette tigresse de sa vie, même si elle se présente à nos côtés lorsque cela est nécessaire. Elle est mauvaise et il l'a compris !

Mérerouka et Imhotep travaillaient d'arrache-pied sur le complexe funéraire de Téti.
Sa demeure éternelle commençait à avoir de l'allure. Le calcaire étincelait déjà vers les cieux. Les pieux et les maillets chantaient sur le chantier. Les hommes souffraient de la chaleur, les ouvriers travaillant au cœur de la demeure étouffaient par manque d'air. Des scribes veillaient sur les écritures de l'*Horizon* [1] en les rectifiant en rouge. Les sculpteurs, avec la délicatesse qui leur était propre, pouvaient alors graver les inscriptions magiques qui sauraient protéger Téti dans l'*Am-douat.*
« On ouvre les portes du ciel pour Téti lui-même à la pointe du jour, quand il sort et s'est lavé dans le Champ des Roseaux... ».
« Téti s'est purifié sur la terre où Rê s'est lavé ; il y a placé des marches et dressé l'échelle. Alors les habitants de la Grande ont pris le bras de Téti. ».
« Téti s'est lavé avec Rê dans le lac des roseaux. Horus a brossé ta chair Ô Téti. Thot a massé tes jambes Ô Téti. Shou ! Porte Téti en haut ! Nout ! Donne le bras à Téti. »

Mérerouka était ravi de constater que les deux fosses naviformes avançaient rapidement. Des prisonniers libyens et asiatiques creusaient le sol et vidaient la lourde poussière pour la déposer plus loin.
Des bateaux accostaient près du chantier, lourdement chargés de cèdre de *Keben*. Les charpentiers navals laissaient tremper les troncs dans les eaux du fleuve dans l'attente de leur utilisation. De ce bois naîtraient des linteaux pour la réalisation de la barque. Des hommes tordaient à maintes reprises des fibres de lin pour confectionner le cordage.
En plus de ses charges, Mérerouka supervisait tout ce monde-là afin de satisfaire les souhaits de Téti. Une passion lui permettait de souffler un peu. Hormis son amour immodéré pour son fils et son épouse, le vizir était

[1] L'anti-chambre

colombophile. Ses pigeonniers trônaient dans une partie de son jardin et rivalisaient avec ceux du temple d'*Osiris*. Des pigeons étaient dressés en messagers, tandis que d'autres étaient destinés à la broche.

En fin de journée, le vizir partageait sa passion avec Meri-Téti. L'enfant jouait à l'épouvantail, les bras écartés, en espérant voir des pigeons s'y poser.

13

Téti menait le royaume avec diplomatie auprès des pays voisins à coups de belles paroles, à coups d'or et d'autres richesses. Ainsi était le prix de la paix.

Khouit s'ennuyait profondément. Rien ne l'intéressait et le rôle de seconde épouse royale avec ses obligations l'agaçait prodigieusement. Elle enrageait de voir Ipout et Téti si heureux.

Loin d'elle, le couple royal et leur fils profitaient de la vie, des jardins. Téti adorait promener Sarê sur les eaux d'*Itérou* où la barque caressait les roseaux. Les poissons sautant hors de l'eau faisaient rire le prince.

Un soir, alors que *Nout* recouvrait le ciel de son voile céleste et que le petit prince dormait à poings fermés, Téti prit Ipout dans ses bras.

— Ma douceur, comment ai-je pu t'abandonner ainsi ?

— Le démon du *Ouaouat*, que veux-tu que je te dise, Téti ? Mais n'en parlons plus, c'est du passé, abrégea la reine.

— Je pense me rendre dans le sud de *Kemet* d'ici quelques jours. Viendras-tu avec moi ?

— Volontiers ! Mais que vas-tu y faire ?

— Je souhaiterais remercier *Hâpy* pour sa générosité. Je me rendrai au temple de *Khnoum* à *Shemaou*. Entre hommes, nous en profiterions pour aller chasser et pêcher. Mérerouka travaille trop, cela le détendrait un peu. De plus, Meri-Téti ne le laisse guère dormir d'après ce qu'il m'a dit.

— Cet enfant est surprenant de vivacité, il a une grande soif d'apprendre. Mais le voyage n'est-il pas trop dangereux pour Sarê avec les hippopotames, les crocodiles ?

— N'aie crainte, mon épouse, les dieux nous protègent !

— Cette tigresse viendra avec nous ?

— Non, je te rassure, je ne la veux pas du voyage, elle nous le gâcherait.

— C'est tout de même risqué de partir aussi longtemps, analysa Ipout. Le palais sans son roi... sans son vizir...

— Tout est prévu. Le grand-prêtre d'*Osiris* et des hauts dignitaires vivront au palais pour gérer les affaires du pays et protéger Ouatet-Kether et notre petit-fils.

14

Toute la cour fut mise à contribution pour la longue expédition vers *Shemaou*, le sud de *Kemet*. Cinq bateaux étaient amarrés sur la berge fluviale du palais. Un se tenait en tête de cortège avec, à son bord, des soldats. Suivait celui de Téti, qu'il avait nommé « Le lever d'*Inebou* ». À sa poupe, il y avait celui de la reine et du jeune prince. Les navires du personnel et des soldats fermaient la délégation. Les bateaux étaient construits en bois de cèdre, sans voile, avec deux rangées de cinq rameurs. Seules les embarcations royales supportaient une cabine de bois, dont l'ouverture sur le pont était fermée par des tentures. Une garnison, à pied, se mit en route en longeant la berge gauche d'*Itérou* pour plus de sécurité et annoncer le passage du roi dans les différents nomes. Deux prêtres, le médecin royal, Ouserkarê et Mérerouka faisaient partie de l'épopée.

Postés sur le port du palais, Ouatet-Kether et Meri-Téti saluèrent la famille royale et Mérerouka. Khouit resta à l'écart.

— Revenez-nous vite ! Bon voyage ! cria Ouatet-Kether.

— Mère, où vont-ils ? demanda Meri-Téti, inquiet de voir son père partir sans lui.

— Dans une région de *Kemet* où *Rê* brille plus fort encore !

Les embarcations s'éloignèrent, glissant sur *Itérou* telles des feuilles posées sur l'eau et bercées par le vent. Ouatet-Kether et Meri-Téti les regardèrent jusqu'à leur disparition dans l'horizon.

Ouatet-Kether passa l'après-midi à raconter l'histoire de la famille à son fils, attentionné, captivé malgré son jeune âge.

L'expédition royale naviguait nonchalamment sur les eaux du grand fleuve. Sur les rives, à son passage, les enfants, les paysans, les curieux acclamaient leur roi.

À chaque coudée, la végétation, le relief et les nombreux villages côtiers dentelaient le paysage de cultures verdoyantes. Sur chaque bateau, à la proue, un pilote, sous son abri de roseaux, ordonnait aux rameurs la cadence à tenir. Il indiquait aux timoniers, à l'arrière de l'embarcation, leurs longs avirons en guise de gouvernail, la trajectoire à tenir suivant les caprices du vent. À l'avant des bateaux, un homme se tenait debout et d'une longue perche sondait le fond, analysant ainsi la profondeur des eaux pour éviter les bancs de sable fréquents.

Dans la grande barque, Ipout et le jeune prince admiraient le paysage, abrités dans la cabine où les voilages dansaient.

— C'est beau, Mère !

— Oui, mon fils ! Je n'avais jamais quitté *Men-nefer* et je découvre toutes ces merveilles avec toi. Oh, regarde ! Là-bas ! Une famille d'hippopotames avec ses petits !

— Ils sont énormes... Mère ! Des crocodiles !

— *Sobek* et *Taouret* nous protègent !

La vie paraissait paisible dans la campagne de *Kemet*, loin de la grande ville. Ils croisèrent de lourds chalands transportant les blocs de pierre depuis le Sud vers les berges de la nécropole, et des canots de papyrus d'où les pêcheurs saluaient la famille royale.

Dans l'embarcation de Téti, Mérerouka, Ouserkarê, Shem Kuimptah et les prêtres discutaient des affaires du pays. Les résultats étaient satisfaisants et la prospérité de *Kemet* assurée.

Des jours et des nuits s'écoulèrent aussi délicatement que les barques glissaient sur les eaux limpides. La délégation fluviale parvint à *Shemaou* et accosta sur l'île du temple de *Khnoum*. Téti quitta son bateau, accompagné de serviteurs les bras chargés d'offrandes, et se rendit au temple. Il pria *Khnoum* de ne pas abandonner *Kemet*. Les prêtres furent honorés par la présence de leur roi et lui offrirent l'hospitalité pour la nuit.

Au petit matin, Téti décida de poursuivre la navigation vers le Sud. À l'approche d'une cataracte, les flots d'*Itérou* se firent plus nerveux et le pilote de tête sonna l'alerte. Tous les rameurs levèrent leur longue rame, ceux des autres embarcations les imitèrent. À présent, les timoniers étaient maîtres de la situation. Téti, inquiet, interrogea le commandant.

— Que se passe-t-il ?

— Mon Roi, nous approchons de la cataracte. En cette période, les courants sont violents.

— J'espère que nous la franchirons sans trop de difficultés.

— N'aie crainte mon Roi, nous maîtrisons la situation.

Des tourbillons et des vagues agitèrent la surface du fleuve qui en perdit sa fluidité.

— Que tout le monde se tienne bien ! cria le commandant.

La reine et le prince furent priés de se confiner au fond de leur cabine. Les marins d'eau douce durent manœuvrer avec dextérité. Les barques furent balancées de gauche à droite avec violence dans le tumulte fluvial. Une barque manqua de se renverser mais fut maîtrisée par les rameurs qui firent contrepoids. Sarê fut aussi effrayé que sa mère. Ils se blottirent l'un contre l'autre, Ipout pria *Hâpy* pour calmer sa colère. Ce fut à leur barque d'affronter le danger lorsqu'une flèche se planta dans la cabine de la reine. Puis une autre toucha un timonier en plein flanc qui le fit tomber à l'eau. Le bateau devint incontrôlable alors qu'il approchait de la cataracte. Les rameurs gardèrent leur sang froid et ramèrent à contre-courant pour tenter de ralentir l'avancée du bateau. Sarê était apeuré, Ipout tenta de le tranquilliser en masquant son inquiétude. Le bateau tangua violemment et heurta un rocher. Un craquement se fit entendre. Le pilote donna l'ordre de ramer plus vite. Avec difficultés, il se rendit à la poupe et tenta de guider l'embarcation vers la rive droite. Les efforts surhumains parvinrent à immobiliser l'embarcation à fond plat sur un banc de sable. Le pilote ordonna à la reine de rester à l'abri dans la cabine. Il sonna une nouvelle alerte dont le code signalait un grave problème. À son écho, Téti sortit de sa cabine et constata la scène : le bateau échoué de la première épouse royale et de leur fils sous une pluie de flèches. Les soldats du dernier bateau ripostèrent sans pour autant faire cesser l'attaque. La cible restait invisible, masquée par la végétation.

Téti donna l'ordre de faire demi-tour. Passer la cataracte dans le sens du courant fut plus aisé. Il remarqua des villageois lui faisant des signes, d'autres qui semblaient se diriger vers l'ennemi, ce qui fit cesser les attaques de flèches.

— Saute dans le bateau d'Ipout ! cria Téti à Mérerouka. Vite ! Atteignez la rive gauche au plus vite ! ordonna-t-il aux rameurs.

Son bateau à peine accosté sur le rivage hostile, Téti, Ouserkarê, les soldats du bateau de tête et de la dernière embarcation coururent à la poursuite des criminels, sous les cris des villageois.

Sur l'embarcation de la reine et du prince, Mérerouka s'affairait à les protéger.

— Vous n'avez rien ? demanda-t-il, inquiet.

— Une flèche a blessé Sarê, révéla Ipout en montrant la plaie de l'enfant à son gendre.

Une flèche était passée par la partie ouverte de la cabine et avait tranché le flanc gauche du jeune prince, effrayé et pris de douleur.

— Ce n'est rien, Sarê, tu es courageux, consola Mérerouka. Il a eu de la chance, précisa-t-il à la reine. La pointe de la flèche lui a taillé la chair en profondeur mais la plaie ne semble pas grave.

La pluie de flèches cessée, Mérerouka appela à l'aide Shem Kuimptah qui, peu courageux, s'était cloîtré dans la cabine de Téti. Il pointa le bout de son nez à l'extérieur.

— Mais que se passe-t-il ?

— Je n'en sais rien, mais viens vite ! hurla Mérerouka.

— Je ne sais pas nager...

— Mais ce n'est pas pensable, râla Mérerouka. Allez me chercher cet incapable, ordonna-t-il à deux rameurs qui sautèrent du bateau et nagèrent jusqu'à la rive droite.

Inquiet, le médecin royal descendit du bateau et, soutenu par les deux hommes, comme un enfant lors de ses premiers pas, rejoignit le bateau d'Ipout. Avec maladresse, il monta sur le pont.

— Côté courage..., rabroua Mérerouka.

— Je ne te permets pas, ronchonna Shem Kuimptah. Alors, qu'y a-t-il ?

— Vois par toi-même, invita le vizir en montrant la blessure du prince.

Le médecin l'ausculta, la plaie n'était pas profonde. Il demanda à un rameur d'aller cueillir de l'eau en lui tendant une cruche. Il nettoya la plaie avec les moyens du bord, arracha le voilage de la cabine et banda le torse de Sarê.

— Allonge-toi et détends-toi, indiqua le médecin. Ma Reine, la plaie n'est pas grave, même si ton fils a perdu beaucoup de sang. La blessure guérira vite, mais il gardera une cicatrice.

— La cicatrice n'est pas grave. Le principal est qu'il s'en remette, déclara Ipout, un peu soulagée. Où est Téti ?

— Nous avons été victimes d'un attentat, ma Reine, révéla Mérerouka. Notre Roi est parti avec ses hommes à la recherche des traîtres.
— Tout à l'heure, j'ai entendu du bois craquer lorsque nous avons heurté un rocher, s'inquiéta Ipout.
Mérerouka alla vérifier.
— Rien de grave, ma Reine, ce n'est qu'un morceau de bois cassé à la proue.
Un attroupement de personnes se créa sur la berge de l'est, rive des Vivants, curieux de voir ce qui se passait, espérant apercevoir un membre de la famille royale.
— Ma Reine, ne te montre pas, préconisa Mérerouka qui jeta un œil sur le pont. Tout va bien ! La reine et le prince se portent bien, ne vous inquiétez pas !
La foule clama son contentement.

Sur la berge du Couchant, de courageux villageois coursaient un homme. Dispersés, ils laissèrent la voie aux flèches des soldats. La course aux traîtres cessa lorsque Téti et ses hommes s'approchèrent de l'attroupement des villageois à la gestuelle agressive. Les soldats de Téti furent les premiers sur le lieu. Deux d'entre eux empoignèrent l'homme qui se trouvait à terre, une flèche plantée dans le dos.
Téti demanda à Ouserkarê de retourner le corps. L'homme respirait encore.
— Qui t'a donné l'ordre de m'abattre ? questionna Téti. Qui ? Parle !
Un timide souffle sortit de la bouche du traître sans émettre le moindre son. Téti colla sa tête contre celle de l'homme en espérant entendre un mot, un nom.
— Lui...
— Quoi ? Je ne comprends rien.
— Il m'a...
L'homme rendit l'âme sans avoir révélé quoi que ce soit. Dépité, Téti ordonna à ses hommes de porter le corps jusqu'à la berge. En guise de remerciements, le souverain convia les villageois à partager le dîner royal.

— Mon frère, ce n'est pas prudent, conseilla Ouserkarê.
— Ces villageois méritent mon respect et ma reconnaissance, mon frère.
Les bateaux ancrés sur l'autre rive rejoignirent Téti. Les rameurs mirent toute leur énergie pour répondre à l'ordre. Avant l'arrivée des bateaux, Téti réclama un canot. Un pêcheur lui offrit le sien. Le corps du traître y fut déposé, Téti embarqua et, la rame à la main, s'écarta de l'attroupement humain. Jugeant la distance convenable, il jeta le corps dans les eaux d'*Hâpy* et revint vers les siens. Il entendit un grognement sourd. Il tourna la tête et vit la gueule grande ouverte d'un crocodile s'abattre sur la dépouille. Sur le bord de l'eau, Ipout et Sarê attendaient, inquiets, le retour de Téti. Lorsqu'il vit le bandage sur son fils, il fut gagné d'un affolement paternel, vite tranquillisé. Soulagé de les savoir vivants, il les étreignit. Malgré les événements, Téti ne souhaita pas rentrer dans l'immédiat. Il prit la décision de monter le camp pour deux levers de *Rê*, le temps pour tous de recouvrer ses esprits.

Les paysans étaient fiers de voir la famille royale saine et sauve, et d'être conviés à partager le repas du roi, le premier soir. Ils organisèrent des grands feux de camp, firent griller du poisson fraîchement pêché, sacrifièrent leurs plus belles volailles et animèrent la soirée de leurs chants traditionnels pour honorer la générosité et le courage de leur roi.

— Mon Amour, j'ai eu si peur..., avoua Ipout en pleurant, soulagée.
— J'ai eu peur de vous perdre. Mon idée était insensée. Je n'aurais pas dû accepter votre présence.
— Ton idée de venir ici était une folie. Promets-moi de ne plus t'y aventurer, supplia-t-elle.
— Je te le promets, répondit Téti en embrassant Ipout et en tenant Sarê dans ses bras.
— Père, tu me fais mal, pose-moi, déclara le petit prince, rapidement remis de ses émotions.

Shem Kuimptah lui fit des points de suture et enduisit la plaie d'un antiseptique et d'un cicatrisant dont il avait le secret.

Mérerouka était bouleversé par l'accident.

La nuit fut douce. Le matin venu, le roi et ses convives embarquèrent sur de petits bateaux de papyrus et partirent s'adonner à leurs sports favoris. De leurs lances, ils visèrent l'oiseau et harponnèrent la perche. La reine et le prince avaient une garde rapprochée, mais Téti avait ordonné de les laisser dialoguer librement avec le peuple. Ce dernier n'en fut qu'honoré.

À la cour, le palais était calme. Les jours se ressemblaient et l'absence de Mérerouka pesait sur sa petite famille qui trouvait le temps long.

— Mère !

— Oui, Meri-Téti.

— Père, grand-père, grand-mère et Sarê me manquent.

— À moi aussi, mon lotus.

Au même instant, au sud de *Kemet*, Sarê s'éprit de la même tristesse.

— Mère !

— Oui, Sarê.

— Meri-Téti et ma sœur me manquent, tu sais.

— À moi aussi, mon petit prince.

— Sans eux je suis triste.

Ipout confia à Téti la souffrance de leur fils. Lucide que ses plaisirs n'étaient pas partagés par son fils trop jeune, Téti prit la décision d'écourter leur villégiature et de rentrer à *Men-nefer*. Conscient de son imprudence et qu'il aurait pu perdre son épouse et l'unique héritier de *Kemet*, le temps n'était plus à l'hésitation. Il fallait rentrer.

15

Vingt-cinq ans déjà que Téti gouvernait les Deux Terres. Maître de l'Armée et de l'État, il était le fils d'*Osiris*. La rectitude de *Maât* le guidait dans toutes ses décisions. Il se souciait de son peuple et de son bien-être, aussi l'appelait-on « Téti le bon », « Téti le Juste ». Néanmoins, il savait être impartial avec les fauteurs de troubles.

Les conseils de sa mère lui revenaient à l'esprit dès qu'une grande décision devait être prise pour le bien du peuple. L'entretien des canaux d'irrigation ne pouvait être négligé, les cultures en dépendaient. Son règne était bercé par *Hâpy* ; les vingt-cinq crues sous son règne avaient été abondantes, ce qui ravissait la population et les prêtres. Le Trésor grandissait avec les impôts, même si Téti les souhaitait modérés. Les silos à grains gonflaient.

Tout était propice pour *Kemet* et pourtant, Téti semblait préoccupé. La cinquantaine bien entamée, ses deux épouses royales lui avaient donné neuf filles et un fils. Il se sentait las du poids posé sur ses épaules. Téti craignait le désordre dans le pays s'il venait à s'éteindre subitement. Son fils unique était trop jeune pour lui succéder. Certes, Mérerouka, vizir et époux de Ouatet-Kether, pouvait prétendre à la succession, mais cette inquiétude le rongeait. Gouverner un pays bercé par la paix était une tâche bien difficile. Il songeait que tout pouvait basculer et que les obligations en seraient décuplées.

Un bel après-midi, tandis que *Rê* s'apprêtait à rejoindre l'horizon occidental, à l'abri des tamaris et des sycomores caressés par un vent léger, Téti observait les deux jeunes adolescents batailler avec des épées de bois. Il constata combien Meri-Téti était autoritaire et savait se faire entendre des autres enfants du palais. Pensif, Téti baissa les yeux vers le sol. À ses pieds, deux scarabées abandonnèrent leur sphère de bouse. Mauvais présage ? D'un bond, il se leva et rejoignit ses appartements.

16

Téti poussa énergiquement la lourde porte de cèdre et pénétra dans la salle hypostyle du palais où déambulaient quelques prêtres d'*Osiris* et des hauts dignitaires. Tout en conservant sa marche rapide, il leva les bras et hurla : « Qu'au coucher du soleil, prêtres et hauts dignitaires me rejoignent pour une réunion d'une grande importance ! ».

Tout le monde se regarda, inquiet. Téti ajouta alors : « C'est un ordre ! ». Chacun reprit ses esprits et courut prévenir les congénères. La nuit s'abattait sur *Kemet*, il leur restait peu de temps.

Ipout sortit de ses appartements et accourut vers son époux.

— Téti, mon tendre amour, que se passe-t-il ?

— Pousse-toi, Ipout, je n'ai pas le temps de t'expliquer.

— Mais enfin, j'ai toujours été à tes côtés comme l'a été ta mère. Comment oses-tu me parler ainsi ?

Téti arrêta sa course, se retourna et prit les mains d'Ipout.

— Tu as raison, mon lotus. Avertis Khouit et rejoignez-moi dans la salle du trône avec les autres, invita-t-il calmement.

— Mais qu'y a-t-il ?

— Tu le sauras dans quelques instants… Dans quelques instants…

Mystérieux, Téti partit se rafraîchir et se parer de ses plus beaux atours.

En pleines tâches quotidiennes, à l'apparition du souverain, le personnel s'éclipsa, tandis que les servantes s'immobilisèrent devant leur guéridon gourmand.

Malgré ses rondeurs et sa taille moyenne, Téti avait belle prestance. Vêtu d'un pagne blanc immaculé, chaussé de sandales dorées, paré du pectoral, des sceptres et coiffé du *pschent*, il s'assit et patienta, impassible.

— Seigneur, *Rê* a cédé sa place à *Nout*, annonça un prêtre.

Téti ne dit mot. Il lui fallut peu attendre pour voir arriver une foule inquiète.

Les deux reines prirent place de part et d'autre du souverain, tandis que chaque prêtre, chaque haut fonctionnaire vinrent se prosterner à ses pieds puis se retirèrent.

Digne, le regard dur et fixe, Téti prit la parole d'une voix déterminée.

— Je vous ai convoqués ce soir pour vous annoncer une décision importante pour l'avenir de *Kemet*.

Tout le monde le regarda en retenant sa respiration.

— Je règne sur *Kemet* depuis vingt-cinq années. Les dieux nous ont été généreux. La sècheresse ne s'est pas abattue sur les Deux Terres depuis qu'Ounas s'est éteint. Cependant, les années passent et je vieillis. Je sais ma santé bonne, n'est-ce pas Shem Kuimptah ?

— Oui, mon Souverain, attesta le médecin royal.

— Pourtant, cet après-midi, un mauvais présage m'a été envoyé.

La foule s'interrogea.

— Deux scarabées ont quitté leur sphère à mes pieds avant que *Nout* ne nous couvre de son sombre voile.

— Simple coïncidence, Seigneur, déclara un prêtre d'*Osiris*.

— Non ! Je ne pense pas, reprit Téti. Aussi, ce soir, devant vous, j'annonce mon successeur.

— Mais enfin Téti, protesta Ipout, ton fils...

— Ipout, ne dis plus un mot. Mon fils n'a que douze ans. Si le monde d'*Osiris* m'ouvre ses portes avant qu'il n'ait l'âge de gouverner, le pays sera livré à sa perte.

— Longue vie à Téti ! s'exclama Ouserkarê. Longue vie à Téti le Bon !

L'assemblée reprit l'acclamation en chœur.

— Arrêtez ! ordonna le souverain. Nul ne sait quand cessera notre existence terrestre, aussi, je demande à Mérerouka de s'avancer.

L'assemblée fut stupéfaite. Certains se regardèrent d'un œil inquisiteur, d'autres eurent le regard satisfait.

Mérerouka arrangea son pagne, son collier et son sceptre de vizir tenu d'une main moite. Il prit une belle posture et s'avança vers le roi, s'arrêta à quelques pas du trône et s'agenouilla. Téti quitta son trône, descendit les trois petites marches et fit face à son gendre.

— Redresse-toi, Mérerouka.

— Mon Roi !

— En cet instant solennel, je déclare devant *Horus*, devant les dieux, devant *Maât*, devant vous et devant tout le peuple de *Kemet* Mérerouka comme mon successeur ! À ma mort, il montera sur le trône d'*Horus* !

Mérerouka s'inclina devant son souverain, ce dernier l'invita à se tenir à ses côtés. Tout le monde se prosterna en signe de soumission. Téti sentit son cœur plus léger. Si la *Douat* l'accueillait prochainement, il savait que le pays serait bien gardé. Quant à Mérerouka, l'émotion se lisait sur son visage. Ipout fut déçue par l'annonce de son époux. En tant que mère du prince unique, elle avait souvent le sentiment que Téti n'aimait pas son fils. Elle trouvait qu'il ne lui portait guère d'attention, la preuve venait de lui être donnée.

Téti invita ses convives à fêter l'annonce dans la salle de réception attenante à celle du trône. Le souverain, ses deux épouses et Mérerouka accompagné de la princesse Ouatet-Kether firent face aux hôtes assis sur des tapis de roseau tressé, buvant, mangeant pendant que de jeunes musiciennes entonnaient leur mélopée et que des danseuses se déhanchaient lascivement. De très jeunes servantes impubères offrirent des fleurs de lotus et posèrent sur la tête des invités un cône de cire parfumée. Seuls les prêtres de *Ptah* et d'*Osiris* les déclinèrent, mais apprécièrent les boissons alcoolisées dans la douceur de la soirée.

Mérerouka tenta d'échanger quelques mots avec Téti.

— Demain, mon enfant, interrompit le souverain. Nous discuterons demain matin.

Ipy, le grand-prêtre d'*Osiris*, vint glisser une question à l'oreille de Téti.

— Mon bon Souverain, à présent que ta succession est garantie, le jour où Mérerouka montera sur le trône, le poste de vizir…

— Ipy, m'enterrerais-tu déjà ? Mon règne est loin d'être terminé, rétorqua Téti sans se retourner, sur un ton très calme.

— Je ne souhaitais pas t'offenser, mon Roi.

Le grand-prêtre, lucide de sa maladresse, se courba, recula et rejoignit sa place. Téti inclina la tête vers Mérerouka.

— Il te faudra être très prudent dorénavant, avertit le roi.

— Oui, j'en suis conscient.

— Ma décision ne plaît pas à tout le monde, mais le pays c'est moi !

17

Ipout lança un regard à son fils et d'un geste subtil de la tête lui fit comprendre qu'il était le moment de s'éclipser. Ils saluèrent Téti avant de prendre congé.

— Les festivités ne sont pas terminées, mon épouse, déclara Téti.

— Nous sommes éreintés, mon cher époux bien aimé.

— Je comprends. Que *Nout* berce vos rêves d'éclats célestes !

— Téti est bon, annonça le jeune prince.

Le fils et la mère avancèrent d'un pas lent à travers les couloirs sombres du palais. Ipout tenait son fils par le bras d'une main déçue tandis que Sarê restait digne, la tête haute, sans aucune trace de déception sur son visage rond.

— Viens dans mes appartements, invita Ipout. Je n'ai pas envie de me coucher tout de suite, mon cœur saigne.

Assis sur des chaises basses d'ébène et d'ivoire, Sarê prit la parole avec un regard attendrissant.

— Pourquoi tant de tristesse, ma mère bien aimée ?

— La décision de ton père est inacceptable. Comment ose-t-il te désavouer de tes droits ? Il ne t'a jamais aimé, comme il ne m'a jamais aimée d'ailleurs...

— Ne dis pas cela, Mère, je ne te l'autorise.

— Comment ?

— Nous n'avons jamais manqué de rien. Père m'a toujours voué une grande affection.

— Mais alors, tu abdiques ? Comment acceptes-tu sa décision, toi son fils unique, unique successeur légitime de *Kemet* ?

— Qu'importe le pouvoir, Mère. Ce n'est pas un cadeau qu'il vient d'offrir à Mérerouka et son fils. Je ne suis pas fait pour le pouvoir. Je le sais depuis toujours. Trop de responsabilités, d'obligations. Je n'aurais pas pu succéder à mon père.

— Que me dis-tu là, toi fils et petit-fils de souverains ?

— La vérité, Mère. À présent, je vais pouvoir mener la vie que j'espère depuis toujours.

— Et puis-je connaître le chemin de vie que tu as choisi ?

— Non, Mère. Navré de te décevoir, mais je ne te dirai rien. Pour ne pas t'inquiéter et pour que tu ne tentes pas de m'influencer sur ma décision.

— Deviendrais-tu aussi ingrat que ton père ?

— Ne sois pas aussi injuste ni aussi cruelle, cela ne te représente pas, toi femme et mère si douce.

— Alors pourquoi me fais-tu autant de mal ?

— Je ne te fais aucun mal, Mère, je souhaite juste être maître de mon existence terrestre. Et sache que même mon père ne le saura pas. Je souhaite vous soulager l'âme. Je ne vous oublierai pas, je viendrai vous saluer parfois. Je ne vous abandonne pas. Mais laissez-moi choisir librement ma voie.

— Mon cœur souffre doublement face à ton annonce, mon fils. Pourquoi cette journée est-elle si douloureuse ?

— Elle ne l'est pas, Mère. Je t'aime profondément et tu le sais, mais un jour l'oiselet doit quitter son nid et s'envoler pour mener sa vie, libérant ainsi ses parents. J'espère que Père et toi serez fiers de moi, fiers de ma décision... un jour.

— Jamais je ne connaîtrai mes petits-enfants..., regretta Ipout.

— L'existence ne se borne pas à ce détail, Mère, mais se doit d'être bien menée. Je t'aime, Mère, déclara Sarê en posant un baiser sur le front maternel. Dors sereine, je suis encore à tes côtés, profitons-en !

Ipout, le visage inondé de larmes, s'allongea sur sa couche recroquevillée sur elle-même en position fœtale. Elle repoussa sa femme de chambre avec brutalité. Aujourd'hui, elle se sentait seule au monde.

Le prince ne parvint à dormir. *Rê* n'illuminait pas encore l'horizon oriental lorsqu'il se présenta à la porte des appartements de son royal père. Les gardes ouvrirent les lourdes portes et les refermèrent derrière son passage.

— Mon fils adoré ! Que me vaut ta venue si matinale ?

— Je viens te faire mes adieux, Père !

— Tes adieux ?

— Je quitte le palais pour mener la vie que j'ai choisie.

— Que dis-tu ? Pourrais-tu répéter, je doute avoir compris.

— Je quitte le palais, Père. Je m'en vais découvrir ma vie, celle que j'ai choisie.

— À ton âge... Tu es si jeune. Tu as perdu la tête... Et puis-je la connaître ?

— Qu'importe, Père. Je te rassure, je ne suis absolument pas vexé par ta décision annoncée hier...

— Je l'espère bien, coupa Téti.

— Ta décision est celle qu'il fallait prendre. Je n'aurais jamais été à la hauteur des responsabilités pour gouverner *Kemet*. Aussi, ai-je décidé de partir loin de cette vie mouvementée.

— Mais... Où vas-tu ?

— Je pars, c'est tout. Ne t'inquiète pas, je ne pars pas seul, je serai bien accompagné et protégé. Mère est au courant et se meurt. Prends soin d'elle, je t'en conjure. Je ne souhaite pas que l'on sache où je me trouverai. Je veux vivre libre.

— Libre ?

— Oui. Nul ne saura qui je suis. C'est la liberté que j'ai choisie !

Le père et le fils s'étreignirent pour la première fois dans les bras l'un de l'autre et se firent leurs adieux.

— Ne me dis pas adieu, mon fils, supplia Téti.

— Au revoir, Père, annonça le prince en lui tendant sa bague en or qu'il portait à son doigt depuis de nombreuses années.

— Non, garde-la ! Durant le *Jugement*, *Osiris* te reconnaîtra et nous nous retrouverons, mon fils. Sache que mon choix d'hier..., hésita Téti, ton âge... Mérerouka...

— Je le sais, Père. Je suis très jeune, mais j'ai compris ton choix, c'est à Mère qu'il faut le dire.

Téti fut surpris par la maturité soudaine de son fils. Vêtu d'un simple pagne blanc, un baluchon sur l'épaule avec des miches de pain et une gourde d'eau pour unique bagage, Sarê quitta le palais sans se retourner. Inquiète, contrariée, Ipout se posa à la fenêtre de sa chambre. C'est alors qu'elle aperçut son fils partir, accompagné d'un inconnu.

18

La journée venait à peine de naître lorsque des paysans se regroupèrent devant la demeure de Mérerouka.

— Vizir ! Mérerouka ! Vizir Mérerouka ! C'est catastrophique, Seth s'abat sur nous !

— Que se passe-t-il ? demanda le vizir sur le parvis de sa demeure.

— Le canal, il est presque sec...

— Comment ça ? Hier, il inondait vos champs...

— Viens, Vizir. Suis-nous !

Mérerouka prit place sur sa chaise à porteurs et suivit les paysans.

— Alerte Téti, ordonna-t-il à son scribe avant de partir. Que ses hommes me retrouvent au pont du canal.

En longeant le grand canal de *Men-nefer*, principal réseau d'irrigation des terres alentours, Mérerouka constata la sècheresse du lieu où un misérable courant d'eau léchait le fond du canal.

— Suivons le canal, nous découvrirons d'où vient le mal, déclara le vizir, inquiet.

Un bruit sourd résonna dans le dos de Mérerouka. Il se retourna et distingua un nuage de poussière. Il fit signe à ses porteurs de s'arrêter. Progressivement, sa vue se fit plus nette ; le cortège royal n'avait pas perdu de temps pour rejoindre Mérerouka.

— Attendons notre souverain ! cria le vizir en levant le bras droit. Faites-moi descendre.

Mérerouka accueillit Téti en inclinant le torse pendant que tous les sujets s'agenouillèrent à la vue du seigneur des Deux Terres. Téti mit pied à terre et invita les paysans à se lever.

— Alors, que se passe-t-il, Mérerouka ?

— Seigneur, regarde. Le canal est asséché. Il semblerait qu'il soit bouché en amont.

— Sans doute des arbres ont été arrachés par les vents violents de ces derniers jours... ?

— C'est une possibilité, Seigneur, mais j'en doute.

— Peu importe, suivons le canal et nous aurons bientôt la réponse, décida Téti.

Ils marchèrent durant de longues heures. Les rives du grand canal n'étaient que champs verdoyants et pourtant, quelques heures suffirent à assécher la végétation environnante, le soleil ardent aggravait la situation. Les hommes commencèrent à fatiguer et leur marche se fit lourde, découragés par des efforts vains. Soudain, un paysan, en tête de cortège, revint sur ses pas en hurlant.

— C'est un crime !

— Que se passe-t-il ? demanda Mérerouka.

— Le canal a été bouché volontairement ! répondit le paysan.

— Comment cela ? demanda Téti.

— Mon Seigneur, viens vite ! Le canal est bouché par des blocs rocheux.

Le cortège avança plus rapidement pour arriver devant le barrage artificiel. Tout le monde constata, alors, que l'eau, arrêtée par le barrage, dévalait généreusement dans les champs, guidée au travers de nombreuses tranchées anormalement présentes.

— Ces blocs et ces canaux ne sont pas tombés du ciel, déclara Téti.

— Seigneur, analysa le vizir, regarde les traces au sol.

— On a tiré ces blocs depuis la nécropole, constata Téti.

— On a forcément pillé ces blocs sur les chantiers de sépultures..., avança Mérerouka.

— Deux crimes en un, conclut Téti, soucieux.

— Bien davantage, Seigneur. Celui de vouloir ruiner *Mennefer* et les villes du nome d'*Inebou*, affamer le peuple, te nuire et piller les morts, détailla Mérerouka.

— Qui peut être l'instigateur de ce crime ? se demanda Téti. Pourquoi ? Ces temps-ci, on ne nous ménage pas...

— Nous trouverons, Seigneur, je te le promets, déclara Mérerouka.

— Il est tard. Nous ne pouvons rentrer maintenant. Passons la nuit ici, décida Téti.

— Allez chercher de la nourriture et de l'eau au village le plus proche, ordonna le vizir.

— Mais, nous n'avons pas de quoi acheter..., quémanda un paysan.

Mérerouka ôta une de ses bagues en or. Téti observa le geste noble de son gendre et comprit qu'il avait fait le bon choix.

— Avec cela, nous aurons de quoi bien nous remplir le ventre, dit le vizir en souriant aux paysans pour détendre l'atmosphère.

Après une assez longue absence, les paysans revinrent accompagnés d'habitants du village voisin, venus honorer leur roi. Pendant que des hommes préparaient les feux de camp pour les grillades, des femmes servirent de la bière fraîche et du vin. Des jeunes filles qui avaient suivi leurs mères jouèrent du tambourin. L'ambiance devint festive.

— Demain, tout sera rentré dans l'ordre, décida Téti en pleine discussion avec son gendre. Nous détruirons ce barrage.

— Certes, répondit Mérerouka, mais la situation m'inquiète. Jamais nous n'avons eu d'actes de rébellion.

— Je ne suis pas si surpris, Mérerouka, avança Téti.

— Ah bon ?

— Les aléas du pouvoir, mon très cher Mérerouka.

— Mais le pays est stable depuis ton intronisation. Qui pourrait t'en vouloir ? En vouloir au peuple ?

— Je ne sais pas qui. Mais il semblerait que la loi de *Maât* dérange quelques êtres.

— Nous les condamnerons, je te le promets !

— Oui, je l'espère, Mérerouka. Il le faut, j'ai porté serment, le serment de la stabilité de *Kemet* et le bien-être de mon peuple. Je compte sur toi pour m'aider.

— Je ferai tout pour être à la hauteur de ta confiance, mon Roi.

— Je le sais, Mérerouka, je le sais et cesse avec « mon Roi, Seigneur », Téti sera parfait !

La nuit fut courte. Téti et Mérerouka furent les premiers réveillés.

— Allez, debout ! hurla Mérerouka. Le sauvetage d'*Inebou* nous attend !

Les paysans se restaurèrent et se mirent à l'œuvre. Quelques hommes du village étaient venus apporter leur aide. Une chaîne humaine se créa. Certains hommes se postèrent sur les blocs rocheux du barrage. Ils avaient laissé leurs sandales sur la berge, pieds nus, ils s'assuraient un meilleur équilibre. La rétention d'eau et sa masse ne les inquiétèrent pas un instant ; il fallait sauver leur vie, leur métier, *Inebou*. Il fallait que Téti soit fier d'eux. Le va-et-vient de pierres se fit avec rythme. Les hommes furent encouragés par le chant de Mérerouka marquant le mouvement régulier de chaque âme salvatrice. Durant ces efforts, des habitants vinrent récupérer cruches et paniers lorsque Mérerouka s'avança vers eux.

— Ce barrage et ces canaux d'irrigation n'ont pas été érigés sans que nul ne s'en rende compte. Quelqu'un aurait-il vu quelque chose ? Des personnes suspectes ?

Les habitants firent non de la tête et rebroussèrent chemin. Téti rejoignit son gendre.

— Qu'y a-t-il ? questionna Téti.

— Je les interrogeais. Il y a bien quelqu'un qui a vu quelque chose, mais personne ne parle...

— Note, cela les arrangeait bien. Regarde, l'eau inonde leurs terres pendant que le Nord s'assoiffe.

— Il faut les accabler de questions. Ils savent quelque chose et ont sans doute été achetés pour leur silence.

— Comment comptes-tu t'y prendre, Mérerouka ?

— Dès que le barrage sera détruit, tu rentreras au palais. Moi, je resterai ici pour mener mon enquête.

— Seul, c'est de la folie ! s'inquiéta Téti.

— Ne t'en fais pas ! Laisse-moi deux de nos gardes, Hapou et Haounefer. Ils sont de bons soldats, avec eux, personne ne bronchera !

— Très bien ! Mais ne m'inquiète pas davantage par une trop longue absence, supplia Téti.

— Je reviendrai lorsque j'aurai des réponses, pas avant. Je sens que les responsables de cette trahison se trouvent ici.

Au bout de quelques heures, le trésor d'*Hâpy* s'échappa à nouveau dans le grand canal de *Men-nefer* sous les cris de joie des paysans qui dansèrent et chantèrent leur prouesse pour le bien de *Kemet* et de leur roi. Ils repartirent heureux. Mérerouka et les deux gardes restèrent pour mener l'enquête par un porte à porte rigoureux. Les bouches restaient closes. La nuit avalait le village, une auberge offrit hébergement et nourriture aux trois hommes de la cour.

— Le vizir et deux hommes du roi posent des questions à tous les villageois.
— Oui ! Je suis au courant.
— Ils ont libéré le canal.
— Ce n'est pas un problème. Ils croient avoir gagné la bataille, mais le combat ne fait que commencer.
— Certes, mais, si nous avions agi différemment, le canal se serait tari beaucoup plus lentement et nous aurions eu plus de temps pour...
— Jugerais-tu mes décisions ?
— Oh non ! Je n'oserais jamais...
— Alors, tais-toi, passons à la seconde étape.

19

Les eaux bienfaisantes dévalaient le canal et arrivèrent à *Men-nefer* avant les libérateurs, très attendus. À leur arrivée, le peuple en liesse s'aligna en une grande allée d'honneur, brandissant des feuilles de palmier et jetant des fleurs en guise de remerciements. Cependant, Téti restait soucieux, le débit du grand canal ne semblait plus le même.

Chacun reprit son quotidien dans un grand optimisme, clamant la vaillance de leur souverain. Même au palais, l'effervescence joyeuse comblait Téti, heureux. Les princesses accueillirent leur père en le félicitant, accompagnées de Khouit que les années avaient rendue plus docile.
— Où est donc Ipout ? s'inquiéta Téti.
— Elle se cloître dans sa chambre depuis ton départ, répondit Khouit. Elle m'a annoncé que Sarê avait quitté le palais.
— Oui, telle est sa décision et je la respecte.

— Où est-il ? questionna la seconde épouse royale.
— Là où le destin le guide.
— Tu n'aurais pas dû l'écarter de la succession légitime.
— Cela ne te concerne pas et il n'en voulait pas !
— Qu'en sais-tu ?
— C'est lui qui me l'a déclaré.

Le roi, inquiet, se rendit dans les appartements d'Ipout.

Elle était là, assise sur son lit, les yeux rivés sur la fenêtre, le regard porté vers l'infini, les paupières gonflées par le chagrin. Téti s'assit près d'elle et l'enlaça.

— Ne sois pas triste à ce point, mon lotus.
— Comment oses-tu m'appeler encore ainsi ?
— Tu es mon lotus depuis notre premier regard et tu le resteras jusqu'à mon dernier souffle de vie terrestre !
— Tu as chassé mon fils unique, hurla-t-elle en le repoussant.
— Ne dis pas de sottises !
— Tu ne nous as jamais aimés. Tu aimes le pouvoir.
— Arrête tout de suite, sinon...
— Sinon tu me gifleras ? Tu me répudieras ?
— Sarê me manque aussi. Il a choisi son existence, il ne souhaitait pas gouverner, il ne s'en sentait pas apte, expliqua Téti.
— Tu mens...
— Non. Arrête, s'il te plaît. Écoute-moi ! Il me l'a dit en faisant ses adieux.

Ipout se blottit dans les bras de son royal époux, pleurant librement, protégée par l'unique homme qui lui restait.

Ce soir, pour célébrer l'événement libérateur, ce serait la fête dans les rues de *Men-nefer* et le palais serait ouvert aux nobles et aux prêtres. Ouatet-Kether et Meri-Téti se préparaient pour l'occasion. Un messager vint les informer que Mérerouka était resté sur place pour mener l'enquête, ce qui inquiéta Ouatet-Kether.

Ils sortirent de leur demeure, deux chaises à porteurs les attendaient. La rue n'avait jamais été aussi bondée. Alors que Meri-Téti aidait sa mère à s'installer confortablement sur son assise, il fut bousculé et sentit une violente douleur dans ses reins. Il poussa un hurlement terrible et s'effondra. Du sang fusait sur son pagne. Ouatet-Kether vit son fils s'écrouler sur le sol, sans mouvement, sans souffle. Elle se mit à hurler sa détresse. Le fard de ses yeux s'étala sur son visage fin et délicat. Elle resta figée, paralysée. La foule ne fit pas cas de la situation, grouillant en évitant le corps inerte entouré des porteurs de chaise.

— Rentre, Princesse. Ne reste pas là, ordonna un des porteurs.

— Mon fils... Mon fils...

— Il est mort, Princesse. Rentre ! Nous t'apportons le corps.

— Il faut avertir..., s'inquiéta Ouatet-Kether, sans pouvoir finir sa phrase.

— Deux de nos hommes sont partis avertir ton père.

— Mérerouka ! Où es-tu ? Pourquoi n'es-tu pas là ? Pourquoi en veut-on à notre fils bien aimé ? hurla la princesse, toujours devant son fils.

Dans la cohue indifférente, elle se mit à genoux, lui prenant la main et l'embrassant avec tendresse. Deux employés du vizir et de la princesse se joignirent aux porteurs de chaise. Ils soulevèrent le corps inerte de Meri-Téti. Un silence envahit alors la rue. Les passants, surpris, assistaient à la scène en y allant de leurs commentaires. Porté dans sa chambre, le jeune homme fut posé sur sa couche. Ouatet-Kether s'agenouilla près du dosseret du lit et regarda son visage si jeune, vide d'expression. Elle lui prit une main qu'elle embrassa avec tout l'amour d'une mère meurtrie. Le visage inondé de larmes, elle ne cessa de murmurer des « pourquoi ? » en dandinant son corps en guise de prière. Ses employés prirent place dans la chambre, partageant la peine de leur maîtresse, tandis que les femmes pleuraient bruyamment pour honorer l'âme du défunt.

— Allez chercher mon père, sanglota Ouatet-Kether.

— Quelqu'un est déjà en chemin, rappela un serviteur qui ne lâchait pas son jeune maître du regard, se culpabilisant du drame. Je suis désolé...

— Tu n'y es pour rien, répondit en sourdine la princesse.

Essoufflés, les deux porteurs se présentèrent devant les gardiens à la porte du palais qui refusèrent de les prendre au sérieux.

— Le jeune prince, Meri-Téti, vient d'être assassiné devant la demeure de ses parents. Nous devons voir notre roi, Téti. Tout de suite ! Sur ordre de Ouatet-Kether !

Les deux gardes se regardèrent éberlués par l'annonce et laissèrent enfin passer les deux hommes. Par chance, Téti était près du grand bassin du palais. Il vit les hommes courir vers lui et se jeter à ses pieds.

— Seigneur ! Un drame est arrivé...

— Relevez-vous ! Que se passe-t-il ?

— Meri-Téti... Meri-Téti..., bégayèrent les porteurs de chaise essoufflés et émus.

— Quoi Meri-Téti ?

— On vient de l'assassiner.

— Comment ? cria le souverain. Où est-il ? Que s'est-il passé ?

— Il est chez ses parents, Seigneur. Ta fille te réclame.

— Qu'on appelle mes porteurs et Shem Kuimptah !

La demeure de Shem Kuimptah était proche du palais. Il fut averti rapidement. Lorsque les portes du palais s'ouvrirent et que le souverain accéda à la rue, la foule se figea instantanément et se prosterna.

— Vite ! Vite ! exigea Téti.

Le souverain était anéanti. Pourquoi avait-on ôté la vie de son petit-fils ? Pourquoi lui en voulait-on ? Il était à peine pubère. Cet acte était incompréhensible. Depuis sa prise de pouvoir, Téti veillait au bien-être de son peuple et sa diplomatie préservait la paix avec les pays voisins. Bonnes crues annuelles, champs fertiles, le pays prospérait, le peuple paraissait heureux. Qui avait commandité ce crime odieux ? Pourquoi ? De nombreuses questions intriguaient Téti doublement inquiet ; ce drame arrivait juste après l'attentat mené pour assécher le grand canal de *Men-nefer,* sans oublier celui de *Shemaou.* En peu de temps, trop de complots avaient eu lieu et il se promit de trouver les coupables.

Devant la maison de Ouatet-Kether et Mérerouka, la foule fut tenue à l'écart par des gardes et soldats. Les porteurs royaux posèrent les chaises. Téti écarta d'un geste franc les voilages, mit un premier pied sur le sol et serra de ses mains les montants de sa chaise. Sa sandale s'était posée sur la mare de sang de Meri-Téti, que le sable avait absorbé en laissant une tache brune. Les yeux rivés sur cette trace, pris de tremblements, il sentit tout son être défaillir. Il n'était plus le souverain de *Kemet* mais un simple grand-père en pleine tristesse. Il reprit rapidement ses esprits et ordonna à ses porteurs de le déposer un peu plus loin. Conscients de leur maladresse, les porteurs s'inclinèrent et s'inclinèrent encore. Téti fit un geste de la main abrégeant les simagrées.

La porte d'entrée du logement princier était ouverte, gardée par un domestique et un soldat. À l'approche de Téti, ils se courbèrent et s'écartèrent en gardant la même posture. Les pas du roi furent rapides. Sur son passage, employés et prêtres lui indiquèrent le chemin, tête baissée, d'un simple geste du bras. Guidé par les pleurs des femmes, le souverain pénétra dans la chambre de son petit-fils. Les pleureuses s'étaient regroupées dans un angle de la pièce. Près du lit, se tenait Ouatet-Kether. Téti approcha et regarda Meri-Téti dont le corps avait pris la couleur de la cire d'abeilles. « Combien il est beau même endormi dans la barque céleste naviguant vers la *Douat* », songea-t-il. La princesse sortit un court instant de sa torpeur lorsqu'elle sentit le parfum au lotus de son père.

— Père...

Téti la serra dans ses bras. Le protocole n'avait plus sa place dans un tel instant. Il lui chuchota à l'oreille.

— Nous les aurons et je les égorgerai de mes propres mains. Je le jure devant *Maât* !

— Tu as toute ma confiance. Où est Mérerouka, Père ?

— Il est en mission. On a tenté d'assécher le canal. Il faut retrouver les coupables au plus vite.

— On nous en veut, Père. Et si Mérerouka était lui aussi en danger ?
— Ne t'inquiète pas pour ton époux, c'est un homme intelligent et vaillant. Par contre, je suis inquiet pour le pays, ma fille. Je ne comprends pas ce qui se passe.
— Moi non plus, s'angoissa la princesse.
— Je ne peux rien te dire de plus, mais le prêtre qui est venu récemment nous avertir que la crue serait médiocre et que la famine nous anéantirait doit être un envoyé de ces traîtres.
— Comment peux-tu en être certain ?
— Oh, je ne suis certain de rien, mais les prêtres d'*Osiris* m'ont promis le contraire, et ils ont ma confiance la plus absolue. La sécheresse prévue était préméditée, donc...
— Mais c'est terrible...
Ouatet-Kether s'agenouilla et replia son corps sur ses jambes, les mains sur les cheveux.
— Je vais demander à ce qu'on aille chercher ton époux, même si je ne sais pas tout à fait où il se trouve.
— Arrête, Père... Tu me fais peur...
— Il faut qu'il soit rapidement averti du meurtre de son fils. Il doit être présent pour les funérailles.

Avertis par le messager du roi, les prêtres de *Ptah* arrivèrent et se mirent à prier pour le salut de Meri-Téti. Téti s'avança vers le grand-prêtre.
— Prenez soin du corps et de l'âme de mon petit-fils. Qu'importe le prix.
Le grand-prêtre s'inclina face au souverain et s'en alla rejoindre le temple pour préparer l'embaumement. Il avertit les différents corps de métier afin de garantir au jeune homme une vie heureuse, parfaite dans l'Au-delà. Quelques heures plus tard, huit prêtres posèrent le jeune corps sur un brancard, le recouvrirent de lin et le portèrent jusqu'au temple. Plus personne ne pourrait le revoir à l'exception du roi et de Mérerouka.
— Ma fille, viens vivre au palais jusqu'au retour de ton époux, je ne souhaite pas que tu restes seule ici, ce serait

prendre trop de risques, déclara Téti sans masquer son inquiétude.
— Merci, Père. Je n'aurais pas eu le courage d'y rester seule, avoua la princesse désorientée.

Le palais était recouvert d'un calme inhabituel. Ipout consola sa fille aînée dans ses appartements où elles pleurèrent ensemble. La mort n'était pas une fin, juste la fin de la vie terrestre, mais lorsqu'elle était arrachée par un assassinat, la douleur était bien plus grande.
Téti s'entoura de hauts dignitaires et de son frère.
— Ouserkarê ! Dès le lever de *Rê*, tu partiras avec une dizaine d'hommes pour retrouver Mérerouka, ordonna le souverain sur un ton très autoritaire.
— Entendu, Téti, répondit Ouserkarê. Saurais-tu où il se trouve exactement ?
— Les hommes qui t'accompagneront savent où nous l'avons vu pour la dernière fois. Je t'ordonne de me le ramener au plus vite !
Le roi s'adressa ensuite aux prêtres d'*Osiris*.
— Il était si jeune... Ma demeure éternelle n'est pas terminée que je dois enterrer le fils de mon successeur..., se désola Téti.
— Seigneur, le tombeau de Mérerouka est bien avancé. Nous avons le temps d'y creuser le caveau de son fils. Soixante-dix jours nous suffiront, déclara le grand-prêtre.
— Faites.
Sur son siège, Téti y était avachi, le bras droit sur l'accoudoir. La tête était posée si lourdement sur son poing fermé que le sang ne circulait plus. Pourtant, il ne donna congé à personne. Il réfléchissait. Subitement, il se redressa et pointa du doigt son frère.
— Je t'ordonne de tout mettre en œuvre pour retrouver le criminel et son ou ses commanditaires ! Tout de suite ! Merenri fera partie de l'équipe.
Merenri était un haut fonctionnaire militaire, très apprécié du roi.
— Mais, il faut retrouver Mérerouka...

— Alors, qu'attends-tu ? Que fais-tu encore ici ? Sors ! Sortez tous ! Laissez-moi seul !

Un serviteur apporta une coupe de vin au roi qu'il renversa d'un geste brusque.

— Seul !

20

Mérerouka errait de village en village. Il avait demandé aux deux soldats de retourner au palais, leur présence gênant ses prospections. En longeant le grand canal en direction du sud, de nouveau, il constata son faible niveau. Dans les rues, dans les tavernes, les paysans se plaignaient, accusant le souverain de leur misère, de ce désastre. La terre sèche prouvait que l'aridité ne datait pas d'hier. Mérerouka ne pouvait accepter de telles accusations mais dut se taire, ne pas protester, rester l'inconnu voyageur. Il lui semblait évident qu'autre chose limitait le débit ; il fallait trouver. Sa décision d'agir fut prise dès le matin venu. Il se rendit dans les champs et interrogea les paysans en se faisant passer pour un vagabond en quête d'un village où sa vie serait plus sereine et heureuse que dans le nord du pays.

Nombreux étaient les propriétaires terriens à la recherche de main d'œuvre bon marché pour creuser davantage de canaux d'irrigation ou pour porter des cruches d'eau jusqu'aux champs. Il ne pouvait rêver mieux pour se mêler au peuple. Mérerouka ne restait pas plus de deux jours sur place et repartait en guise de mieux vivre... de plus d'indices.

Il était épuisé, pourtant la force de tenir lui était dictée par l'envie de vérité pour sauver *Inebou*, le peuple et l'honneur de la famille royale.

Un beau jour, en chemin alors que pas le moindre souffle de vent ne voilait le chant mélodieux des ibis, un son l'interpella. Immobilisé, il tendit l'oreille et partit à sa recherche. Le soleil était agressif. Mérerouka, essoufflé, ralentit le pas malgré sa curiosité grandissante, lorsqu'un voile blanc troubla sa vue. Déshydraté, il s'était évanoui. Quand il reprit ses esprits, il était allongé sous un tamaris dont le feuillage généreux offrait une fraîcheur apaisante. Le son. Ce son se fit plus audible. Mérerouka alla pour se redresser lorsqu'une main l'en empêcha.

— Non, mon frère, dit un homme à la forte corpulence. Reprends tes esprits, insista-t-il en lui tendant une cruche d'eau fraîche.

— Où suis-je ? demanda Mérérouka encore étourdi.

— J'étais dans mon champ, je t'ai aperçu sur le chemin et t'ai vu perdre connaissance. Mes hommes t'ont porté pour te mettre à l'abri des rayons de *Rê*.

— Vous m'avez sauvé la vie. Qu'*Osiris* vous en soit garant !

— Il est certain que si nul ne t'avait vu, tu serais déjà face à *Osiris* pour ton *Jugement* ! s'esclaffa le noble terrien. Où vas-tu comme cela ? Je ne t'ai jamais vu, questionna-t-il.

— Je viens de *Men-nefer*. La vie y est devenue impossible, alors je cherche une terre où je pourrais m'enrichir et vivre heureux.

— Ne cherche plus, tu l'as trouvée !

La journée de travail terminée, le noble offrit l'hospitalité au vizir anonyme.

— Dis-moi, l'ami, y aurait-il un lac non loin de tes champs ? J'entends le doux chant d'un cours d'eau...

— Non, ce n'est pas un lac. Viens avec moi dans mon jardin, nous y serons plus tranquilles.

Le jardin était copieusement ombragé par des grenadiers, des sycomores, des tamaris, des citronniers. La surface d'un grand bassin était recouverte de lotus et de nénuphars. Des branches de papyrus servaient de perchoir aux moineaux et aux libellules. Le soleil n'avait pas encore rejoint l'autre monde. Le contraste entre ce paradis végétal et l'aridité des champs plus au nord inquiéta Mérerouka.

— Le jardin est digne de ton rang, mon ami, complimenta Mérérouka.
— Je te remercie ! Tu ne parles pas comme un paysan, tes mots sont posés. Qui es-tu ?
— Je m'appelle Ti, mentit Mérerouka. J'étais assistant de scribe.
— Noble emploi. Pourquoi l'avoir quitté ?
— Tu rigoles ! Jamais la possibilité de prendre un brin d'initiative, enfermé dans une pièce du matin au soir, avec un salaire misérable. J'arrive à un âge où je ressens le besoin de m'épanouir librement, vivre au grand air et espérer meilleure récompense !
— Je te comprends. Je pourrais t'aider.
— Oui. Nous verrons cela plus tard, j'ai besoin de prospecter davantage avant de me décider.
— C'est normal.
— Alors, ce son d'eau..., insista Mérérouka.
— Je vais te raconter...

Les deux hommes passèrent une bonne partie de la nuit à parler, et ce que révéla le propriétaire terrien anéantit Mérerouka.

Avant le réveil des scarabées, les deux nouveaux amis se firent l'accolade et chacun reprit sa vie, enfin pas vraiment. Une fois hors de portée du noble, Mérerouka reprit la direction de *Men-nefer*. Le secret révélé cette nuit était d'urgence diplomatique. La vie du nome en dépendait.

21

Ouserkarê menait la cohorte d'une marche éreintante du lever du soleil à son coucher. Chaque soir, un camp de fortune était installé à l'écart du peuple. En journée, les commerçants, les passants, les paysans étaient interrogés avec fermeté, sans résultat. Personne ne reconnaissait le visage du vizir représenté sur un papyrus. Les nerfs d'Ouserkarê furent mis à rude épreuve et son impatience parvint à son apogée. Un soir, dégustant du pigeon rôti, une idée lui vint en tête. « Mais oui, j'y pense maintenant... ».

Les soldats, allongés sur le sable, ronflaient bruyamment. Ouserkarê mit un léger coup de pied au rassembleur qui sursauta, empoigna son instrument sans reprendre son souffle et sonna le regroupement des hommes. Ces derniers, le regard plein de sommeil, tinrent à peine sur leurs jambes quand l'ordre de reprendre la marche fut donné.

La troupe s'engagea dans la traversée du grand canal à pied. Son niveau était si bas que l'eau n'arrivait qu'aux aisselles des hommes. Les habitants, effrayés, s'enfermèrent chez eux ou dans les échoppes en attendant le départ de l'armée royale.

Au même instant, Mérerouka marchait rapidement lorsqu'il reconnut au loin Ouserkarê et ses hommes. Le vizir entra dans une boutique où le commerçant, transi de peur, s'était réfugié dans un coin de la pièce, recroquevillé sur lui-même.

— N'aie pas peur, vieillard, le rassura Mérerouka. Ils ne te feront aucun mal.

Mérerouka constata le départ de l'armée et put reprendre sa route. Il ne se méfiait pas du frère du souverain, mais le secret qu'il avait à annoncer ne devait éveiller de soupçons. Il connaissait bien Ouserkarê et n'avait pas envie d'être accablé de questions, pourtant sa présence l'inquiétait.

Une fois le village passé, Ouserkarê et sa troupe quittèrent le canal pour s'abandonner dans les terres et marchèrent jusqu'aux derniers rayons de *Rê*. À la lisière d'un champ, Ouserkarê aperçut une de ses connaissances.

— Mon ami ! hurla-t-il en levant un bras d'un signe amical.

— Ouserkarê ! Mon frère ! Mais que fais-tu ici avec cette armée ? questionna l'homme qui avait quitté son champ pour l'accueillir.

— Haou ! Cela fait si longtemps que nous ne nous sommes vus ! Dis-moi, les affaires sont florissantes, plaisanta Ouserkarê en tapotant le ventre bien bedonnant de son ami.

— Eh oui ! Viens donc que je t'offre une bière bien fraîche !

— Avec plaisir. Aurais-tu de l'eau pour mes hommes ?

— Mes paysans vont s'en occuper, ne t'inquiète pas ! Alors, que me vaut ta visite ? Vu l'armée, elle n'est pas de courtoisie, en déduit l'homme.

— En effet ! Téti, notre souverain, m'a ordonné de retrouver notre vizir et de le ramener au plus vite à *Mennefer*.

— Mais que ferait-il ici ?

— Je ne peux te le dire, mais son fils, le petit-fils de Téti, a été assassiné.

— C'est monstrueux... Assassiné, dis-tu ?

— Oui, devant le domicile de ses parents, devant notre princesse.

— Quelle horreur. Quelle tragédie pour le trône...

— Eh oui, Meri-Téti aurait succédé à son père un jour ou l'autre, renchérit Ouserkarê. Donc, tu ne l'aurais pas aperçu...

— Ben, je ne sais pas à quoi il ressemble, répondit Haou d'un ton gêné.

— Aussi grand que moi, plus jeune, de belle musculature, détailla le Chef des armées en déroulant le papyrus où Mérerouka et Ouatet-Kether étaient dessinés.

— Hum... Attends... Récemment, j'ai sauvé un homme qui s'était égaré sur mon chemin...

— À quoi ressemblait-il ?

— Eh bien, à cet homme ! D'ailleurs, j'étais surpris de trouver un vagabond aussi cultivé. Il avait beaucoup de classe et parlait comme un noble.

— Par où est-il parti ?

— Mon ami, là je n'en sais rien. Une fois dans mon champ, la baguette à la main, j'ai l'œil sur mes ouvriers. Je lui ai offert l'hospitalité et nous avons longuement discuté. Cela me change des discours de maisons de bière !

— De quoi avez-vous parlé ?

— Tu es bien curieux, mon ami ! De tout et de rien.

— Bon...

Ils se donnèrent l'accolade.

— Il se fait tard, reste donc cette nuit chez nous. Nefret sera ravie ! Elle va te préparer un canard aux figues, c'est sa spécialité !

— Avec un immense plaisir !

— Tes hommes auront de l'eau, du pain et des oignons. Tu penses que cela suffira ? Même au mariage de notre fille, nous n'avions autant de convives !

— Ce sera parfait, Haou ! Je te remercie. Tu es toujours aussi généreux.

— Ah, toujours lorsqu'on l'est avec moi !

22

Rê n'étendait pas encore ses rayons à l'horizon que Mérerouka quitta la taverne où il avait passé la nuit et se remit en marche. Il lui fallait gagner du temps pour rentrer au plus vite à *Men-nefer*. L'annonce qu'il avait à faire au souverain ne pouvait attendre. Il marchait depuis plusieurs jours, la fatigue se faisait sentir. Comme si *Maât* avait saisi l'urgence, la providence mit sur le chemin du vizir un âne abandonné.

— Alors, petit âne, que fais-tu là ? demanda Mérerouka à l'équidé tout en le caressant. Me veux-tu sur ton dos robuste ? Je promets de prendre soin de toi.

De ses grands yeux, l'âne, regardant Mérerouka et secouant la tête, lui donna sa réponse.

— Hi-han !

Le vizir enfourcha sa monture et reprit la route. Épuisé, les pieds détendus, il s'endormit, bercé par la marche légère de son compagnon de voyage. Les personnes croisées de village en village ignorèrent l'homme et son âne, scène de la vie quotidienne. À sa grande surprise, après deux levers de soleil, à l'horizon, *Inebou Hedj*[1] annonçait par son éclat la fin de l'épopée.

Devant la porte principale du palais royal, il mit pied à terre.

— Gardez mon âne ! ordonna-t-il aux gardes.

— Qui es-tu ? lui demandèrent-ils.

— Imbéciles, vous ne me reconnaissez pas ?

Les deux gardes échangèrent un regard suspicieux en s'avançant, menaçants.

— Oh là ! Je suis Mérerouka ! Époux de la princesse, gendre de notre roi ! Votre vizir et successeur au trône royal de *Kemet* !

Les gardes, éberlués, se prosternèrent en reculant, honteux.

— Gardez mon âne et ouvrez cette porte !

Il traversa l'immense jardin en courant à grandes enjambées. Les employés, le reconnaissant malgré son bronzage et sa tenue souillée, s'inclinèrent sur son passage. Assise sur le rebord du bassin, Ouatet-Kether l'aperçut. Sans perruque, les yeux gonflés encore par la tristesse, elle le rejoignit.

— Mérerouka ! Mon soleil, attends...

— Pas le temps. Il faut que je rencontre ton père d'urgence.

— Mais Mérerouka...

Elle n'insista pas. En montant deux à deux les marches du palais, il en perdit ses sandales ; Ouatet-Kether les ramassa.

— Téti ! Téti ! hurla-t-il dans les couloirs.

Un employé le reconnut et, toujours prosterné, lui indiqua où se trouvait le souverain.

— Poussez-vous ! cria Mérerouka aux gardiens de la salle du trône. Téti !

— Mérerouka ! C'est bien toi ?

— Téti, l'heure est grave..., souffla Mérerouka.

---

[1] « Le mur blanc », centre administratif de l'Égypte dans l'Ancien Empire

— Qu'on apporte des fruits, de la bière et de l'eau pour votre prince ! ordonna Téti aux servantes. Reprends ton souffle. J'ai beau tendre l'oreille, tes mots sont incompréhensibles.

— Téti, plus au sud du barrage clandestin, des canaux d'irrigation ont été creusés en masse, menaçant à nouveau le débit du grand canal.

— Je comprends mieux pourquoi il n'a pas retrouvé son niveau habituel.

— L'affaire est très grave, Téti, déclara Mérerouka, dépité, fatigué, las.

— Nous allons retrouver les responsables, répondit Téti, l'œil brillant tel un lion observant sa proie. Mérerouka, durant ton absence, un drame nous a touchés.

Au ton triste de son beau-père, le vizir releva la tête et regarda Téti droit dans les yeux, sans mot dire.

— Notre Meri-Téti a été assassiné...

Mérerouka hurla si fort que, dans le jardin, Ouatet-Kether l'entendit. Par la souffrance dévoilée dans le cri de son époux, elle se mit à genoux, les mains sur les oreilles, balançant son corps et pleurant à chaudes larmes.

— Mon fils ! Mon fils ! Pourquoi ? Qui a osé lui arracher le souffle de vie ?

Les deux hommes restèrent un long moment sans parler, sans se regarder, vidés par la tristesse. Pour briser le silence insoutenable, Téti parla.

— Aurais-tu croisé Ouserkarê en chemin ? Je l'ai envoyé te chercher.

— Oui... Je ne savais pas pourquoi l'armée était présente. Elle semblait rechercher quelqu'un, en effet, mais je ne savais pas que c'était moi. J'ai préféré rentrer seul, sans avoir à lui justifier ma présence loin du palais.

— Je comprends et j'apprécie ta prudence. Dans dix levers de Rê, Meri-Téti retrouvera la *Douat*.

— Quel malheur..., pleura Mérerouka.

— En ce moment, *Anubis* lui tient la main. J'ai ordonné de creuser sa chambre funéraire dans ta tombe.

— Tu as bien fait, mon Roi.

Téti se leva du trône et posa ses mains protectrices sur les épaules de son gendre.
— Va rejoindre ton épouse, elle a tant besoin de toi.
La princesse était assise sur une marche du palais, les mains posées sur son visage. Elle sentit une main délicate sur son épaule gauche. Elle leva la tête lentement. Mérerouka, son cher époux, était près d'elle. Sans parler, ils s'étreignirent et partagèrent leur souffrance parentale.
— Mon époux...
— Chut... Rentrons chez nous.
D'un pas solennel, ils quittèrent le palais. Mérerouka invita Ouatet-Kether à prendre place sur l'âne.
— Je te présente mon nouvel ami, Maât. Il m'a sauvé !
Les passants furent surpris de voir le vizir et leur princesse avec un âne, la monture du pauvre. Après leur passage, les commérages allèrent bon train. Arrivés sur le parvis de leur demeure, Ouatet-Kether pointa du doigt un endroit sur le sol.
— C'est là que...
Mérerouka ouvrit la porte de leur maison sans jeter un œil sur l'emplacement indiqué. Il fit entrer son épouse et confia Maât à un employé ravi de revoir son maître.
La nuit fut blanche. Allongé sur une tresse de roseau, le vizir perdait son regard vers le monde de *Nout*, priant le *Jugement* d'*Osiris* d'être bienveillant à l'égard de son fils. Mérerouka ne songea pas un instant à la vengeance mais espérait l'arrestation et la punition de l'assassin à la hauteur de son crime.

Au petit matin, Ouserkarê et sa troupe revinrent les mains vides.
— Téti, nous ne l'avons pas trouvé...
— Ton incompétence est décevante, mon frère. Sache qu'il est revenu depuis hier, sans ton aide. Mon gendre est digne de son rôle... Son fils l'aurait été aussi...
Ouserkarê, vexé et surpris, alla prendre congé lorsque le roi l'interrompit.
— Attends ! Je ne t'ai pas demandé de partir.

Le Chef des armées s'immobilisa sans se retourner.

— Je donne à tes hommes deux jours de repos, ensuite, vous repartirez dans le Sud. Vous reboucherez tous les canaux creusés illégalement et rouvrirez le lit du grand canal. Reviens uniquement le jour où l'eau coulera de nouveau. Je te conseille de faire très vite. Tu peux t'en aller, mon frère !

— Mais je ne sais...

— Tu trouveras !

23

Les soixante-dix jours s'étaient écoulés. Le corps de Meri-Téti était prêt pour le *Jugement*.

La foule fit une allée d'honneur à la famille royale qui se posta devant la colossale porte du temple de *Ptah*. Les nombreuses pleureuses, de tous âges, levèrent les mains vers le ciel. Elles implorèrent *Osiris* d'ouvrir les portes de la *Douat* au jeune homme assassiné, au cœur plus léger que la plume de *Maât*.

Les portes s'ouvrirent en émettant un couinement sourd. Le sarcophage de Meri-Téti apparut au grand jour, porté par six prêtres. Ils le posèrent délicatement sur un traineau et le tirèrent tandis que le grand-prêtre de *Ptah* psalmodiait. La famille royale suivit le cortège. Téti avait refusé la chaise à porteurs, il préféra marcher en tête pour mieux honorer son petit-fils qu'il adorait. Seuls les hauts dignitaires, les porteurs d'offrandes et les pleureuses se mêlèrent à la famille du jeune défunt.

Lorsque la porte de la tombe de Mérerouka s'ouvrit, Ouatet-Kether fut prise d'un malaise. Elle ne s'alimentait plus, ne dormait plus, pleurait, son être était épuisé. Mérerouka la soutint et lui parla.

— Respire, ma douce libellule. Tu dois te montrer digne face à tous, face à l'épreuve. Je rejoins ton père pour accompagner notre fils et je reviens. Prends soin de mon épouse, demanda-t-il à Ouserkarê.

Les prêtres portèrent le cercueil, suivis par le grand-prêtre, le roi, son gendre et les nombreux porteurs d'offrandes. La chambre funéraire se situait dans le sous-sol dont l'accès se trouvait à deux couloirs, sur la gauche. La rampe descendante n'était pas trop raide. Des prêtres emboîtèrent le pas pour déposer des torches dans les niches de la chambre funéraire. Le cercueil approcha du sarcophage de granit. Dignes, le souverain et son successeur restèrent silencieux. Ils écoutèrent les prières du grand-prêtre de *Ptah* et du grand-prêtre d'*Osiris* qui s'était joint au comité. Le grand-prêtre de *Ptah* fit un signe de la tête. Les prêtres placèrent le cercueil dans le sarcophage et firent glisser le lourd couvercle. Téti et Mérerouka échangèrent alors un regard empli de tristesse. Mérerouka s'avança et posa un objet sur le couvercle. Il s'agissait d'un jouet de bois en forme de chien, le premier jouet que Ouatet-Kether avait offert à son fils à sa naissance. Tout le monde quitta le lieu de sommeil éternel tandis que des prêtres déposèrent des jarres d'huiles magiques, du linge, des fleurs, des meubles. Un prêtre effaça toutes les traces de pas sur le sol en le balayant avec une feuille de palmier. La tombe du jeune prince fut scellée devant Téti et Mérerouka. Sur l'enduit frais, le sceau du souverain fut gravé. Lorsqu'ils remontèrent dans les salles de la tombe familiale, ils passèrent devant la fausse-porte où la table à offrandes était recouverte de pain, de jarres de bière, de poissons, de volailles, de fruits ; le jeune Meri-Téti en pleine force de l'âge ne devait manquer de rien, même dans la mort.

De retour au grand air où *Rê* marquait sa colère à travers ses rayons ardents, Mérerouka chuchota à l'oreille de la princesse : « Je lui ai donné. Éternellement tu seras à ses côtés ! ». Ouatet-Kether se sentit soulagée, heureuse.

24

Ouserkarê et sa troupe revinrent quatre soleils plus tard. L'eau serpentait à nouveau librement dans le grand canal. Le peuple était réjoui. Le bonheur regagnait les cœurs. À présent, la plus difficile épreuve s'annonçait. Dans certaines chaumières on complotait.

— Il faut anéantir le souverain et les siens.

— Il nous appauvrit, engraisse le paysan et ces maudits prêtres d'*Osiris* ! Cela a assez duré !

— Oui ! Tu as raison !

— Calmons-nous. La haine et la précipitation ne sont pas les meilleures alliées.

— Nous avons assez attendu !

— Le vizir mène l'enquête de son côté, s'il découvre...

— Il ne découvrira rien. Soyez plus fins, plus malicieux, plus hypocrites ! Vous verrez, cela deviendra très amusant !

— Je n'ai pas envie de m'amuser.

— Ah ! Je pense que tu vas y prendre goût !

— Tu sais que mon fils tenait l'arme et je veux le protéger...

— Comme prévu.

Mérerouka comblait sa peine en travaillant sur ses nombreux dossiers tel un acharné. Ainsi il évitait de penser à son fils qui lui manquait terriblement. Son épouse rendait visite aux malades et s'occupait d'un groupe de veuves. Elle leur apprenait à lire, écrire, compter, les ouvrant vers l'indépendance pour gérer leur boutique, leur champ et pour mieux éduquer leurs enfants.

Quant à Téti, les charges s'accumulaient. Le nome d'*Inebou* de nouveau irrigué, son cœur s'allégeait. Le bonheur de son peuple était sauvé. Malgré tout, il était désespéré de savoir le meurtrier de Meri-Téti toujours en liberté. Sur la terrasse du palais, la nature ne lui offrait plus aucune beauté malgré sa luxuriance. La cruauté de certains êtres l'avait frappé de plein fouet. Il espérait trouver rapidement le criminel.

Ouserkarê poursuivait les recherches à travers la ville. Le peuple fut maltraité. Les femmes et les enfants hurlaient, apeurés. Les hommes étaient battus, les demeures mises sens dessus-dessous.

— Chef ! Viens voir ! appela un soldat.

Ouserkarê avança et vit un pagne ensanglanté.

— Ce n'est pas moi... Je ne sais pas d'où vient ce pagne. Il n'est pas à moi. Je n'ai rien fait..., se défendit l'homme empoigné par des soldats et menacé par le Chef des armées d'une lame bien acérée.

— Retirez ce chacal de ma vue ! ordonna Ouserkarê.

L'homme fut traîné dans toute la ville. Chacun devait prendre conscience que quiconque sèmerait le trouble ou toucherait à la famille royale serait traité de la sorte.

Sur le parvis du palais, Ouserkarê courut informer Téti de la prise.

— Qu'on l'enferme ! Demain, son sort sera terrible, déclara le roi refusant de voir le prisonnier.

Jamais Téti n'avait été aussi menaçant.

De sa geôle, l'homme clamait son innocence et criait au guet-apens. Le pathétique résultat de sa défense fut les coups de pied des gardiens de prison. Le corps et l'âme en pleine détresse, il abdiqua, conscient que demain *Osiris* saurait peser la vérité, ultime justice.

25

Au petit matin, la foule silencieuse s'amassa devant les portes du palais, réveillée par l'écho du burin sur un tronc de bois. Téti prit place sur son trône déposé au centre de la terrasse dont les portes ouvertes donnaient sur le pieu. Les deux reines, les princesses, le vizir, le Chef des armées, le grand-prêtre d'*Osiris* et des hauts dignitaires entourèrent le souverain. Soudain, la foule s'écarta pour laisser passer la garde royale escortant le condamné. Tandis qu'un militaire le libérait de ses chaînes, deux autres le ligotèrent sur le pieu. L'effroi s'empara du peuple. Téti tourna la tête sur sa gauche, leva les yeux vers son gendre et fit un signe de tête. L'heure de la vengeance était venue. Le Chef des armées tendit sa dague au vizir qui s'en saisit et descendit les marches du palais pour s'immobiliser devant le prisonnier.

— Qui t'a ordonné de mettre fin à la vie terrestre de mon fils ?

Aucune réponse.

— Pourquoi l'as-tu assassiné ? hurla Mérerouka, impatient d'obtenir une réponse, ne serait-ce qu'une.

— Je ne suis pas coupable de ta peine, mon vizir, grommela enfin le pauvre homme.

— Je ne te crois pas.

— La ville parle et tu devrais davantage te méfier de tes proches, osa avancer l'homme, il n'avait plus rien à perdre.

Cette déclaration fit bouillir le sang de Mérerouka.

— Je ne te crois pas ! Tu n'es qu'un traitre ! Un fils de *Seth* ! La *Dévoreuse* saura t'engloutir dans son pestilentiel gosier !

Le vizir, sans la moindre hésitation, porté par la colère, planta la dague dans le cœur du prisonnier. Il regarda Mérerouka dans les yeux jusqu'à son dernier soupir. Le peuple alors se mit à acclamer le courage de son vizir et la loi de *Maât*. Mérerouka essuya la lame sur le pagne du condamné et rejoignit sa famille. Téti prit la parole sur un ton solennel.

— Quiconque attentera à la famille royale aura le même châtiment ! Quiconque attentera à la vie d'un haut dignitaire aura le même châtiment ! Quiconque attentera à la sécurité de *Kemet* aura le même châtiment ! Moi, Maître des Deux Terres ai régné depuis plus de trente années pour votre bien-être ! À vous tous ! Comment oser menacer la double couronne qui vous protège ? Par *Maât*, par *Osiris*, par *Rê*, jamais je ne tolèrerai de tels agissements ! Que l'on referme les portes et qu'on laisse ce criminel aux dents de la *Dévoreuse* !

Téti se leva et fit taire les clameurs. Le corps resta en place publique et servit de festin aux charognards.

26

Mérerouka fut soulagé d'avoir vengé son fils, pourtant les derniers mots du condamné ne cessèrent de lui envahir l'esprit. Il devint suspicieux à l'égard de tous. Il refusait toute invitation jusqu'au jour où Ouatet-Kether lui fit recouvrer la raison.

— Mon époux, nous ne voyons plus personne, nous ne recevons plus. Cela n'a que trop duré. La mort de notre fils a été vengée. À présent qu'il vit dans la *Douat* parmi nos ancêtres, nous devons renaître, sermonna la princesse dont la douleur de mère l'avait faite vieillir et grossir.

Mérerouka resta silencieux. Elle poursuivit son monologue.

— Ce soir, nous recevrons des convives !

Les poings de Mérerouka se serrèrent, tentant de maîtriser son mécontentement, mais le respect et l'amour qu'il avait pour Ouatet-Kether méritaient un effort... surhumain.

— Nous recevrons les hauts dignitaires d'*Inebou*, mon père et ses épouses, mes sœurs, mon oncle et Shem Kuimptah qui pourra t'aider dans la guérison de ton âme. Un futur roi de *Kemet* ne peut agir comme tu le fais, Mérerouka.

Le jour déclina lorsque les invités arrivèrent. Dans le grand jardin, des nattes recouvraient le sol où étaient posés de confortables coussins. En guise d'accueil, une fleur de lotus fut offerte à chaque convive. De jeunes danseuses et musiciennes égayaient de leur charme et leur art chaque membre de l'assemblée, surtout les hommes aux yeux écarquillés par cette chair fraîche et svelte. Les serviteurs ne se ménagèrent pas un instant pour satisfaire les invités. Le vin et la bière coulaient à flot. Les volailles rôties régalèrent chaque palais. Fruits, légumes, rien ne manquait. Mérerouka resta silencieux, les yeux rivés sur les flammes des torches. L'empathie de Ouatet-Kether pour son époux la guida vers le médecin royal qui l'avait vue naître.

— Shem Kuimptah !

— Ma douce et belle princesse, ta fête est une véritable réussite !

— Merci, Shem ! Puis-je t'arracher un instant à ta conversation ?

— Bien sûr ! Excusez-moi, mes chers amis, une urgence m'appelle. Ne vous enivrez pas trop sans moi !

— Nous te laisserons un fond de cruche, Shem ! s'esclaffa Ouserkarê.

— J'ai besoin que tu parles à mon époux. Il ne dit plus mot, ne s'alimente plus depuis que justice a été rendue, expliqua Ouatet-Kether.

— Inquiétant, en effet...

La princesse laissa les deux hommes et retourna s'occuper de ses invités.

— Belle fête, Mérerouka, je t'en remercie !

Le vizir acquiesça de la tête.

— Ta douce épouse s'inquiète pour ta santé, et j'avoue que moi aussi. Que t'arrive-t-il, Mérerouka ?

— Je n'ai plus confiance en qui que ce soit. N'insiste pas !

— Mais enfin, que t'ai-je donc fait pour mériter ton mépris ?

— Toi, peut-être rien, mais les autres... Regarde-les se bâfrant tels des affamés ! Riant comme si rien ne s'était passé...

— Justice a été rendue, la vie doit continuer, mon ami.

— Quelle vie ? Tout n'est que mensonge, fourberie, hypocrisie.

— Tu es dur avec nous, mon ami. Pourquoi parles-tu ainsi ?

— Ce pauvre homme m'a ouvert les yeux, avoua enfin Mérerouka.

— Comment cela ?

L'ivresse gagna Mérerouka et inconsciemment sa langue se délia.

— Avant de perdre le souffle de vie, il m'a clamé son innocence...

— Rien de surprenant venant d'un tel lâche !

— Non. Non. N'as-tu donc pas compris ?

— Explique-toi alors.

— Il m'a regardé dans les yeux jusqu'à la fin.

— Il t'a défié jusqu'au dernier moment.

Alors que Mérerouka s'excitait, Ouserkarê, intrigué, alla rejoindre les deux hommes. Le vizir poursuivit.

— Avant que je ne lui prenne la vie, il m'a révélé quelque chose et ses mots me hantent...

— Que t'a-t-il dit ? demanda Shem Kuimptah.

— Laisse-moi tranquille !

— Tu ne pourras soulager ton cœur et ton esprit qu'en t'en libérant, insista le médecin royal.

— Il m'a dit qu'il était innocent et que je ferais mieux de me méfier des miens... !

Shem Kuimptah et Ouserkarê restèrent tétanisés face aux déclarations du vizir.

— Comprends-tu maintenant ? J'ai tué un innocent et je ne sais toujours pas qui a assassiné mon fils. Le véritable criminel est peut-être parmi nous, vous, eux.

Le médecin diagnostiqua la folie.

— Ma douce princesse, l'esprit de ton époux s'est troublé. Va le coucher, je reviens vite avec une décoction qui devrait le soulager. Viens avec moi, Ouserkarê.

Ouatet-Kether allongea son mari sur leur couche, qu'ils ne partageaient plus depuis la mort de Meri-Téti. Elle lui caressa la soyeuse chevelure de jais.

— Mon époux. Mon élu. Pourquoi me négliges-tu ainsi ? Qu'ai-je fait pour mériter cela ?

— Laisse-moi, toi aussi. Sors !

C'est en larmes que la princesse quitta la pièce. Elle resta sur le parvis jusqu'au retour du médecin royal. En regardant la fête s'animer, elle finit par jalouser le bonheur de chacun.

— Nous sommes de retour, annonça Shem Kuimptah, essoufflé. Viens avec moi, Ouatet-Kether.

Mérerouka s'était assoupi.

— Redresse-lui la tête.

D'une petite fiole s'écoula un liquide blanchâtre dans la bouche légèrement ouverte du vizir, enivré, pendant que Shem Kuimptah disait des incantations magiques.

— Qu'est-ce donc ? demanda la princesse.

— J'ai broyé quelques graines. Le lait d'ânesse rend le goût plus agréable. Il suffit de quelques gouttes tous les soirs pendant sept couchers de *Rê* pour que l'état de ton époux s'améliore. Tiens, prends soin de la fiole. Demain matin, il devrait se sentir mieux. Surtout n'hésite pas à me consulter s'il ne se rétablit pas.

— Merci, grand *sinou*[1] !

— Il se fait tard maintenant. Ouserkarê, viens avec moi inviter les convives à prendre congé.

En annonçant l'état de Mérerouka, tous se retirèrent en silence, saluant et remerciant Ouatet-Kether pour la réussite de la soirée.

Ouserkarê et Shem Kuimptah, voisins, rentrèrent ensemble et s'inquiétèrent de l'état de santé de Mérerouka.

— Mon cher Ouserkarê, je dois t'avouer que Mérerouka est perdu...

— Comment cela perdu ?

— Les événements de ces derniers jours ont eu le dernier mot sur son esprit.

— Serais-tu en train de me déclarer que notre vizir sombre dans la folie ?

— Exactement.

— Le pays est perdu alors...

---

[1] Médecin

— Si tu le veux bien, demain à l'aube, nous irons annoncer la mauvaise nouvelle à notre roi.
— Tu peux compter sur ma présence, Shem.
— Tu as été témoin de ses dires et de son état.
— Un nouveau vizir doit être élu pour la prospérité de *Kemet*.

27

Dans la nuit, Téti s'était rendu au sanctuaire de *Maât* pour lui demander conseil. L'oracle de la déesse ne prédisait pas un bel avenir pour le pays. *Maât* avait manifesté sa colère, éteignant les flammes de toutes les torches et enfumant à profusion le sanctuaire. Pris d'étouffement et aveuglé, le roi sortit précipitamment.

Comme convenu, dès les premiers rayons de soleil, Shem Kuimptah et Ouserkarê demandèrent audience auprès du souverain. Téti devina l'annonce d'un nouveau drame.
— Relevez-vous, je vous attendais.
Les deux hommes se regardèrent, intrigués.
— Souverain de *Kemet*, le pays est en danger, dit maladroitement Ouserkarê.
— Notre vizir a perdu la raison, mon Roi, annonça le médecin royal avec plus de diplomatie.
— Que me dites-vous ?
— Hier, ta fille, notre princesse, m'a demandé de consulter son époux.
— Et ?
— Ouserkarê est venu nous rejoindre et Mérerouka, qui avait trop bu certes, a déliré, expliqua Shem Kuimptah.

— La bière lui est montée à la tête, voilà tout, en conclut Téti.

— Non, mon Roi. Il a déliré en déclarant que le criminel de son fils lui avait dit, droit dans les yeux, qu'il était innocent et que le coupable pouvait être un proche de la famille royale, révéla Shem Kuimptah.

— Mais ce n'est pas possible.

— Il n'a pas accepté son geste. Il n'a pas supporté de prendre le souffle de vie à cet homme. À présent, il délire, délaisse sa femme, le pays est..., expliqua le médecin.

— Tu dois choisir un nouveau vizir et un nouveau successeur pour sauver *Kemet*, osa déclarer Ouserkarê.

Téti fut anéanti par cette annonce troublante et inattendue. Il se leva et fit les cent pas dans la pièce. Le regard perdu, il revit son fils quitter la ville. Plus de fils, plus de petit-fils, un gendre devenu fou ; le pays allait sombrer dans le chaos.

— Que penses-tu de Hessi, ton Maître d'œuvre ? demanda Shem Kuimptah. Vizir sous Ounas, il connait les tâches, les affaires du pays.

— Je ne sais pas... Votre annonce est si subite que mon esprit est troublé, avoua Téti. Oui, en effet, c'est un homme honnête, courageux, travailleur, mais... Et qui prendra le poste de Maître d'œuvre ?

— Téti, l'instant est grave. Il te faut prendre rapidement une décision, sinon, le pays risque de perdre sa sérénité, insista Ouserkarê. Pour remplacer Hessi, je te propose Pashedou, il le seconde. Homme ingénieux, il serait à la hauteur de la charge.

— Oui, je comprends... Vous avez sans doute raison. Qu'on aille les chercher ! hurla Téti.

Son fidèle messager exécuta l'ordre.

— Vous serez témoins de la passation de poste, déclara Téti, perturbé et inquiet.

Avant l'arrivée du Maître d'œuvre et de son second, les trois hommes restèrent silencieux, peinés par la situation. Hessi pénétra enfin dans la pièce et se prosterna devant le roi.

— Relève-toi, Hessi. Relève-toi Pashedou. Je vous ai demandés car une nouvelle tragédie vient de me toucher. Notre vizir Mérerouka a sombré dans la démence, et il est inconcevable ni même envisageable qu'il reprenne son poste. Aussi...

Téti s'interrompit et regarda ses scribes.

— Veuillez écrire, de votre main guidée par *Thot*, que je nomme Hessi, vizir adjoint. À compter de maintenant, il devra gérer toutes les tâches en cours et futures à la place de Mérerouka actuellement dans l'incapacité de mener à bien sa mission. Hessi, acceptes-tu le poste ?

— Mon Maître ! Mon Roi ! Tes désirs ne peuvent être refusés.

— Scribes ! Notez que Hessi accepte le poste de vizir adjoint. Messager ! Rends-toi à la joaillerie royale et que soient prêts pour demain, quand *Rê* illuminera le ciel, un collier, un pectoral et le sceptre de vizir au nom de Hessi. Pashedou, toi qui secondes Hessi, je te nomme Maître d'œuvre. Acceptes-tu le poste ?

— Mon Roi, l'émotion me gagne. Te servir dans cette noble tâche sera l'œuvre de ma vie, répondit Pashedou, homme de l'ombre dans l'édification du complexe funéraire de Téti.

— Scribes, notez !

— Les désirs et les ordres de Téti sont divins ! proclama le messager avant de partir.

Hessi s'était à nouveau prosterné aux pieds de son roi. Pashedou en fit de même lorsque, soudain, des hurlements de femme résonnèrent dans le palais. Une servante poussa les portes de la salle d'audience royale et se prosterna devant Téti.

— Téti, mon vénérable roi, je suis Neferet, servante de ta fille Ouatet-Kether. Notre vénérable vizir a rejoint son *akh*[1]...

Téti se laissa tomber sur son siège, abasourdi, anéanti, esseulé. L'oracle de *Maât* avait dit vrai.

---

[1] Force spirituelle du défunt

L'assemblée fut tétanisée par l'annonce de la mort subite de Mérerouka. Sur le champ, Téti, le Chef des armées et le médecin royal prirent place sur une chaise à porteurs dont les pas furent exigés rapides.

Arrivé chez sa fille, Téti constata les serviteurs en larmes, les femmes hurlant leur tristesse, leurs yeux versant l'eau du chagrin. Téti courut vers la demeure et se rendit dans la chambre conjugale. Là, l'effroi était plus terrible qu'imaginé. Allongée près de Mérerouka sans vie, Ouatet-Kether dormait d'un sommeil éternel, le visage tourné vers l'amour de sa vie, sa main droite dans celle de gauche de Mérerouka. Un liquide blanchâtre coulait de leurs commissures labiales.

— Ils ont été empoisonnés, constata Shem Kuimptah.

— Lui, sans aucun doute. Elle, non, déclara le roi.

28

— Le voici affaibli.

— Oui ! À présent, il sait que sa dynastie est terminée !

— Le temple d'*Osiris* a du souci à se faire aussi !

— Nous devons nous mettre à l'œuvre le plus rapidement possible.

— Ne sois pas trop pressé. L'armée est en alerte maximale. Il ne faut pas attirer l'attention.

— Oui, tu as raison.

— Laissons passer les funérailles.

— Toi et tes hommes devez reboucher le grand canal.

— D'accord ! Nous partirons demain.

— Toi, tu te chargeras de vider les silos à grains.

— Ce sera long...

— Tu as soixante-dix jours pour y parvenir intelligemment. Tu feras en sorte que de grandes quantités de grains arrivent sur le chantier avec eau et bière généreusement. Bien nourris, les ouvriers mettront du cœur à l'ouvrage.

— Et après ?

— Nous agirons.

— Et moi, je fais quoi ?

— Je t'ai oublié ! Tu es proche des prêtres d'*Osiris*...

— Pour sûr ! Je les nourris chaque jour que *Rê* fait.

— Tu sais où se trouve le Trésor ?

— Pas vraiment.

— Pas vraiment ? Donc tu en as une petite idée. Trouve et pille !

— Je n'ai que deux bras et deux jambes...

— Idiot ! Tu auras de l'aide le moment voulu.

— Mais dès que les flots seront taris, cela va vite se constater...

— Vous n'aurez qu'à prendre votre temps.

— Nous les détournerons au même endroit ?

— À plusieurs endroits, plus au sud, plus au nord.

29

Téti noya sa détresse dans le travail. Il en négligeait ses épouses. Khouit était plus douce et attentive à l'égard de son royal époux. Ipout ne s'en plaignait pas. Depuis que son fils avait disparu, elle ignorait le roi avec dédain sauf lorsqu'elle exigeait de nouveaux bijoux, de nouvelles robes. Téti cédait à tous ses caprices se sentant redevable de sa peine de mère.

Le médecin royal rendait visite matin et soir au souverain, inquiet pour sa santé. Son frère restait près de lui pour l'aider dans les nombreuses responsabilités du pays. Hessi, le nouveau vizir, venait en audience avec Téti pour régler les priorités et repassait le soir pour remettre son compte-rendu de la journée.

Secondé, Téti se sentait soulagé. Il était fort reconnaissant à l'égard de son équipe soudée.

— Téti, mon divin frère ! Pashedou m'a annoncé que ta demeure d'éternité serait bientôt terminée !

— Ce n'est pas bon signe, répondit Téti.

— Que veux-tu insinuer ?

— Elle ne doit jamais être terminée avant la mort du souverain.

— Ce n'est qu'un rite insignifiant, souligna Ouserkarê.

— Trouves-tu ?

— Tu vois, à mes yeux, tu devrais te sentir heureux de voir ta demeure d'éternité terminée. Au moins les lieux ne te seront pas inconnus et si quelque chose ne te convient pas, tu pourras le faire modifier.

— Tu as une façon de penser qui me surprendra toujours, mon frère !

— Ah bon ?

— Sans doute as-tu raison après tout ?

— Souhaites-tu que nous y allions demain ? Ça te fera prendre l'air.

— Pourquoi pas.

Le nez plongé dans les papyrus des réserves de grains, Téti constata qu'elles se vidaient anormalement. Lorsqu'il fit venir le responsable, un certain malaise s'instaura.

— Que signifient ces niveaux soudainement bas ? questionna Téti.

— Mon vénérable souverain, le vizir a exigé que les ouvriers de ta demeure d'éternité soient nourris généreusement pour que les travaux avancent plus vite, expliqua le haut dignitaire.

— Quelle est cette hérésie ? Et depuis quand un vizir donne des ordres sans mon aval ? enragea Téti.

— Il m'a dit qu'ils venaient de toi...

— Tu peux disposer, déclara le roi. Tu as raison, mon frère, allons vérifier l'avancée des travaux.
— Maintenant ? demanda Ouserkarê.
— Il n'y a pas de meilleur moment pour prendre l'air ! Pendant que j'y songe, j'apprécie ta présence mais qui gère tes hommes ?
— Ne t'inquiète pas, ils sont entre de bonnes mains. Je me dois d'être à tes côtés pour t'aider. Tu as dû surmonter tant d'épreuves en si peu de temps, jamais je n'aurais pu te laisser seul.
— Tu es noble, je n'en ai jamais douté. Allons-y !

30

La nécropole de *Men-nefer* se situait à l'ouest de la ville, son grand « mur blanc » longeait la rive du fleuve. Sa savane s'étendait vers le désert austère, considéré comme le monde de *Seth*. Depuis le centre ville, pour s'y rendre, il fallait passer le pont du canal de *Men-nefer*, puis traverser les champs verdoyants. Sur la berge, des barques faisaient la traversée. Au port privatif du palais, sur la rive est, baignaient les bateaux royaux. Téti et son frère embarquèrent. Durant la courte traversée, de grandes barques chargées de blocs de pierre en provenance du Sud dansaient sur les eaux d'*Hâpy*, tandis que d'autres étaient accostées. Des ouvriers débarquaient le lourd chargement sans se plaindre de la chaleur étouffante.
Une fois à terre, le souverain refusa la chaise à porteurs, ressentant le besoin de marcher. Son cœur se serra. À chaque pas, il revivait les funérailles de sa fille, de son gendre et de son petit-fils. Au travers de feuillages touffus,

sa demeure d'éternité pointait son sommet éclatant vers les cieux.

Arrivé sur son complexe funéraire, il alla prendre trois miches de pain dans un panier du boulanger qui façonnait la nourriture de base pour les ouvriers.

— Ne bouge pas, mon brave, lui dit Téti.

— Mon souverain est bon ! Téti est bon !

Téti ouvrit la tombe familiale. Ouserkarê alla pour lui emboîter le pas.

— Non. Je veux être seul.

Un silence solennel laissait résonner chaque pas de Téti en train de traverser les couloirs richement décorés. « Mérerouka était un homme admirable », songea le roi.

Il s'arrêta devant la porte de la sépulture de Meri-Téti et Ouatet-Kether et pria *Osiris* de prendre soin de leur *ba*. Il fit quelques pas et reproduisit le cérémonial devant la fosse donnant accès à la chambre funéraire de Mérerouka. Il pria et se surprit à le faire pour lui aussi. Revenant sur ses pas, il se posta devant la fausse-porte et déposa les trois miches de pain sur la table d'offrandes déjà bien remplie. Il se mit à genoux, les bras levés et pria pour ses proches partis si cruellement, si rapidement. Les prières terminées, il sortit à l'air libre et chercha son frère du regard. Les burins sonnaient sur le granit. Les ouvriers cessèrent de travailler pour saluer leur roi, puis, dans un excès de zèle, les chefs d'équipes ordonnèrent la reprise du travail. Il vit enfin son frère discutant avec le maître d'œuvre. Ils cessèrent de converser dès que Téti les rejoignit.

— Mon divin roi, sois le bienvenu ! Que nous vaut ta visite ? salua Pashedou.

— Ouserkarê m'a annoncé que les travaux arrivaient à leur terme, donc je venais constater !

— Suivez-moi ! invita le Maître d'œuvre. Mon Roi peut être fier de ses ouvriers, le travail est remarquable !

Le Maître d'œuvre ouvrit la marche, suivi de Téti et Ouserkarê. La descenderie était raide. La rampe glissante obligea les trois hommes à ôter leurs sandales.

— Fais attention, mon Roi. Baisse la tête en passant les trois herses, conseilla le Maître d'œuvre.

L'endroit y était frais. Téti caressa les murs aux blocs de granit lisses et froids. Les herses passées, un long couloir les mena dans « l'*Horizon* », vestibule où des artistes gravaient encore murs et plafond. Ils posèrent ciseaux et pinceaux en présence du souverain. Les lampes à huile scintillaient sur le sol et sur les échafaudages de bois. Leur lumière révéla à Téti les formules magiques, les *djedmedou* [1] , parmi lesquelles étaient gravés de nombreux cartouches à son nom. Il ne dit mot, il admirait. Il prit le temps de lire plusieurs de ces formules. « Au moins, je me protège avant la *Douat*... », songea-t-il.

Pashedou osa feindre le silence.

— Mon souverain est-il satisfait ?

— Le travail est remarquable.

— Téti est juste ! Téti est bon ! Là, c'est la demeure d'*Osiris* que nous fermerons à la fin du chantier, indiqua le responsable des travaux, en montrant une petite pièce à gauche de l'*Horizon*.

Téti alla pénétrer dans celle-ci lorsqu'on l'en empêcha.

— Non, mon vénérable souverain. N'entre surtout pas dans la demeure d'*Osiris* ! interdit le responsable.

— Oh. Oui. Pris par la beauté des lieux, j'avais oublié...

Nul ne devait entrer dans la demeure d'*Osiris*. Seuls les artisans en avaient l'accès autorisé pour y travailler et déposer la statue du dieu sur un socle. Un bloc de granit fermerait définitivement l'endroit. À la mort du souverain, il devra renaître grâce aux formules magiques, quitter sa chambre funéraire, s'envoler vers l'*Horizon* et, devant la porte de la demeure d'*Osiris*, il devra répondre correctement aux questions du dieu. Alors et uniquement alors, les jarres d'huiles sacrées – qui seront déposées lors des funérailles – seront renversées. Leur liquide précieux se déversera dans le couloir et l'ascenderie pour aider l'âme du

---

[1] Les formules magiques protégeant le défunt pour renaître dans l'au-delà

souverain à glisser et s'envoler vers les *Infatigables*, vers les cieux, et à rejoindre ses ancêtres.

— Derrière toi, mon divin souverain, reprit le Maître d'œuvre, ta chambre funéraire !

Téti se courba et pénétra dans la salle, là où son corps serait déposé. Il parut subjugué, admiratif. Les murs étaient, comme il l'avait exigé, recouverts de formules magiques qu'il avait choisies avec soin. Il leva la tête et admira la voûte du plafond peinte d'un bleu lapis-lazuli, recouverte d'étoiles à cinq branches peintes en or.

— C'est magnifique ! Je voudrais déjà y demeurer !

— Le jour viendra, divin frère, patience ! ajouta Ouserkarê sur un ton humoristique qui ne fit point rire le souverain.

Étourdi par la beauté, la tête levée, il posa machinalement une main sur un bloc rocheux et sursauta. Ce bloc froid était son sarcophage, massif, en grauwacke.

— Voici ton sarcophage, Téti, annonça Ouserkarê.

Téti resta sans voix. Le lourd couvercle reposait sur des poutres au fond de la pièce. La massive cuve était supportée par des rondins de bois pour la rehausser. Le temps que les gravures soient peintes, les artisans s'en servaient comme échafaudage.

— Il m'attend déjà..., déclara le roi.

— Tu peux être tranquille maintenant, ironisa son frère, une fois de plus.

— Que reste-t-il encore à faire ? demanda Téti au Maître d'œuvre préférant écarter les phrases à l'humour douteux de son frère.

— Peindre les *djedmedou*. Tous les meubles qui t'accompagneront et ton cercueil ne sont pas terminés.

— Cela me réconforte ! plaisanta le roi à son tour. Toutes les équipes méritent bien le surplus de nourriture distribuée récemment.

— Téti est juste ! Téti est bon ! clama le haut responsable en jetant un œil à Ouserkarê.

— Heureusement que les lourds travaux sont terminés, ils ruineraient le pays, précisa Téti.

— Mais c'est pour toi, mon divin frère !

La remarque surprit Téti qui la trouva déplacée, pourtant il en sourit, il connaissait le cynisme de son frère.

Ipout s'inquiétait de l'absence de son époux. Même si elle était devenue distante, elle lui vouait un amour immodéré. Téti fut de retour au palais. Lorsqu'elle le vit, elle courut à sa rencontre.
— Où étais-tu ?
— Dans la plus belle demeure que tu ne verras jamais, mon lotus. À présent, laisse-moi.
Abattue par le fait d'être rejetée, Ipout rejoignit ses appartements. Téti s'allongea sur sa couche et rêva les yeux plongés dans les étoiles de la voûte céleste de *Nout*. Il songea à celles de sa chambre funéraire qui veilleraient sur lui, éternellement.

31

Apaisé, serein, Téti s'éveilla et se rendit au temple d'*Osiris* pour se purifier dans le lac sacré après qu'un prêtre l'ait épilé de la tête aux pieds. À peine sorti des eaux, le grand-prêtre l'interpella.
— Mon souverain, une catastrophe est survenue !
— Que se passe-t-il encore? demanda Téti, las des mauvaises nouvelles.
— Notre Trésor a été pillé !
— Que me dis-tu ? Ce n'est pas possible...
— Il ne nous reste plus que quelques anneaux d'or, mon Roi. On nous a pillés. On a volé le pays.
— C'est impossible... Le temple est gardé, fermé, protégé. Nul ne peut y pénétrer à sa guise. Les voleurs ne peuvent qu'être des prêtres, conclut Téti.

— Mon Roi, mes frères vouent leur existence à notre divin dieu *Osiris* et au bien-être de *Kemet*. Ils ne peuvent les trahir.

— Les silos se vident, les réserves d'or sont volées, le pays est anéanti, affaibli. La force m'abandonne. Je ne sais plus vers qui me tourner pour reprendre les rennes du pouvoir, avoua le souverain.

— Mon divin Roi, je ne te reconnais plus, s'inquiéta le grand-prêtre.

— Je suis usé, fatigué, mon brave. Je n'ai plus confiance en qui que ce soit. Et seul, sans successeur, mon pouvoir est mis à mal. On me veut du mal. Mais qui ?

Sur sa chaise à porteurs, Téti observa le paysage, la vie grouillait dans les ruelles étroites. Il avait ordonné que les silos à grains du palais et du temple d'*Osiris* soient ouverts au peuple pour compenser les dépenses abusives causées par les travaux de sa demeure d'éternité. Le peuple était bien nourri et paraissait heureux. Les soldats, à son passage, lui réchauffèrent le cœur et lui redonnèrent le courage pour comprendre et gérer les trahisons dont l'unique but était évident : le détrôner.

Il était encore tôt lorsque Téti s'en retourna au palais. Les serviteurs s'adonnaient déjà aux tâches quotidiennes. Dans la cour intérieure de l'immense demeure royale, Téti s'assit sur le bord du gracieux bassin, mit les pieds dans l'eau et ouït les perches gobant les mouches en surface. Il scruta son reflet sur l'eau. Son image était celle d'un homme vieillissant, à bout de souffle. Il ferma alors les yeux et puisa dans sa mémoire les doux instants vécus en famille les quinze premières années de son règne. Il analysa ses actions, tenta de cerner ses erreurs et se rendit à l'évidence que tout pouvait rapidement basculer dès lors que *Seth* s'emparait de quelques mauvaises âmes. Le mal, la vanité, la jalousie, la trahison étaient les pires défauts de l'être humain. *Osiris* saurait lui montrer le chemin pour les combattre. Après avoir mangé quelques figues et un oignon rouge, le souverain remit ses sandales, arrangea son pschent et rejoignit son bureau où l'attendaient déjà Ouserkarê et Hessi.

— Mon frère, mon vizir, l'instant est grave, annonça Téti. Le Trésor du temple d'*Osiris* a été pillé dans la nuit.

Ouserkarê et Hessi parurent interloqués.

— Mon Souverain, le pays est alors ruiné..., se désola Hessi.

— Mon cher ami, dit Téti, des fils de *Seth* tentent de ruiner *Kemet* pour me porter du tort et espèrent que le peuple se retournera contre moi. Je suis las, ces jours-ci. L'énergie m'abandonne, *Maât* aussi.

— Mon divin frère, je ne te reconnais plus, déclara Ouserkarê. Aujourd'hui, repose-toi. Hessi et moi gérerons les priorités. Hessi, trouve une solution pour renflouer les silos et les caisses du pays.

— Ouserkarê, tu sais bien qu'il n'y a qu'une solution : augmenter les taxes. Le peuple se révolterait... Et il ne faut pas l'opprimer, rétorqua Hessi.

— Eh bien qu'il se révolte ! L'armée saura le calmer ! répondit Ouserkarê en tapant du poing un guéridon qui se cassa en deux. De mon côté, je pars à la recherche des pilleurs du Trésor.

Le Trésor du temple d'*Osiris* était la banque du pays. Il accumulait les impôts payés en or par les plus riches de *Kemet*. Quant aux silos, ils renfermaient les taxes de chaque âme de *Kemet*, calculées suivant les crues. Les grains étaient distribués en cas de sécheresse et durant les périodes d'inondations. Téti avait toujours veillé à préserver son peuple de la pauvreté et de la famine.

32

Nout avala lentement *Rê*, allongea ses bras vers le couchant pour l'envelopper de sa noirceur et laisser scintiller les *Infatigables*.
Téti s'était réservé une journée de repos. Sur la terrasse de sa chambre, allongé sur une natte, il admirait le déploiement nocturne. Il aimait la nuit. Il trouvait le spectacle céleste magnifique, magique. Le silence gagnait la ville, la vie animale s'assoupissait.
Soudain, des feuilles bruissèrent. Téti se redressa lentement et porta le regard vers le son où il s'attendit à voir surgir un animal égaré. Le médecin royal apparut.
— Ah, c'est toi ! Tu m'as effrayé. Que fais-tu là ?
— Divin Téti, j'avais besoin de me promener, avec tout ce qui nous touche, réfléchir le soir est bénéfique.
— Oui, je te comprends, je suis de ton avis. Viens donc t'asseoir près de moi. De la bière ?
— Avec plaisir !
Téti versa le breuvage dans une coupe.
— Tu n'as pas de serviteurs ce soir ?
— J'ai souhaité rester seul.
— Ce n'est pas prudent. Et Ouserkarê ? Il devrait toujours être à tes côtés, s'inquiéta Shem Kuimptah.
— Je ne crains rien. Écoute ce silence. Sans doute est-il le même que celui dans ma tombe ?
— Quel plaisantin ! Tu m'as l'air de bonne humeur, cela fait plaisir.
Les deux amis rirent ; cela faisait bien longtemps que la gaieté avait abandonné Téti.
— Mon Roi ! Mon Roi, es-tu là ?
— Mais c'est la voix de Hessi ! reconnut Téti. Viens donc avec moi l'accueillir à l'intérieur, il commence à faire frais. Mon vizir, que me vaut ta visite si tardive ?
— Mon vénérable Roi, j'ai une bonne nouvelle à t'annoncer, déclara Hessi.

— Asseyons-nous à table. Je t'écoute. Tu m'intrigues.

— Nous avons arrêté le voleur du Trésor !

— Est-ce possible, si rapidement ? Si vite ! De qui s'agit-il ?

— Il s'agit d'un prêtre du temple d'*Osiris*.

— Incroyable... Par *Maât*... Je ne peux te croire, Hessi. C'est insensé.

Accoudé à la table, Téti posa ses mains sur le visage. Il se refusa d'admettre une telle trahison. Les portes de la pièce s'ouvrirent, apparut Ouserkarê.

— Que *Nout* te soit douce, mon divin frère !

— Ouserkarê, que fais-tu ici à cette heure si tardive ?

— J'accompagne Hessi. J'étais en train de discuter avec les gardes, répondit Ouserkarê.

— Combien je suis heureux de vous avoir à mes côtés tous les trois ce soir ! Hessi vient de m'annoncer...

— Eh oui, mon vénérable frère, comme tu peux le constater, on est toujours trahi par les siens !

Ouserkarê avança vers son frère, se posta derrière lui et le poignarda dans le dos à plusieurs reprises. Jusqu'au dernier souffle de vie de Téti, son frère parla.

— Toujours trahi par les siens, mon frère ! Le trône m'appartiendra dès demain ! J'épouserai une de tes filles et ta seconde épouse, jeune et délurée comme j'aime. Oh ! Tu n'étais pas au courant. Eh oui, nous sommes amants depuis longtemps. Ça ne te peine pas trop j'espère ? *Kemet* est à moi ! Je réduis le temple d'*Osiris* au second plan ! Le Trésor appartient au temple de *Rê*, maintenant. N'aie crainte, mon divin frère, je ne suis pas si cruel que ça, dans soixante-dix jours, tu rejoindras ta confortable demeure d'éternité. Rien ne manquera, pas même les huiles magiques, j'y veillerai. Je t'aime, mon frère et lorsque j'admirerai les *Infatigables*, je ne manquerai pas de penser à toi !

— Mais alors..., grommela péniblement Téti, mon petit-fils... Son père...

— J'ai ordonné leur mort, bien sûr !

Chaque mot craché par son frère résonnait dans la tête de Téti pendant que la respiration le quittait progressivement. D'autres coups de dague le transpercèrent, mais son corps commença à ne plus rien ressentir. Dans son esprit, des souvenirs se bousculèrent. Ipout, Khouit, ses enfants... Sa mère lui avait dit qu'Ouserkarê était un homme mauvais, pourtant Téti avait toujours refusé de voir en son frère toute hostilité. Il avait toujours pris soin de lui au point de le choisir comme garde du corps. Mérerouka avait rapporté que le condamné était innocent et l'avait mis en garde contre ses proches... Ses oreilles se fermèrent, ses yeux se voilèrent, son corps s'effondra sur le sol ensanglanté. La dernière image qu'il eut fut celle de ses enfants, de son petit-fils, d'Ipout et de Mérerouka. Il tendit avec difficulté un bras pour s'accrocher à ce souvenir.

Téti baignait dans son sang. Les trois traitres s'acharnèrent sur le corps et le découpèrent en quatorze morceaux, reproduisant l'histoire du meurtre d'*Osiris* par son frère *Seth*.

Ouserkarê ouvrit les portes. Constatant que les gardes avaient quitté leur poste, il fit signe à ses deux complices, pour signifier que la voie était libre. Au même instant, une ombre s'effaça dans l'allée opposée, tel un fantôme. Les trois criminels s'évanouirent dans la nuit.

Comme à l'accoutumée, au lever de *Rê*, Ouserkarê et Hessi se rendirent au palais. Ensemble, ils se présentèrent devant les portes des appartements du roi. Les gardes les ouvrirent, les deux hommes entrèrent. À peine les portes refermées, ils s'agenouillèrent devant le corps mutilé et se mirent à hurler, à hurler si fort que les gardes accoururent et constatèrent le massacre. Rapidement, arriva Shem Kuimptah qui constata la mort du roi.

À l'annonce du meurtre du souverain, le peuple se mura dans un immense silence. Pashedou vénérait Téti. Il inspecta le tombeau royal, rien ne devait manquer pour Téti le Bon, Téti le Juste. Ainsi, il brillerait à tout jamais parmi les anciens maîtres de *Kemet*. Il fut atterré en apprenant comment son roi avait été assassiné. Grand lettré, il se rendit dans la chambre funéraire. Durant plusieurs jours, il grava des formules magiques sur chacune des faces intérieures du sarcophage et sous le couvercle, à la simple lueur d'une lampe. Il espérait ainsi que le corps démantelé de Téti serait reconstitué par la magie et vivrait sereinement dans le jardin de la *Douat*.

33

Rapidement, Ouserkarê ordonna la levée des barrages. L'eau s'écoula à nouveau.

Le corps de Téti fut livré aux mains expertes des prêtres du temple de *Ptah* où le grand-prêtre, portant le masque d'*Anubis*, veillait aux bons soins de la dépouille royale. Seuls les prêtres de ce temple savaient qui il était.

Dès le lendemain de la tragédie, les épouses et filles royales furent mises à l'écart dans un harem. Dans la salle du trône étaient réunis les hauts dignitaires, le vizir Hessi, le médecin royal Shem Kuimptah, les grands-prêtres d'*Osiris* et de *Rê* de *Men-nefer*. Ouserkarê, posté devant le trône, fit face à son vizir qui tenait la double couronne.

— Ouserkarê, toi, frère de Téti, ta peine est notre peine. *Kemet* a besoin de ta sagesse, clama le vizir en lui tendant la lourde couronne.

Ouserkarê la prit et la posa sur sa tête sans hésitation, ni émotion. Toute l'assemblée se prosterna à ses pieds. Il alla s'asseoir sur le trône. Les mains posées sur les accoudoirs, le regard balayant les prosternés, il esquissa un sourire en jetant un œil jubilatoire à Hessi.

— *Kemet* renaîtra ! déclara-t-il. Le temple de *Rê* reprend ses droits à compter de ce jour.

Ouserkarê porta son regard vers le grand-prêtre d'*Osiris* et s'adressa à lui.

— À présent, le culte d'*Osiris* n'exerce plus sa dominance sur *Kemet*. Il a suffisamment profité de la générosité de mon frère. Je laisse ses prêtres libres mais mon peuple ne les nourrira plus. Un lopin de terre leur sera donné, à eux de bien l'exploiter pour se nourrir. Ils devront aussi s'acquitter des taxes prélevées par le culte de *Rê*, comme le peuple tout entier.

L'annonce anéantit le grand-prêtre d'*Osiris* de *Men-nefer* qui baissa la tête en signe de soumission. Satisfait, Ouserkarê reprit son monologue.

— Téti est Bon ! Téti est Juste ! Je veillerai à ce que ses funérailles soient les plus belles, les plus dignes que *Kemet* ait vécues ! À présent, écartez-vous, le peuple attend son nouveau roi.

Le grand-prêtre d'Osiris s'éclipsa, jugeant sa présence inutile et l'infamie insupportable.

Les habitants de *Men-nefer* s'étaient regroupés dans la cour du palais. Trop étroite, les retardataires s'amassèrent devant les portes et dans les rues. Déçus de n'apercevoir leur nouveau souverain, ils espéraient entendre au moins sa voix.

Ouserkarê, coiffé de la double couronne, vêtu d'un pagne blanc, les hanches entourées d'une ceinture de cuir à la boucle d'or marquée de sa titulature, paré d'un large pectoral d'or et de pierres précieuses autour du cou, crosse et flagellum en main, se tint debout, fier, face à son peuple. Dans le plus grand silence, tous se prosternèrent. Il recula d'un pas lent et prit place sur le trône d'ébène.

Le grand-prêtre de *Rê* s'avança et se posta près du roi. Hessi l'imita et prit la parole.

— Peuple de *Kemet* ! Des brigands ont assassiné Téti et seront punis. Téti est Bon ! Téti est Juste ! s'exclama-t-il, repris à l'unisson par le peuple. Aujourd'hui, une nouvelle vie commence ! Le culte de *Rê* sera l'unique que vous vénèrerez, ainsi en a décidé votre nouveau souverain, Ouserkarê !

Chaque personne s'étonna de l'annonce.

— *Rê*, par sa reconnaissance, redonnera vie à notre grand canal ! Les récoltes redeviendront abondantes ! *Rê* renaît grâce à notre nouveau roi ! Ouserkarê est Grand ! poursuivit Hessi.

Le peuple répéta sans grande conviction.

— Ouserkarê est Grand ! s'exclamèrent le vizir, Shem Kuimptah et le grand-prêtre de *Rê*, en levant les bras vers le soleil.

La foule n'eut d'autres choix que de clamer haut et fort la grandeur d'Ouserkarê qui se gonfla d'orgueil. Ouserkarê prit enfin la parole.

— Mon peuple, je te promets la prospérité ! Je déclare trois jours de festivité !

Men-nefer était en liesse.

— Tout le pays sera en fête ! répéta-t-il. Les gouverneurs veilleront à ce que bière et vin coulent à flot et que volailles, viande et poissons ne manquent pas !

— Ouserkarê est Grand ! Ouserkarê est Grand !

Le roi avait compris depuis longtemps combien le peuple était faible et influençable.

34

Jusqu'aux funérailles de Téti, Ouserkarê se montra bienveillant, protecteur, irréprochable.

Le cortège funèbre de son frère fut à la hauteur de la bonté de Téti. Le chariot supportant le cercueil était rutilant, les pleureuses et les offrandes nombreuses. La chaise à porteurs d'Ouserkarê suivait de près le chariot. L'œil jubilatoire, le roi admira le cercueil de bois recouvert de feuilles d'or. « Tu as ruiné le pays, mon frère », songea-t-il comme pour se convaincre.

Sur des baldaquins aux rideaux de lin, Ipout et ses filles pleuraient Téti. Seule Khouit restait impassible. Elle n'était pas guidée par la dignité mais par le mépris.
L'entrée de la demeure d'éternité était au niveau du sol. Les membres du cortège firent une allée d'honneur à la dépouille portée par les prêtres de l'ombre. Le grand-prêtre et quatre membres du culte ouvrirent la marche en éclairant le passage de leur lampe. Ouserkarê et les porteurs d'offrandes les suivirent.
À l'intérieur, l'air devint rapidement irrespirable. Le cercueil, posé sur le parvis de la descenderie, était freiné par deux prêtres dont les pieds nus accrochaient le sol. Deux longues et larges cordes l'enveloppaient, tendues et tenues d'une poigne d'acier par d'autres prêtres freinant la descente en amont. Les herses passées, le couloir permit aux êtres de se redresser, les prêtres portèrent à nouveau la dépouille.
Dans l'*Horizon*, le grand-prêtre psalmodia les *djedmedou* qui protégeraient Téti et lui permettraient sa résurrection. Les offrandes furent déposées. Lin, meubles, nourritures, bijoux, jarres d'huile sacrée, rien ne manquait. Des centaines d'*oushebtis* [1] aideraient Téti dans ses tâches quotidiennes.
Les prêtres se baissèrent pour pénétrer dans la chambre funéraire. Le passage très étroit obligea les prêtres à faire glisser le cercueil. Ils le posèrent près du sarcophage. Les deux cordes furent glissées au pied et à la tête du cercueil. Un prêtre remarqua que l'imposant sarcophage reposait toujours sur des rondins de bois ; la mort avait été précipitée et ce détail n'avait pas pu être réglé.
Ouserkarê se courba pour entrer dans la chambre funéraire lorsque le grand-prêtre de *Ptah* l'arrêta aussitôt.
— Seuls les prêtres ont la permission d'entrer dans ce lieu.
Vexé, avant de ressortir, Ouserkarê leva la tête et vit les nombreuses étoiles peintes sur fond bleu, les *Imehou*

[1] Figurines représentées momifiées devant aider le roi dans l'autre monde

sekou[1], les *Infatigables*, que son frère n'allait pas tarder à rejoindre. Ignorant la suite du cérémonial, il observa les porteurs d'offrandes œuvrer.

Le passage autour du sarcophage de grauwacke était fort étroit. Le cercueil reposait sur le rebord face à l'entrée, soutenu par deux prêtres. Deux autres tinrent chaque bout de corde fermement et se faufilèrent au fond de la pièce. À présent, les cordes bien tendues, ils firent descendre lentement le cercueil dans la cuve, la tête au nord, les pieds vers le sud. Le cordage fut retiré et le lourd couvercle coulissa jusqu'à la fermeture hermétique du sarcophage. Le grand-prêtre finit de chanter les paroles magiques.

Tous rebroussèrent chemin. La marche fut fermée par un prêtre, balayant toutes les traces de pas sur le sol jusqu'à la sortie. Deux prêtres activèrent un système élaboré qui fit descendre une à une les trois herses. Téti pouvait renaître en paix, aucun intrus ne l'en empêcherait.

L'entrée de la demeure d'éternité fut scellée. La vie reprit son cours.

35

À peine Ouserkarê fut-il de retour au palais qu'il demandât à ses gardes postés dans la cour de ses appartements de lui mener Sathor.

Elle était une des filles de Téti et Ipout. Après le décès subit de son époux Isi, gouverneur d'Edfou, elle avait été recueillie par son père. Depuis sa mort, elle vivait avec les épouses et filles de Téti, dans leur harem. Ouserkarê la

---

[1] Les étoiles, nommées aussi les Infatigables. Symbole de l'âme des défunts

trouvait moins belle que sa sœur Ouatet-Kether, mais elle avait l'avantage de sa jeunesse.

— Hessi, mon vizir ! Tu vas être le témoin de mon union ! déclara le roi.

— Ton union, mon vénérable roi ?

— Un roi doit avoir épouse. Donc, pour prouver mes bons égards face à Téti, épouser sa plus jeune fille me paraît judicieux. Khouit est un jouet délicieux mais elle se fait vieille, je préfère la chair tendre !

— Oui ! Ton idée est parfaite. Est-ce que je lance les préparatifs pour la cérémonie ?

— Il n'y aura aucune cérémonie. Toi pour témoin et les trois scribes suffiront pour déclarer l'union.

— Mais enfin, le peuple...

— Eh bien, nous nous présenterons à lui, cela suffira et je montrerai que je ne dépense pas à tort et à travers !

Sathor était née un an après son frère. Sa jeunesse la rendait aussi fraîche qu'une fleur de lotus couverte de rosée. Encadrée de gardes, elle fut amenée devant son oncle et se prosterna devant lui.

— Allons ! Allons, ma nièce, viens donc prendre place à mes côtés, invita le souverain.

Elle s'assit, nerveuse. Elle n'aimait pas son oncle. Vieux, laid, gras, il n'avait rien d'attirant, de plus, il manquait cruellement de distinction. Intriguée, elle osa poser sa question.

— Vénérable souverain des Deux Terres ! Pourquoi ai-je été demandée ?

— Je t'ai fait sortir du harem pour t'annoncer que dès à présent, devant notre honorable vizir, tu deviens mon épouse !

L'annonce fit s'évanouir la princesse. Elle tomba de son assise.

— Vite ! Vite ! hurla Hessi. Qu'on fasse venir Shem Kuimptah !

Ce dernier s'empressa d'arriver avec une petite fiole dont il fit sentir la potion à l'odeur repoussante. La princesse reprit rapidement connaissance.

— Jamais, au grand jamais je n'avais fait un tel effet à une femme ! ricana Ouserkarê. Scribes, notez notre union ! Toi, file préparer notre chambre nuptiale, ordonna-t-il à un chambellan. Que rien ne manque ! Ni bière, ni nourriture délicate ! Bouquets de fleurs et draps blancs parfumés ! Allez, file !

La libido d'Ouserkarê frôlait la perversion.

— Femmes ! Votre reine vient de recouvrer ses esprits ! Préparez-la pour ses noces. Barbier ! Fais de moi l'homme le plus désirable de *Kemet* ! exigea-t-il arrogamment, comme à son habitude.

Le couple fut épilé, lavé. Les corps furent enduits d'essences parfumées, puis les visages maquillés. Lorsque le perruquier posa la coiffe sur la tête rasée d'Ouserkarê, ce dernier l'enleva nerveusement.

— Cet artifice n'a aucune utilité !

Dans la chambre, il patienta. Un eunuque accompagna la princesse vers son époux.

« Elle n'est plus vierge, mais qu'est-ce qu'elle est belle ! », songea le roi. Ses longs cheveux de jais étaient aussi soyeux que le plus délicat lin tissé. La robe blanche et fine laissait transparaître ses courbes féminines.

— Approche, Sathor !

Elle baissa la tête et obéit.

— N'aie pas peur de moi, tu n'as rien à craindre. Tu seras l'épouse la plus aimée des Deux Terres ! Ton époux était un peu mou, ne trouves-tu pas ? Moi, je vais te combler, tu verras !

Les yeux saphir de Sathor n'étaient que crues de désespoir.

Ouserkarê tenta de la détendre en la distrayant, en la faisant boire, manger, en la caressant... Rien n'y fit. L'impatience du mâle atteignit son apogée. Il la traîna jusqu'au lit et la viola comme un chien enragé sur sa proie. Le visage tourné de côté, les yeux portés vers la fenêtre, elle vit un faucon planer. Elle crut croiser son regard. « *Horus* saura porter sa vengeance », songea-t-elle.

36

Les mois s'écoulaient et le peuple était accablé de taxes. Les prêtres d'*Osiris* n'en étaient pas épargnés. Le souverain pillait le peuple d'*Inebou* pour son profit et celui du culte de *Rê*. Assoiffé par la richesse, Ouserkarê convoqua Hessi.

— Je te demande d'avertir mes troupes de se rendre, dès le lever de *Rê*, au temple d'*Osiris* d'Abydos, et de revenir avec le Trésor. Je les ai laissés tranquilles jusqu'à présent sur ce point, sachant tout de même le Trésor en sécurité entre leurs mains. Mais il est temps de mettre fin à cette situation, le Trésor doit rejoindre *Men-nefer*.

— Ta décision est remarquable ! jubila Hessi.

— Précise que toute résistance des prêtres entraînera leur mort.

Les soldats, informés de leur mission, s'octroyèrent une soirée de beuverie dans la maison de bière la plus proche de leur caserne. Bruyants, vacillants sous l'effet de l'alcool, certains se plaignirent de ce nouvel ordre tout en pelotant les catins assises sur leurs jambes, tandis que d'autres parlèrent trop.

Au temple d'*Osiris*, la communauté cultuelle avait organisé sa survie. Les prêtres cultivaient le champ qui leur avait été donné dont, par bonheur, les eaux du grand canal léchaient un côté de la parcelle. Ils avaient creusé des tranchées autour des terres cultivées où des grains de leur silo avaient été semés. Avant la disparition de *Rê* dans l'ouest, des prêtres puisaient l'eau et la déversaient dans les sillons.

Le travail agricole infligé était éreintant, pourtant les prières quotidiennes n'en pâtissaient point.

Dans l'espoir de jours meilleurs, les prêtres sacrifiaient des pigeons et épuisaient leur réserve de grains entre deux récoltes pour préparer le pain.

Un prêtre s'occupait du pigeonnier et destinait certains volatiles au rôle de messagers. Ces pigeons apportaient des missives au temple d'*Osiris* à Abydos, temple primordial depuis le premier souverain de *Kemet*.

Un prêtre, déambulant dans la première cour, entendit quelqu'un taper aux colossales portes restées sans vie depuis trop longtemps. Il s'empressa de les ouvrir et vit une jeune femme, dont la tenue vestimentaire et le maquillage portaient l'empreinte de son métier.

— Que fais-tu là ? lui demanda-t-il.

— Chut ! Écoute-moi. Je suis la sœur de ton prêtre colombophile et j'ai quelque chose à lui dire. C'est urgent.

— Qui me prouve que tu dis vrai ?

— Son visage porte une tache de naissance, là, sur cette joue.

— Reste là.

Convaincu, le prêtre referma les portes et revint avec le frère de la catin. Elle mit un doigt sur sa bouche, l'invitant ainsi à se taire. Elle s'approcha et lui murmura à l'oreille en la présence de l'autre prêtre qui préféra rester pour surveiller l'entretien fraternel. La jeune femme s'évanouit dans la nuit noire.

— Que voulait-elle ?

— Rien de grave, un souci familial pour lequel je suis impuissant.

Pour ne pas inquiéter davantage la communauté, le prêtre colombophile décida de ne pas ébruiter la nouvelle confiée par sa sœur. Au lever de *Rê*, il écrivit un message et le ligota délicatement mais fermement à la patte d'un pigeon. Il le prit dans ses mains, lui posa un baiser sur la tête et leva les bras vers les cieux. Il regarda l'oiseau prendre son envol et disparaître vers le sud.

Une dizaine d'heures fut nécessaire au pigeon pour rejoindre son pigeonnier de référence. Le prêtre colombophile d'Abydos l'intercepta et retira le petit rouleau de papyrus. Il l'ouvrit et, interloqué, courut auprès du grand-prêtre. Ses frères étaient en pleine prière dans le naos, encensant et rhabillant la statue du dieu *Osiris*.

— Que veux-tu ? demanda un des prêtres. Tu n'es pas autorisé à participer à cette séance.

— Il faut que je voie d'urgence notre grand-prêtre !

— Sors d'ici !

Le grand-prêtre, indisposé par la querelle, posa son encensoir sur le sol, couvrit la statue de lin propre et se retourna vers les deux prêtres indisciplinés.

— Qu'y a-t-il ?

— Grand-Prêtre vénérable, un pigeon de *Men-nefer* est arrivé avec ce message. Il nous alerte.

— Montre-le-moi ! De quoi nous alerte-t-il ? Continuez sans moi, mes frères.

— Grand-Prêtre, ce qu'a écrit notre frère du Nord est effrayant. Nous sommes tous en danger.

— Retrouvons notre calme.

Le grand-prêtre lut le message et constata l'urgence à en blêmir. Écrit en tout petit, le prêtre de *Men-nefer* avertissait de la situation dans la grande ville et de l'arrivée imminente de l'armée à Abydos pour s'emparer du Trésor.

Le grand-prêtre mit fin à la cérémonie et expliqua la situation. Les prêtres n'en crurent pas leurs oreilles.

— L'armée est en route pour s'emparer du Trésor d'*Osiris*.

— Le roi n'en a pas besoin, il doit rester ici, s'insurgea un des prêtres en se levant et en mettant des coups de poing contre une colonne.

— Malheureusement, nous n'avons plus le choix, déclara le grand-prêtre.

Si le crâne des prêtres en colère n'avait pas été rasé, les cheveux leur seraient restés dans les mains.

Après le meurtre de Meri-Téti, la mort étrange de Mérerouka, le suicide de Ouatet-Kether et le terrible assassinat de Téti, s'annonçait l'anéantissement du culte d'*Osiris*. Les prêtres d'Abydos se regardèrent, les mots étaient inutiles.

Le grand-prêtre et son disciple sortirent du bâtiment et se posèrent sur un banc de pierre face à l'*Osireïon*[1], tombe labyrinthique du dieu immergé.

— Ce pigeon devrait être vénéré, dit le disciple. Il est brave et fidèle. Qu'allons-nous devenir ?

— Nous ne bougerons pas d'ici et préserverons notre Trésor. Toi mon disciple, je t'ordonne de quitter le temple au plus vite.

— Je n'ai pas le droit de vous laisser sans rien faire... Non, cela est au-dessus de mes forces. Tu es un père pour moi.

— Je me devais de te prendre sous mon aile. Si je t'impose la fuite, c'est pour que le culte d'*Osiris* perdure. Rends-toi à *Men-nefer*, constate la tragédie, analyse et fais renaître notre croyance un jour ou l'autre, même s'il faut attendre l'instant où la vieillesse te marquera le visage et le corps de ses sillons de sagesse.

— Même si mon cœur saigne déjà de votre triste destin et de devoir vous quitter, je suis honoré de ta confiance, Grand-Prêtre, avoua le disciple. Mais notre temple contient le plus grand trésor du pays. Le voici en péril.

— C'est ce qu'ils viennent chercher. Ne t'en inquiète pas. Dès demain, lorsque *Nout* aura levé son voile céleste, tu prendras le chemin. Nous, nous cacherons le Trésor de *Kemet* dans les eaux de la demeure d'*Osiris*. À notre mort, toi seul sauras le retrouver. Aie l'âme et le cœur légers, mon fils. Rien n'est fini, tout commence !

— Mais ils vont vous tuer...

— Oui, sans aucun doute. Nous préférons être auprès d'*Osiris* plutôt que des esclaves ou emprisonnés mourant de faim dans une prison. Nos prières seront, je l'espère, entendues, donc je ne sais pas ce qu'il va advenir... Je préfère que tu partes.

---

[1] Demeure éternelle présumée d'Osiris

37

Avant que *Rê* ne se levât, le disciple remit son collier de prêtre d'*Osiris* au grand-prêtre. Il ne pouvait le conserver, en cas de contrôle, on l'identifierait. Au même moment, le grand-prêtre remit une petite bourse en cuir au jeune homme.

— Qu'est-ce donc ?

— Promets-moi de ne l'ouvrir que le jour où tu auras vengé notre culte. Promets-le-moi, confia le grand-prêtre.

— Je te le promets, répondit le jeune homme.

Vêtu comme un simple paysan, pieds nus, un gros fagot de nourriture à l'épaule, il passa les portes du temple et s'arrêta. Avant de partir, il fit ses adieux à ses frères cultuels. Après une longue respiration, les premiers pas le guidèrent vers le nord. Au départ, ils furent hésitants. La tête baissée, le jeune homme priait en silence, suppliant *Seth* de ne point s'abattre sur le temple. Les paysages verdoyants des rives du fleuve et sa vie fluviale l'indifféraient, aveuglé par la tristesse et ses craintes. À l'éveil de *Nout*, il se réfugiait parfois dans des cabanes désertées par les paysans et se nourrissait de pain. Quelques fois, des paysans lui offraient l'hospitalité.

— Où vas-tu ainsi ? lui demandait-on souvent.

— Je m'en vais vers le nord, répondait le jeune homme.

— Dans le Nord, dis-tu ? Mais c'est de la folie... Le roi sème la terreur. Il paraît qu'il affame le peuple. Ici, au moins, nous sommes tranquilles et avec le ventre rempli.

— Oui, je sais.

— Des bruits courent que les temples d'*Osiris* de tout *Kemet* sont en danger.

— Tant que nous vénérons *Osiris*, il restera dans nos cœurs.

— Tu as du courage.

— Je ne sais pas s'il s'agit de courage, mais...

— Tu as la fougue de la jeunesse !

— En effet, ce doit être cela !

Les gens des villages proches d'Abydos vouaient une bonté et un respect sans limite à l'égard des prêtres d'*Osiris* qui avaient toujours été bons avec eux. Depuis le changement de pouvoir et de culte primordial, les villageois étaient inquiets. Éloignés de la grande ville du nord, ils se croyaient malgré tout protégés par leur isolement géographique. Ils se promirent de rester fidèles à *Osiris*.

Un matin, le jeune homme fut réveillé par un brouhaha. Avec précaution, il sortit la tête de la hutte et vit la troupe de l'armée d'Ouserkarê en marche vers Abydos. Il était encore tôt, les champs étaient désertés par les paysans. Des soldats entrèrent dans les maisonnettes pour vérifier qu'il n'y ait personne ; ils savaient que des informations avaient été révélées. Il ne fallait qu'aucun prêtre du temple d'Abydos ne s'enfuît avec quelques anneaux d'or. Apeuré, le jeune homme se cacha dans un angle de la cahute en roseaux, sous une motte de foin. Un militaire entra. Le jeune prêtre entendit ses pas et l'aperçut entre les brindilles. L'homme s'avança vers la motte et planta sa lance, sans succès. Sa visée fut mauvaise, au grand soulagement du jeune prêtre. Ce dernier retint sa respiration jusqu'à ce que le militaire sorte. Il resta sur place, attendant le départ de la troupe.

Conscient qu'il ne devait pas s'attarder dans le secteur, il profita d'un croissant de lune lumineux pour poursuivre son chemin.

Depuis le départ du jeune prêtre, l'ambiance dans le temple d'Abydos ne changeait pas. Les prières vénéraient *Osiris* et tout le Trésor avait été jeté dans les eaux de l'*Osireïon*. Les prêtres sachant nager eurent pour mission de porter les anneaux d'or dans les dédales labyrinthiques du sanctuaire d'*Osiris*. Eux seuls savaient en sortir ; l'or était en lieu sûr.

La troupe militaire inquiéta les gens à son passage. Ils comprirent que le temple était en danger lorsque des soldats s'arrêtèrent devant l'entrée du temple, tandis que d'autres bloquèrent les portes secondaires. Le chef de la troupe sortit sa dague de la ceinture et cogna fortement le manche robuste contre la porte.

Dans la cour, le son résonna et vibra jusque dans la première salle hypostyle où s'étaient regroupés les prêtres. D'une marche impériale, le grand-prêtre avança jusqu'à la porte de l'entrée principale. Les mains posées sur la planche en bois bloquant l'ouverture, il y posa son front, ferma les yeux et, par une rapide pensée, fit ses adieux au monde terrestre. La planche fut levée, deux prêtres vinrent aider leur supérieur à tirer les deux grands et lourds pans de porte.

Le grand-prêtre fit alors face au soldat gradé. Ils se regardèrent de façon austère, sans bouger. Brutalement, le chef de l'armée leva le bras droit et fit signe à ses hommes d'entrer dans le temple, tandis qu'il poussa violemment les trois prêtres qui lui faisaient front. Ils furent empoignés par des soldats, ligotés et poussés dans la cour, où tous les autres prêtres s'étaient regroupés. Les portes furent fermées. On amena le grand-prêtre – reconnaissable à son pectoral – devant le chef de l'armée.

— Où est le Trésor ?

Le grand-prêtre ne répondit pas. On le molesta.

— Parle !

Le grand-prêtre resta impassible.

Les coups de poing plurent. Les archers pointèrent les prêtres. La lame d'une dague glaça l'artère du grand-prêtre de son métal froid.

— Nous ne repartirons pas sans, alors dis-nous où il se trouve, hurla le gradé.

— Jamais vous ne l'aurez. Jamais ce maudit roi ne l'aura, répondit alors le grand-prêtre sans baisser les yeux.

— Fouillez tout le temple et ses moindres recoins ! ordonna le chef de l'armée en observant si un des prêtres réagissait, en vain.

Des soldats fouillèrent les lieux et allèrent dans la partie arrière du temple où l'*Osireïon* se présenta à eux. L'eau l'inondait généreusement.

— Chef ! Il doit être caché ici ! crièrent des soldats.

Le gradé les rejoignit et se planta devant l'escalier descendant jusqu'à l'eau stagnante du lieu sacré.

— Qui sait nager ? demanda-t-il.

Silence total.

— Toi et toi, descendez !

— Mais...

— C'est un ordre ! Ce ne doit pas être bien profond.

Les soldats répondirent à l'ordre hiérarchique. Ils descendirent les marches une à une avec hésitation. Complètement immergés, ils constatèrent qu'ils n'avaient plus pied et paniquèrent devant leurs collègues d'arme. Affolés, ils se débattirent. Les pieds cherchèrent une marche de l'escalier, les bras tentèrent d'empoigner une rampe imaginaire. La bouche ouverte, pour happer un peu d'air, se remplit d'eau. Les soldats sur la terre ferme se lancèrent à leur secours, mais en vain. Les gestes s'adoucirent, les deux corps plongèrent et disparurent sous les dernières bulles d'air éclatant à la surface. Deux casques flottèrent.

Furibond, le chef de l'armée et les hommes qui l'accompagnaient traversèrent le temple. De retour dans la cour, l'ordre fatal fut donné.

Le gradé trancha la gorge du grand-prêtre pendant que les soldats plantèrent leurs flèches dans chaque cœur et saignèrent toutes les têtes pour empêcher la résurrection.

— La colère de notre roi sera à la hauteur de notre échec. Calmons-le malgré tout en ne rentrant pas les mains vides. Coupons le sexe de ces hommes, ils n'en ont plus besoin ! Cela saura séduire Ouserkarê et nous évitera des réprimandes. Quant au Trésor, il n'ira pas bien loin. Nous saurons le trouver.

Des paniers furent remplis du macabre butin. L'armée quitta le temple et reprit son chemin vers *Men-nefer*. Trois prêtres avaient échappé au massacre en se cachant, un dans le pigeonnier, un autre dans un silo à grains, le troisième sur le toit du temple par chance négligé par les soldats.

Au palais, Ouserkarê fut contrarié par l'échec de la mission, mais lorsque les paniers lui furent posés aux pieds, il jubila avec délectation.

38

À *Men-nefer*, la vie s'écoulait dans la crainte et l'oppression. Les silos royaux se remplissaient, l'or pillé rejoignait le temple de *Rê* dont le Trésor gonflait par les hausses de taxes.

Ouserkarê violait à sa guise sa jeune épouse, enceinte et presque à terme. Pervers, il ne s'en contentait point. Jamais un souverain de *Kemet* n'avait été aussi bestial à l'égard de son harem, dont l'unique femme comblée restait Khouit, sa maîtresse, sa favorite.

Aucune politique n'était menée. La liberté donnée à chacun ouvrait les portes aux plus grands délits, à la totale anarchie. Tout le monde semblait y trouver son bonheur.

Ouserkarê rencontrait régulièrement architectes et maîtres d'œuvre pour lancer la construction de sa demeure d'éternité. Il la voulait proche de celle de Téti, sur une butte ; il aurait ainsi le plaisir de toiser son défunt frère.

Sathor ne souhaitait plus rien de la vie. Soumise, elle abdiqua pour éviter la violence et la colère de son royal époux. Frigide, elle céda à ses folies en s'imaginant n'être qu'une poule culbutée par un coq insensible. Le temps passait plus vite, l'acte en devenait insignifiant, supportable.

Dans ses appartements, la reine ne manquait de rien, ni de servantes, ni de confort. Plusieurs eunuques veillaient qu'aucun homme, excepté le roi, ne pénétrât dans les lieux. Un eunuque avait l'honneur d'être très proche de Sathor. Il était son confident et dormait au pied du lit les nuits où sa reine était laissée en paix.

— Mon très cher Sennefer, pourquoi la vie est-elle si difficile ? Si injuste ? confia-t-elle.

— Ma Reine, j'étais auprès de ta mère avant qu'elle ne rejoigne le monde d'*Osiris*. Je lui ai promis de prendre soin de toi, jour et nuit !

— Tu es si bon, Sennefer.

— Que me reste-t-il, ma douce reine ? Te rendre la vie plus douce est mon devoir et c'est ma promesse !

— Depuis la mort de Mère, je suis si seule, heureusement que tu es à mes côtés, mon brave Sennefer.

Après l'ignoble assassinat de son époux et les noces furtives de Sathor avec Ouserkarê, Ipout s'éteignit. Trop de souffrances l'avaient anéantie et eurent le dernier mot sur sa vie.

39

Quatre levers de *Rê* après le départ du disciple, le temple d'*Osiris* à Abydos était devenu le nid des vautours. Les charognards assombrissaient le lieu par leur cri ricaneur effrayant les passants.

De village en village, le disciple s'informait des événements. Le massacre de ses frères cultuels fit naître en lui une envie de vengeance pour la première fois de sa vie. En chemin, il sema générosité et bonté qui marquèrent tous les sujets qu'il croisait.

La route lui parut interminable. Le paysage changeait des rivages du Sud. Il prit conscience qu'il poserait les pieds dans la grande ville d'ici peu de temps. Ensuite, il devrait improviser une nouvelle existence sans mettre sa vie en péril.

Tout au long de sa randonnée pèlerine, un geste lui donnait la force de poursuivre : serrer dans sa main un petit écrin de cuir que lui avait remis le grand-prêtre à son départ. Il tiendrait sa promesse de regarder ce qu'il contenait une fois son objectif atteint, au risque de ne jamais connaître son contenu. « Père ! Grand-Prêtre ! Les dieux de *Pésédjet* sont tes pères ! Tu connaissais l'avenir qui t'était réservé ! », ruminait-il sans cesse.

Dans ces instants de solitude, sa motivation était guidée par ses souvenirs au temple, son arrivée dans le lieu sacré, les prières à jamais ancrées dans sa mémoire, le parfum de l'encens.

Depuis son départ d'Abydos, il foulait les terres cultivées, évitant ainsi les villages pleins de vie. Mais le temps était venu de traverser *Itérou.* Son baluchon sur l'épaule, il emprunta une modeste barque de papyrus pour rejoindre la rive opposée, avant d'arriver dans la grande ville. Son souffle devint alors plus rapide, plus sonore, plus nerveux. Il tenta de le maîtriser pour recouvrer son courage. Abandonnant son regard sur les flots du fleuve grossissant, le disciple aperçut deux petites oreilles rondes d'un hippopotame. Le signe divin annonça des forces mauvaises. Il pria *Osiris* de lui donner la force de mener à bien ses devoirs.

40

Enceinte de huit cycles de lune, Sathor se détendait dans le jardin lorsque de violentes douleurs s'éveillèrent et la firent se plier en deux malgré son ventre très arrondi. La sage-femme et la nourrice, restant à ses côtés jours et nuits, l'aidèrent à rejoindre sa chambre et se préparèrent à l'accouchement imminent. De l'eau bouillante et du lin propre furent apportés. La sage-femme choisit deux servantes d'âge mûr pour l'aider. Elle ausculta la reine dont le col était bien dilaté. Sennefer, affolé, courut annoncer la nouvelle à Ouserkarê.

— Mon Roi, ton épouse accouche !

— Viens me chercher lorsqu'elle en aura terminé, répondit le roi avec dédain.

Outré, Sennefer s'en retourna auprès de sa maîtresse qui l'appelait dans sa souffrance, mais la sage-femme lui interdit l'accès.

— C'est une affaire de femmes, je t'appellerai à la naissance de l'enfant.

En entendant Sathor hurler, Sennefer se mit à pleurer, souffrant pour elle.

Debout, soutenue par les deux servantes, Sathor agonisait. La sage-femme s'inquiéta de ne pas voir apparaître le crâne de l'enfant.

— Pousse, ma Reine ! Pousse donc !

Le travail fut long et la future mère à bout de souffle. La sage-femme décida alors de l'allonger et de lui masser le ventre en procédant à de fortes pressions lors des douleurs au rythme rapproché. Aucun résultat satisfaisant ne changea la situation de Sathor.

— Ma Reine, je vais devoir aider l'enfant à sortir. Je vais tenter d'éviter la césarienne.

À l'annonce, apeurée, Sathor se mit à pousser davantage. Soudain, le crâne apparut.

— Redressez-la ! Vite, redressez-la ! ordonna la sage-femme. Pousse ! Pousse encore ! Oui ! Non, ne respire plus ! Pousse !

Le nourrisson libéra enfin sa mère, le cordon ombilical autour de son cou. Bleu, l'enfant était sans vie. La sage-femme coupa le cordon, libéra le cou du nourrisson et se mit à le masser longuement.

— Je suis désolée, ma Reine, ton enfant est mort, annonça la sage-femme d'une voix étouffée par l'émotion.

Sathor, épuisée, regarda son corps ensanglanté et s'allongea sur sa couche. Elle n'eut pas le temps de voir le petit être, enveloppé d'une toile de lin. La sage-femme apporta le corps sans vie à Shem Kuimptah qui attendait devant la porte de la chambre. Le corps mort dans ses mains, il se présenta devant le roi.

— Mon Roi... Ton enfant est mort-né...

— Ôte de ma vue ce bout de tissu sans intérêt !

Fou furieux, Ouserkarê quitta ses appartements pour se rendre chez son épouse.

Il poussa les portes de la chambre de la reine. Son regard était celui de *Seth*. La reine lui jeta à la figure l'amulette de *Bès* qu'elle tenait dans une main.

— Tu n'es qu'une bonne à rien comme ta mère, cracha le roi à son épouse qui esquissa un sourire méprisant.

Elle espéra qu'il la répudiât, mais il n'en fut rien.

— Dès tes forces retrouvées, tu me donneras un fils, même au prix de ta vie.

Le dégoût gagna la reine. Les servantes la lavèrent, changèrent les draps et encensèrent la pièce. La sage-femme quitta la chambre et alla annoncer la tragédie à Sennefer.

— Ne sois pas triste, Sennefer, l'enfant était infirme, il n'aurait pas survécu.

Effondré, Sennefer rejoignit sa maîtresse.

— Ce drame était prévisible, ma reine. Tu n'es pas en cause. Ta grossesse fut constatée le 20 de *Thot* et tout enfant conçu ce jour ne peut survivre, tenta de réconforter l'eunuque. Ton destin est dicté par le ciel.

— C'est mieux ainsi, mon Sennefer. Je n'aurais jamais pu aimer l'enfant de ce monstre, avoua la reine dont le visage marqué par la fatigue semblait jubiler. À mon tour de le torturer. Je sais qu'il souffre au fond de lui.

Elle ne pensait pas si bien dire. Ouserkarê se rendit au temple de *Rê*. Face au naos, entouré de prêtres et du grand-prêtre, les mains pleines d'offrandes, le roi suppliait le dieu de lui offrir la paternité.

Shem Kuimptah quitta le palais avec l'enfant posé délicatement dans un panier et se rendit au temple de *Ptah*. Il tapa aux portes, on vint lui ouvrir.

— Prenez soin de cet enfant qui n'a pas eu la chance de voir la lueur de *Rê*. Je paierai le prix, j'en ai les moyens.

Le prêtre prit le panier et acquiesça d'un geste de la tête.

— Ma demeure d'éternité est terminée, ajouta le médecin royal. Nous le déposerons dans ma chambre funéraire en toute discrétion. Je n'ai pas eu la chance d'être père. Je prendrai soin de lui dans l'*Am-douat*.

La population de *Men-nefer* observa une journée de deuil, malgré les instructions contraires de la cour et du temple de *Rê*. Les rues restèrent vides. Les échoppes fermèrent. Le peuple de *Kemet* osa se rebeller. Cette riposte insupporta Ouserkarê qui décida d'augmenter, encore, les impôts et d'interdire toute distribution de grains jusqu'à nouvel ordre.

— Pour qui se prennent-ils, ces misérables ?

41

Au fil des jours, le paysage alentour présentait des cultures différentes de celles du sud ; la grande ville n'était plus bien loin. En chemin, à l'occasion de ses diverses rencontres, le jeune prêtre apprit la mort du petit prince. Cette annonce l'attrista et pourtant il jubila en espérant la souffrance de l'infâme Ouserkarê, au plus profond de son être. La cupidité de *Seth* ne pouvait défier la rectitude des dieux. Le prêtre d'*Osiris* regarda sa bague. Il l'embrassa en pensant à ses parents, maîtres de sa naissance.

Les étendues verdoyantes laissèrent place à la ville, grande, bruyante où se dressaient des habitations en torchis. Les ruelles étroites empêchaient le soleil de s'y infiltrer pour conserver un maximum de fraîcheur. Le jeune prêtre découvrait la vie urbaine avec sa foule et ses nombreux commerces. Sa tenue paysanne du sud de *Kemet* ne passait pas inaperçue. Il décida d'acheter un pagne et des sandales.

— Bonjour l'ami, salua le commerçant. Tu sembles avoir fait un long voyage.

— Oh oui, en effet. Ces sandales m'iront très bien !

— Elles sont robustes. Je les fabrique avec mon fils.

— Alors elles seront parfaites. Donne-moi ce pagne aussi !

— C'est ma femme qui l'a tissé !

— Je vais me baigner dans les eaux d'*Hâpy*, j'en ai bien besoin, et je serai un homme de la grande ville !

— D'où viens-tu ?

— Du côté d'Abydos, répondit le prêtre. Il y fait très chaud.

— Pourquoi as-tu quitté le Sud ?

— J'ai ressenti le besoin de tenter une autre vie loin des champs !

— Le travail ne court pas les rues ici, tu sais, à part les difficiles travaux de la demeure d'éternité de notre souverain... Mais tu es jeune et en pleine forme, ce travail pourrait te convenir. Et tu as bien raison d'oser, si j'avais eu ton courage, plus jeune j'en aurais fait autant !

— Tu m'encourages et je t'en remercie.

— Tu parles bien pour un paysan, mon ami.

— Mes parents ont insisté et se sont sacrifiés pour me donner un bon enseignement.

— Oh ! Tu es donc instruit, s'exclama le commerçant en s'inclinant devant le jeune homme par respect.

— Oui, on peut dire cela.

— Tu n'as pas de famille ici ? questionna le commerçant.

— Non.

— Alors, écoute, lorsque *Rê* quittera les cieux, reviens me voir. Tu seras mon hôte et nous discuterons.

— Ta générosité me touche et je t'en serai éternellement reconnaissant, par *Osiris* !

— Chut, malheureux ! N'invoque pas ce dieu ici. Il te faut vénérer *Rê* et uniquement lui, sinon c'est la torture qui te brisera.

Le jeune homme écarquilla les yeux, ahuri face à cette déclaration. *Kemet* n'était plus le petit paradis qu'il s'imaginait. Cette prudence n'allait pas simplifier son intégration.

— À ce soir !

— Rahotep ! Je m'appelle Rahotep ! Et toi ?

— Hor !

— À ce soir, Hor, et reviens bien propre !

Les deux hommes se quittèrent en riant.

Hor s'éloigna du centre-ville pour se rendre sur la rive du fleuve. Il se faufila dans un bosquet de papyrus, se dévêtit et se baigna. La température de l'eau était agréable et ses bienfaits revitalisèrent son corps. Soudain, il entendit des voix. Il balaya du regard les alentours. Trois jeunes filles le regardaient en gloussant. Une d'elles s'empara du pagne et des sandales fraîchement achetés.

— Eh ! Laisse cela ! C'est à moi ! hurla-t-il.

Les trois adolescentes rirent en se chuchotant à l'oreille des mots inaudibles.

— Laisse cela t'ai-je dit ! ordonna fermement Hor, en colère.

— Viens les chercher ! rétorqua la plus délurée.

Hor s'extirpa des eaux en récupérant son pagne sale pour voiler son intimité et fit front à la jeune fille. Les deux autres s'enfuirent. Hor plongea son regard dur dans celui de l'adolescente qui ressentit le message peu cordial. Elle resta immobile, subjuguée par les prunelles vert jade du jeune homme. Hor en profita pour lui arracher des mains ses vêtements. Il retourna dans le bosquet et ceignit ses hanches du pagne neuf. À son retour, la jeune fille était toujours là, regardant le mâle grand, mince, musclé, à la peau hâlée.

— Ce n'est pas convenable ce que tu as fait, sermonna Hor.

— Ce n'était pas méchant !
— Une jeune fille ne doit pas agir de la sorte.
— Excuse-moi.
— Je t'excuse si tu me promets de ne plus réagir ainsi !
— Promis ! Tu n'es pas d'ici, je ne t'ai jamais vu.
— Je viens du Sud.
— Le chemin est long.
— Très long. Navré, mais je dois partir. Retourne chez toi, ta mère doit avoir besoin d'aide à la maison !
— Oui, tu as raison !
La jeune fille, accroupie, se leva avec grâce. Elle était petite, aux formes déjà féminines que mettait en valeur sa robe moulante de lin vert. Elle tourna le dos à Hor et s'en alla. Il la regarda s'éloigner, la trouvant gracieuse et très jolie. À chaque pas, sa longue chevelure noire se balançait et laissait les derniers rayons de Rê y étinceler. Hor reprit ses esprits et rejoignit Rahotep.
— Ah ! Je te reconnais à peine, mon ami, s'exclama le commerçant. Aide-moi à rentrer mes articles, ma femme nous attend.
La demeure était modeste, néanmoins pourvue d'un grand confort. L'épouse de Rahotep était une femme d'âge mûr à forte corpulence et très coquette. Elle fut agréablement surprise par le convive inattendu. Derrière la partie habitable se trouvait un délicat jardin où s'épanouissaient figuiers, grenadiers, offrant de l'ombre pour une détente très appréciable. Sur une longue table basse, différents plats n'attendaient plus qu'à nourrir les estomacs affamés. Le fils du couple vint les rejoindre.
— Donne-moi ta coupe que je te serve cette bière bien fraîche ! proposa Rahotep.
— Sachez combien est grande ma reconnaissance à votre égard, déclara Hor en levant sa coupe.
— Sois le bienvenu à *Men-nefer* !
La soirée fut douce et conviviale. Hor se sentit bien chez ces gens si généreux.
— Tu dormiras dans la chambre de notre second fils qui n'habite plus chez nous ! indiqua l'épouse de Rahotep.

— Ton cœur est bon, remercia Hor.
Le fils et la maîtresse de maison prirent congé.
— Nous voici enfin seuls ! se réjouit Rahotep. J'ai été touché par ta personne à la boutique. Je vais t'aider à trouver un bon emploi, mon cousin travaille pour Ouserkarê.
— Ah bon ? s'étonna Hor.
— C'est notre vizir, il s'appelle Hessi, indiqua Rahotep. Je suis persuadé qu'il te trouvera un emploi. Oh, je ne te promets pas un poste de scribe mais la cour a toujours besoin de mains d'œuvre.
— Ce serait formidable, se réjouit Hor. Je te promets d'honorer ta famille...
Rahotep l'interrompit.
— Rien n'est gagné. Sache que nous ne souhaitons en retour que ton bonheur. Tu as l'âge de mes fils.
— Votre second fils a quitté la région ?
— Notre fils aîné est allé rejoindre le monde d'*Osiris*.
— Je suis désolé... Que lui est-il arrivé ?
— Il a refusé de payer les impôts lorsque le grand-prêtre de *Rê* est venu... La garde royale l'a arrêté.
— Et ?
— Il a été ligoté à un pieu sur la place publique et égorgé devant tout le monde.
— Qui a... ?
— Ouserkarê lui-même.
— Je comprends maintenant ta mise en garde, Rahotep.
— La vie est belle, mais à l'époque de Téti nous étions plus heureux. Depuis sa mort, nous vivons sous la répression. Je tiens à t'avertir mon ami. Si tu es prudent, ta vie pourra être plus heureuse que dans les champs de *Shemaou*. Demain matin, nous irons voir mon cousin. Allons nous coucher, *Nout* a recouvert les cieux de son voile et la nuit sera courte !

42

Un jour nouveau naquit et les oiseaux réveillèrent Hor par leur mélopée délicate. Après sa toilette, il décida de se raser le crâne et pria en silence *Osiris*. Rahotep lui offrit un pagne qu'il noua autour de ses hanches et un présent.

— Tiens, mon ami Hor ! Accepte ce collier !

— Il est magnifique, mais...

— Accepte-le pour sceller notre amitié, il te portera chance !

À la chaîne d'or pendait un scarabée en lapis-lazuli serti dans le métal précieux. Les deux hommes s'étreignirent d'une accolade fraternelle et se mirent en chemin.

— Pourquoi t'es-tu rasé le crâne ? demanda Rahotep. Ta chevelure t'allait si bien.

— J'aime sentir les bienfaits de *Rê* sur mon crâne ! rétorqua Hor.

— Il va falloir te mettre à la mode de *Men-nefer* ! taquina Rahotep.

— J'ai commencé, regarde ma belle moustache !

Les deux amis se mirent à rire ; la journée s'annonçait clémente.

Ils arrivèrent devant une demeure accolée au palais royal. Hor jeta un œil curieux sur ce dernier. Rahotep tapa à la porte, un serviteur vint ouvrir. Reconnaissant l'hôte imprévu, il autorisa l'accès. Un foisonnant jardin reflétait la richesse du vizir.

— Viens, suis-moi. Son bureau est par ici, invita Rahotep. Hessi ! Mon vénérable cousin !

— Oh, Rahotep ! Entre donc !

— Je t'amène un ami. Je te présente Hor, un jeune homme talentueux qui nous vient du Sud et recherche un travail.

Hor s'inclina devant le vizir pour le saluer.

— Asseyez-vous ! Alors jeune homme, tu recherches un emploi ici ? interrogea Hessi.

— En effet, Grand Vizir ! répondit Hor.

— Pourquoi es-tu venu dans le Nord ?
— Mes parents ont rejoint la *Douat*. Ils m'ont offert le savoir. Dans le Sud, la vie paysanne ne me convenait pas.
— Certes, mais que sais-tu faire ? Qu'as-tu appris ?
— Je sais lire, écrire, calculer, j'ai aussi étudié la médecine.
— La médecine ?
— Je sais soulager les maux, oui.
— Mon cousin, tu es un véritable devin ! Notre très cher médecin royal, Shem Kuimptah, vient de rejoindre l'autre monde. Hor tombe à point nommé !
Les deux hommes baissèrent la tête par respect.
— Ce soir, venez dîner à la maison ! Hor, devant des médecins, tu subiras maintes questions sur ton art. Seules tes réponses t'ouvriront les portes d'un poste des plus honorables, sinon tu porteras des blocs de pierre ! avertit Hessi sur un ton narcissique. Vous pouvez prendre congé, je suis surchargé de travail. Rahotep, viens avec ta charmante épouse !
— Avec plaisir mon vénérable cousin ! Allez, il se fait tard, je dois ouvrir ma boutique. Viens avec moi, Hor, tu travailleras à mes côtés aujourd'hui !
— Ta bonté le mérite ! remercia encore Hor.
Toute la journée, le jeune homme masqua son inquiétude. Ce soir serait une étape importante pour son avenir. Être aux côtés du roi et de sa famille ne serait pas chose aisée, il en était conscient, malgré le grand privilège.

La soirée fut conviviale, le repas exquis, cependant Hor n'eut pas le temps d'en profiter et fit fi des douces mélodies qu'entonnaient de jeunes musiciennes. Accablé de questions techniques et pointues, Hor, concentré, y répondit avec pertinence. Son grand savoir, malgré son jeune âge, surprit l'assemblée. Séduite, elle valida l'embauche du jeune homme à l'unanimité avec une période d'essai auprès des ouvriers du roi la journée et au service du palais le soir. Hor éprouva une satisfaction sans égale.
— Nous validons ton accès au poste de médecin royal, annonça Hessi. Ne nous déçois jamais, c'est un conseil

d'amis ! Tu demeureras dans la maison de Shem Kuimptah. Demain, aux premiers éclats de *Rê*, attends-moi aux portes du palais ! Je te présenterai à notre très vénérable et aimé Ouserkarê ! À présent, allons nous restaurer et profiter de cette belle soirée !

La bière et le vin enivrèrent les esprits, Hor en consomma modérément. Tout à coup, il sentit une présence derrière lui. Il se retourna.

— Toi ici ! Quelle belle surprise ! s'exclama la jeune fille. Me reconnais-tu ?

— Oh ! Bonsoir ! Oui, bien sûr, tu es la jeune gourgandine d'hier ! répondit Hor avec un large sourire.

— Oh, tu te souviens de moi ! J'en suis très honorée. Je m'appelle Inenek-Inti ! Et toi ?

— Hor.

— Tu sais, je te trouve très beau ! déclara sans gêne la jeune fille, faisant rougir Hor. Tu es nouveau à *Men-nefer*, je ne t'ai jamais vu auparavant...

— Tu es jeune mais sans mémoire ! Hier je t'ai dit que je venais du Sud.

— Ah oui, tu as raison. Tu me troubles, que veux-tu ? Et que fais-tu ici ?

— Y trouver un travail, répondit Hor.

— Ce n'est pas gagné ! ricana Inenek-Inti. À peine arrivé, tu côtoies déjà la cour ?

— Eh bien justement, détrompe-toi, petite délurée ! Ton père ne t'a pas appris la politesse, on dirait.

— Tu n'as pas le droit de me parler de la sorte ! Mais ça me fait rire, j'aime bien que l'on me tienne tête !

— Et toi, que fais-tu là ?

— J'ai accompagné mes parents invités par notre vizir. Mon père est l'architecte de notre vénérable roi. Il s'appelle Khoui, et ma mère Nebet. Après ma naissance, mon père a pris la décision de quitter Abydos où il faisait partie des grands nobles, il y faisait trop chaud.

— D'Abydos ? Comme moi !

— Quelle coïncidence !

Durant la soirée, les deux jeunes gens sympathisèrent, oubliant leurs taquineries.
— Si tu étais un noble, je deviendrais bien ton épouse !
— Jamais je n'ai connu de jeunes femmes aussi effrontées que toi !
— Ça fait partie de mon charme !

Dans sa chambre, assis sur le lit, Hor regarda les étoiles scintillantes de la voûte de *Nout*, stupéfait par sa journée. Un emploi noble trouvé, une jeune fille qui commençait à lui pincer le cœur et à lui remplir l'esprit. Jamais il n'avait été amoureux. Intelligent, il reprit son calme, le lendemain serait un grand jour.

43

Hor se présenta, angoissé, devant le palais royal. Hessi se fit attendre. Lorsque Hor l'aperçut, son cœur s'accéléra. Les gardes postés de part et d'autre de la gigantesque porte reconnurent Hessi et l'interrogèrent sur la personne l'accompagnant.
— Notre vénérable Roi nous attend !
Cette phrase suffit à faire ouvrir les lourds panneaux, se dévoila alors un immense jardin bordant l'allée centrale menant à un escalier. En surface des bassins d'eau reflétaient papyrus, nénuphars et lotus sur lesquels virevoltaient papillons et libellules. Des grenouilles coassaient. Parmi les palmiers et les tamaris fleuris, des oiseaux bavardaient en une douce mélopée. Hor entendit le clapotis de l'eau du canal où étaient accostées les barques royales. Des employés entretenaient les lieux où une grande sérénité régnait. Sur le parvis du palais, un grand-prêtre

vêtu d'une peau de léopard vint accueillir les deux hommes et les invita à le suivre. Même si Hessi était ici chez lui, le protocole était de mise. Le cœur de Hor bâtit de plus en plus vite, son souffle se coupait, l'anxiété était à son comble dans les larges couloirs sombres du palais. Devant les portes des appartements royaux, le grand-prêtre ouvrit les bras ; les gardes libérèrent le passage. Hor reconnut le pendentif du grand-prêtre, il s'agissait de l'emblème du temple de *Rê*. Les trois hommes pénétrèrent dans la salle et se prosternèrent aux pieds du trône d'Ouserkarê, assis et silencieux ; le grand-prêtre se contenta de s'incliner devant le roi. Hor eut le sang qui lui envahit la tête, le front collé sur le sol. La sensation lui fut fort désagréable mais il parvint à se maîtriser avec de grandes respirations silencieuses. Le roi décida enfin de mettre un terme à cette situation.

— Levez-vous ! autorisa Ouserkarê d'un ton impérieux.

— Mon vénérable souverain, je porte devant toi ton nouveau médecin personnel, présenta Hessi.

Ouserkarê dévisagea le jeune homme avec suspicion.

— Il est bien trop jeune pour être médecin, critiqua-t-il.

— Sa jeunesse t'assurera de bons soins durant toute ta vie terrestre, mon Souverain.

— Tu n'as pas tort, mais cela ne fait pas tout.

— C'est un jeune sage, il possède de grands savoirs qui te surprendront !

— Que sait-il ?

— Écrire, lire, calculer et il a réussi notre difficile entretien en médecine !

— Tais-toi un peu, Hessi ! À lui de se présenter à son grand roi ! exigea Ouserkarê avec condescendance.

Hor avait retrouvé ses esprits et son calme. Sans regarder avec insistance Ouserkarê, il se présenta, expliqua la raison de sa venue à *Men-nefer*, sa rencontre avec Rahotep, vanta la bravoure de son roi et déclara vouloir le servir avec gratitude. Soudain un sourire adoucit l'autorité royale.

Ouserkarê tourna la tête vers le grand-prêtre et le questionna du regard ; ce dernier approuva en silence. Le souverain se leva du trône et ordonna à ses chambellans que soient abreuvés les visiteurs. L'ambiance se détendit. Hor fut surpris par l'accolade donnée par le souverain.

— Me voici soulagé pour ma personne. Mon médecin vient de rejoindre le monde souterrain et la destinée t'a guidée vers moi !

— Vénérable Roi, je te serai dévoué jour et nuit, déclara Hor d'une voix grave et mature. Si je peux me permettre...

— Dis ! coupa Ouserkarê.

— Une officine m'est indispensable, sollicita Hor.

— Celle de ton prédécesseur saura te satisfaire ! Elle se trouve dans la demeure qui t'est allouée dans le jardin du palais.

— Le jardin est sublime !

Le roi éclata de rire.

— Jeune homme, suis-moi.

Les quatre hommes quittèrent la salle d'audience, traversèrent le palais et se retrouvèrent dans un véritable jardin paradisiaque où les femmes de la cour et l'épouse royale jouaient au *senet*[1] en écoutant les harmonieuses musiques entonnées par des musiciennes expérimentées. En pointant du doigt, le roi montra la future demeure de Hor. L'espace végétal était gigantesque, une véritable oasis en plein centre ville.

— Nous y irons plus tard. Viens que je te présente à ma jeune et belle épouse, incapable mais belle ! avança Ouserkarê avec un brin de mépris qui mit mal à l'aise le nouveau médecin royal.

Le groupe masculin s'approcha de l'assemblée féminine qui lui tournait le dos. Hor devina la reine assise sur un siège, entourée de servantes. Les longs cheveux noirs de sa perruque caressaient le dossier de l'assise, poussés par un vent léger. Le cœur de Hor recommença à l'oppresser. Angoisse, timidité, crainte ? Il n'eut le temps d'y songer et se libéra de ce sentiment par une grande respiration avant de faire face à la première reine de *Kemet*. La fuyant du regard, il s'inclina à ses pieds.

---

[1] Jeu très répandu ressemblant aux échecs

— Ma Reine ! salua Hor d'une voix douce et respectueuse.
L'épouse royale décrocha ses yeux du *senet*, leva la tête et fixa Hor. Ses yeux se noyèrent dans l'eau de la surprise. « Qu'il est beau ! », songea-t-elle. Alors, un large sourire illumina son visage angélique.
— Mon épouse, voici Hor ! présenta Ouserkarê sur un ton contradictoire avec sa précédente révélation. Malgré son jeune âge, il sera notre médecin !
— Ma reine. Je suis très honoré de servir la cour !
À l'oreille de la reine, la voix du jeune homme chantait comme une douce pluie sur les feuilles.
— Apportez-nous à boire ! ordonna Sathor aux servantes qui s'empressèrent d'apporter breuvage et gâteaux coulants de miel.
Hor était un jeune homme vaillant, les traits de son visage rond offraient une finesse noble, son corps à peine vêtu d'un pagne autour des hanches se révélait viril et ferme. Les femmes de l'assemblée n'eurent d'yeux que pour lui et chuchotèrent malicieusement.
On apporta un siège au roi, au grand-prêtre et à Hor. Confortablement posé, Ouserkarê prit la parole en évoquant ses problèmes conjugaux, ce qui mit d'emblée Hor dans la gêne.
— Mon médecin, mon épouse a tué mon fils.
— Tué ?
— Il est mort-né, rétorqua la reine.
— Je ne sais si elle sera capable, un jour, de me donner un fils. Il faut que tu remédies à mon malheur, Hor ! déclara le roi. Il me faut un successeur !
— Mon Roi, la nature est parfois bien complexe et notre reine si jeune, avança Hor en regardant enfin Sathor, qui ne le quittait pas des yeux. De plus, je la trouve bien trop mince. Il faudrait qu'elle se nourrisse davantage.
— Mais elle mange ! s'offusqua le roi.
— Que mon analyse ne te blesse pas, mon Roi, mais je pense que notre reine devrait manger plus de viande, de bœuf saignant. Le sang la fortifiera.

— As-tu entendu les conseils du médecin ? demanda le roi à son épouse d'une voix autoritaire.

Le naturel du souverain éclata au grand jour.

— Ma Reine, je te consulterai ce soir en privé.

— Avec la présence de Sennefer ! imposa Ouserkarê.

— Cela va sans dire, mon Roi, rétorqua Hor dans un calme et une courtoisie toujours infaillibles.

— Allons à présent visiter ta demeure, Hor, invita Ouserkarê.

Il se leva du siège en regardant avec dédain son épouse, indifférente mais subjuguée par Hor.

La maison du médecin était spacieuse, entourée d'un grand jardin entretenu par des employés œuvrant à la bonne pousse des plantes médicinales. À la vue du souverain et de leur nouveau maître, ils se prosternèrent. Hor s'écarta du roi pour observer le panel de plantes à la portée de sa science.

— S'il te manque des plantes, il te suffira d'en faire la demande auprès de Hessi, précisa le roi.

— Je verrai avec le temps, mon Roi ! Je constate que tout est à portée de mains pour les meilleurs soins.

Une servante était en train de balayer le parvis de la villa à l'aide de feuilles de palme. À l'approche du roi, craintive, elle s'écarta et se prosterna.

— Pousse-toi, femme, ordonna Ouserkarê.

Encore une réaction violente et machiste qui blessa Hor, lui pour qui le respect de la femme avait été enseigné. Les femmes étaient l'image vivante d'*Hathor* et d'*Isis*, les hommes ne pouvaient que les aimer, les vénérer. La maison était pourvue d'une cour centrale entourée de nombreuses pièces. L'arrivée du nouveau médecin royal avait été annoncée la veille au soir. Depuis, tout le personnel s'affairait au nettoyage des lieux et à son encensement pour le purifier. La cuisine donnait sur un jardinet où poussaient des légumes et où un four cuisait déjà de belles miches de pain à l'odeur alléchante. Au bout de la demeure, le laboratoire impressionna Hor. Dans une partie de la pièce, des herbes séchaient. De nombreux pilons servaient à

concocter les remèdes. La trousse de l'ancien médecin ne manquait d'aucun ustensile. Toute une série de fioles et leur bouchon n'attendaient que les mixtures.
— Mon Roi ! Je saurai protéger ta vie et celle de tous, promit Hor.
— Eh bien, je pense que tout est dit, conclut Ouserkarê. Ne me déçois surtout pas.
— Pourquoi le ferais-je ?
— C'est juste un conseil, répondit Ouserkarê en éclatant de rire comme un être envahi par *Seth*. Nous te laissons, je dois me rendre sur la nécropole pour constater l'évolution des fondations de ma demeure éternelle.
— Hor pourrait nous accompagner, proposa le grand-prêtre de *Rê*.
— Excellente idée ! acquiesça le roi. Prends ta mallette, elle pourrait servir et suis-nous.

Sur la nécropole, où les ouvriers travaillaient sous une chaleur écrasante parmi la poussière épaisse, le groupe royal, à peine descendu de sa chaise, aperçut un attroupement humain. Sans réfléchir davantage, Hor se mit à courir.
— Que se passe-t-il ? demanda Hor à un chef d'équipe.
— En taillant le bloc rocheux, l'outil a dérapé et s'est planté dans la jambe de l'ouvrier.
Hor analysa les dégâts corporels et porta les premiers soins au malheureux. Tout le monde entoura Hor en observant sa grande maîtrise malgré son jeune âge. Le blessé fut mis sur un brancard de fortune, à l'abri du soleil ardent. Hor lui fit boire une potion et humidifia le visage du blessé d'un âge avancé, épuisé par les tâches. Ce dernier, drogué, ouvrit les yeux, remercia Hor et le regarda avec insistance.
— Je reviendrai te voir demain pour changer le pansement. Prends bien la potion que je te laisse !

44

Dans ses appartements, Sathor était songeuse. Elle congédia ses servantes, deux de ses eunuques et ne garda que Sennefer près d'elle. Installés confortablement sur la terrasse, ni Sennefer ni Sathor ne dirent mot, seuls les oiseaux chantaient. Inquiet, Sennefer brisa le silence.

— Mon enfant, moi qui veille sur ta princière et royale personne avec l'amour d'un père, d'un grand frère, jamais je ne t'ai connue aussi mystérieuse. Que t'arrive-t-il ? Tu as changé depuis que ton royal époux t'a présenté notre nouveau médecin...

— Rien ne t'échappe, mon très cher Sennefer, constata Sathor.

— Alors ? M'expliqueras-tu enfin la raison ?

— Tu vois tout et pourtant tu n'as rien remarqué, souligna la reine avec un léger sourire enfantin.

— Qu'aurais-je donc dû constater, ma reine ? Oh ! Ne me dis pas que tu es tombée sous son charme. Ce serait tragique.

Sathor éclata alors de rire, ce qui surprit l'eunuque.

— Tu n'as donc rien vu, je le confirme.

Sennefer s'écarta un peu de la reine et lui tourna le dos, vexé. Il avait toujours réagi ainsi depuis le plus jeune âge de Sathor lorsqu'enfant elle abusait de caprices. Mais il avait su aussi la réconforter depuis le décès de son époux.

— Puisque tu n'as plus confiance en moi, autant te quitter et solliciter notre roi pour servir une autre dame...

— Surtout pas ! Es-tu devenu fou ?

— Alors parle !

— Le médecin, Sennefer.

— Quoi le médecin ? s'agaça Sennefer.

— Je ne peux rien te dire... Je ne sais pas, mais...

— Mais quoi ?

— Mon sauveur ! Lui et sa science !

— Mais de quoi parles-tu ?

— Toi, tu es mon âme ! Sans toi, je mourrais, mon très cher, mon doux, mon indispensable Sennefer ! Sois patient, mais je suis certaine qu'il saura me libérer de ce monstre.

La rondeur de *Rê* s'évanouissait dans l'horizon du monde de l'ombre. Un serviteur vint annoncer à la reine l'arrivée du médecin royal.

Coiffé d'une belle perruque, la moustache soignée, Hor s'inclina devant Sathor, enjouée.

— Ma reine, salua Hor.

— Assieds-toi.

Sennefer, toujours interloqué par les paroles de sa reine, observa alors Hor avec grande attention.

— Ton corps semble contrarier le roi, avança le médecin, plus détendu que dans l'après-midi.

— Nous pouvons parler librement devant Sennefer, il est mon homme de confiance, déclara Sathor.

— Très bien, mais les murs, les bosquets ont des oreilles, ajouta Hor.

Sathor fit la moue.

— Ne le prends pas mal, ma reine, j'ai pris l'habitude de me méfier des gens, par prudence et pour te protéger aussi. Je souhaite t'éviter des commérages. Alors... Ton enfant est mort...

— Oui, il s'est étranglé avec le cordon ombilical, et c'est mieux ainsi ! rétorqua froidement Sathor.

— Mieux ainsi ? Que cela signifie-t-il ? Perdre son enfant est un acte douloureux pour une femme...

— Je ne l'aurais jamais aimé. De toute façon, il aurait été infirme, c'est la sage-femme qui me l'a dit.

— Combien tes propos sont durs, ma reine, constata Hor.

Le médecin pensa à cette mort, bénéfique pour la reine et... pour l'enfant.

— Comment se déroulent tes relations intimes avec le roi ?

— Un monstre ! Un véritable porc ! Même un chien est plus tendre avec une chienne ! C'est à cause de sa méchanceté que son fils s'est étranglé tout seul.

Ces déclarations peinèrent Hor. Savoir une si jolie jeune femme aussi maltraitée lui fut insupportable. Il avait grandi dans l'amour et le respect ; de tels comportements lui étaient inadmissibles.

— J'ai été mariée de force à ce monstre, *Seth* en personne, avoua Sathor tandis que Sennefer les observait en restant silencieux, sans masquer sa tristesse.

— Mariée de force ?

— À la mort tragique de mon père, Téti le Bon, son imposteur de frère s'est très vite posé sur le trône de *Kemet* avec l'aval de ses proches, le vizir Hessi et Shem Kuimptah que tu remplaces. Je suis certaine qu'ils sont tous les assassins de mon père... qui me manque tellement...

— Comment peux-tu savoir qu'ils sont bien les assassins de ton père ? demanda Hor.

— Je le sais, je le sais c'est tout, s'énerva Sathor.

— Et ?

— Ouserkarê nous a toutes enfermées dans un harem.

— Nous ?

— Ma mère Ipout, la seconde épouse royale Khouit, mes sœurs et moi. Il nous a isolées de toutes les personnes extérieures. Nous étions emprisonnées jusqu'au jour où des hommes sont venus me chercher pour me marier aussitôt à mon oncle. Il m'a violée le soir même...

Hor et Sennefer se regardèrent avec émotion, seule Sathor referma son visage pour y laisser réfléchir une haine sans limite. Elle continua sa confidence.

— Ma mère est morte de tristesse. N'est-ce pas, Sennefer ? Tu as vécu tout cela avec moi. Dis-lui !

— Oui, ma reine a vécu et vit ces horreurs, avoua Sennefer.

Hor fut anéanti par toutes ces révélations. Il retint sa rage et ses larmes.

— Ma reine, me fais-tu confiance ? demanda Hor.

— Oh oui !

— Pourtant tu ne me connais pas.

— Depuis que je t'ai vu, j'ai su que je pouvais te faire confiance, avoua Sathor avec des étoiles dans les yeux tandis qu'elle lui prit une main en la serrant très fort.

— Je t'en remercie, ma Reine. Je vais te parler avec franchise.

Sathor s'en réjouit mais n'eut pas tout à fait la déclaration espérée.

— Ton royal époux est vieux.

— Et laid ! ajouta Sathor en lui coupant la parole.

— Et très laid, oui ! répéta le médecin royal avec un petit sourire pour détendre l'atmosphère. Serais-tu prête à accepter d'être reniée par la cour et le peuple tout entier ? Je pourrais déclarer que ton ventre est impur.

— Je suis humiliée chaque soir en privé, alors clamer mon ventre impur ne serait pas pire. Ainsi, il prendrait seconde épouse et me ficherait la paix !

— Tu as tout compris, rétorqua Hor. J'avancerai que tu es la cause de la mort de l'enfant et que jamais tu n'enfanteras un petit être en bonne santé.

— Tu me fais peur...

— N'aie crainte, ma reine. La mort de ton enfant est due à l'âge de ton mari et aux violences qu'il t'a fait subir. Sa semence ne peut plus donner de bons et beaux fruits. Il n'y a pas que les femmes qui vieillissent, les hommes aussi ! Mais ils sont trop fiers pour l'admettre. J'avoue que pour ma première visite, le roi ne sera pas enchanté par mon diagnostic. Tiens, prends cette fiole. Tous les soirs, avant de rejoindre la couche du roi, tu avaleras trois gouttes de cette potion.

— Mais...

— Il aura des difficultés à accepter ma déclaration et risque d'être plus violent avec toi, je préfère t'avertir. Donc, tous les soirs, tu avaleras trois gouttes de la potion mélangées dans de l'eau. Elles t'éviteront la grossesse. Progressivement, le roi se lassera.

— Tu es bon, Hor, jugea Sennefer.

— Je ne devrais pas agir de la sorte, je devrais être au contraire du côté de notre roi, mais notre reine est, à mes yeux, plus précieuse que son mari, avoua Hor en regardant Sathor avec tendresse.

Lorsque Hor prit congé, Sathor s'adressa à Sennefer.

— As-tu compris maintenant ? demanda-t-elle.

— Oui, il est ton sauveur !

Quand Hor sortit des appartements de la reine, Ouserkarê l'attendait, l'oreille collée à la porte.

— Alors, quel est ton verdict, jeune Hor ? demanda le roi souriant.

— Mon roi, puis-je te parler en privé ?

Tous deux s'enfermèrent dans la chambre du roi, loin de toutes oreilles indiscrètes.

— Parle ! ordonna Ouserkarê.

Hor respira profondément et mit rapidement de l'ordre dans son esprit.

— Mon roi, j'ai de mauvaises nouvelles à t'annoncer.

— Quoi ? râla Ouserkarê, le visage non pas inquiet mais empli de rage.

— Ta jeune reine ne pourra te donner de successeur, j'en suis navré, répondit Hor, direct mais prudent.

— Ce n'est pas possible...

— D'après mes examens, la reine a un bassin beaucoup trop étroit et son ventre est impur, ce qui ne lui permettra pas de mettre au monde un enfant vivant et en bonne santé.

— Par tous les dieux de *Kemet* ! Que me conseilles-tu alors ?

— Ne renie pas ton épouse, elle n'est que douceur et tendresse. Prends une seconde épouse qui pourra te satisfaire et t'offrir une progéniture, osa proposer Hor.

Les yeux du roi se mirent à briller de perversion.

— Oui, tu as raison ! Mon harem est plein de jeunes filles nobles. Je prendrai la plus habile ! jubila-t-il.

— Promets-moi de prendre soin de Sathor.

— Je n'ai pas à promettre ni à toi ni à qui que ce soit, Hor ! Mais je ne t'en veux pas car ce soir, tu m'as ôté un poids. Va, rentre chez toi ! Demain, tu auras à veiller sur un de mes ouvriers. Oh, attends ! Avant de partir, aurais-tu un élixir pour me redonner la vaillance d'antan ? J'ai soif de femmes ! s'esclaffa Ouserkarê.

Le médecin eut devant lui un être immonde. De sa mallette, il sortit un petit pot. Dans un bol d'eau, il versa

une cuillerée de poudre blanchâtre, mélangea le tout et le porta au roi.
— Avec cette potion, tu retrouveras quelques instants ta tendre jeunesse !

Hor rentra chez lui, s'allongea sur une natte tressée. Les bras sous la nuque, il observa la voûte céleste de *Nout*. Dans son esprit se mit en place sa destinée.

45

Avant le lever de *Rê*, Hor se rendit sur la nécropole. Les ouvriers étaient déjà au travail, molestés par les chefs d'équipe. À la vue de ces scènes de flagellation, Hor s'interposa mais se fit rabrouer sans ménagement ; cela ne le concernait pas. Contrarié, Hor alla auprès du blessé qui demeurait dans le village des ouvriers, village qui serait détruit une fois la sépulture d'Ouserkarê achevée. L'homme était éveillé, son visage marquait l'empreinte de la souffrance. Il esquissa un sourire à la vue de Hor qui s'approcha de lui une gourde à la main pour l'abreuver. Hor s'assura de ne pas avoir été suivi.
— Comment te portes-tu ? demanda le médecin en vérifiant le chant de l'eau de vie et celui du cœur du vieil homme.
— J'ai mal, je n'ai pas dormi de la nuit. On m'a raconté ta venue du Sud.
— Oui, du grand Sud, de très loin, répondit Hor. Je vais vérifier ta blessure et changer ton pansement.
L'homme sembla vénérer Hor. Sans doute pour sa science, sans doute pour sa bonté. Il profita du fracas des outils pour parler au médecin royal.

— Nous attendons depuis si longtemps, trop longtemps…

— Que veux-tu dire ?

— Le peuple est à bout de souffle, affamé, torturé.

— Explique-moi ce qui se passe, sollicita Hor.

— Les prêtres de *Rê* et le vizir ont augmenté les impôts. Le paysan travaille pour eux. Si ses récoltes ont été désastreuses, il est battu et emprisonné, sa famille réduite à la mendicité. Le commerçant, quel qu'il soit, doit un sac de céréales par semaine qu'il ait bien vendu ou non. Sont épargnés les proches des ingrats.

— Je comprends mieux certaines choses et te remercie pour ta franchise.

— À l'époque de notre roi, Téti, Téti le Bon, nous étions respectés. Il nous manque tellement…

— Pourquoi ne pas vous révolter ?

— Tu n'y penses pas ! Pour être abattus ? Et toi qui vis à l'extérieur de ce monde de Seth, ne peux-tu rien faire pour nous aider ?

— Non, pas seul, mais je vais y réfléchir. Allie tes collègues les plus fidèles et tes proches de confiance qui sont dans le même désarroi. Si je trouve une solution, il me faudra les connaître et alors nous verrons, mais pour l'instant, reste calme, secret et guéris vite. Quel est ton nom ?

— Nikarê !

Hor prit congé du blessé. En chemin, un homme l'apostropha.

— Hor ! Quel honneur de te voir ici ! Tu ne me reconnais pas ? Je suis Khoui, l'architecte de notre roi ! Le père d'Inenek-Inti !

— Oh ! Je te salue Khoui ! Toutes mes excuses, mais mon esprit était ailleurs !

— Je serais très honoré de te recevoir chez moi ce soir. Ma fille en serait bien plus ravie ! Elle ne cesse de parler de toi.

— Oh !

— Alors, puis-je compter sur ta présence ?

— Avec plaisir.

La douceur du soir ravivait le corps et l'esprit. Hor perdit rapidement sa timidité et se fit au monde social. L'isolement imposé au temple d'*Osiris*, hormis lorsque Hor allait auprès des pauvres, n'était plus qu'un lointain souvenir. À peine nommé médecin royal, les personnes lui vouèrent un immense respect qu'il leur rendait avec sa gentillesse et sa disponibilité. Il se fit élégant pour la soirée. Coiffé d'une perruque, sa moustache bien taillée, il ceint un pagne et une belle ceinture de cuir, para son torse d'un collier dont le pendentif précisait sa fonction. Devant son miroir de cuivre poli, il maquilla ses yeux. Il choisit enfin une élégante paire de sandales. Satisfait de sa prestance, il songea à la très jeune et délurée Inenek-Inti, et à cette sensation nouvelle qui lui pinçait le cœur. Ce dernier n'appartenait plus entièrement à *Osiris*, il se partageait avec une femme. La pensée de la revoir le ravit au point de ne plus perdre de temps pour la rejoindre.

La demeure de l'architecte Khoui se situait dans les faubourgs de *Men-nefer*. Isolée des habitations voisines, au beau milieu d'une luxuriante oasis, des rires et de la musique appelèrent à la fête. Les porteurs s'arrêtèrent devant l'entrée. À peine sorti de sa chaise, Hor fut assailli par une foule clamant sa notoriété. Intimidé, il resta tétanisé, un tantinet apeuré.

— Poussez-vous ! Poussez-vous donc ! s'écria Inenek-Inti en se frayant un passage dans la foule.

La jeune fille fit face à Hor, lui prit la main et le fixa longuement avec tendresse. Jamais Hor n'aurait songé à autant de sensibilité de la part de la petite gourgandine.

— Viens, Hor. Laissez-nous passer ! Allez ! Allez ! Vous l'effrayez ! plaisanta-t-elle. Mes parents t'attendent, dit-elle sans lâcher la main du médecin.

— Ah ! Notre cher Hor ! s'exclama l'architecte en le voyant arriver. Assieds-toi à mes côtés. Désolé pour l'attroupement, mais tu es devenu l'homme le plus célèbre de *Men-nefer* !

Hor prit place. À ses côtés, Khoui et sa fille s'assirent, tandis que Nebet, son épouse, s'activait à prendre soin des convives. Il fut le centre d'intérêt de tous les invités. Certains abusèrent de l'occasion pour tenter une consultation ; avec diplomatie, Khoui mit fin à ces réactions en conviant les dames à danser et les hommes à boire la délicieuse bière au goût de miel. Inenek-Inti n'avait d'œil que pour Hor qui ne s'en plaignit pas un instant. L'ambiance fut conviviale, le banquet exquis. Hor n'avait pas souvenance d'avoir vécu de telles réceptions, qui ne lui déplaisaient pas. Faire la fête, recevoir prenaient alors une bien agréable signification. Soudain, Khoui susurra à l'oreille du médecin.

— Je souhaiterais te parler en privé, Hor ! Isolons-nous, si tu le permets.

— Oui, bien sûr, rien de grave j'espère ? Qu'y a-t-il ? s'inquiéta Hor.

À l'abri d'oreilles indiscrètes, les deux hommes déambulèrent dans l'oasis illuminée par la lune.

— Tu n'es pas sans savoir l'intérêt que te porte ma fille, n'est-ce pas ?

— En effet, il me faudrait être aveugle !

— As-tu épouse ? Promise ?

— Oh non, Khoui ! Je n'ai jamais eu de femme dans ma vie, avoua Hor, ce qui étonna l'architecte.

— Jamais ? Mais d'où viens-tu ? De *Sepet* ? ironisa Khoui.

— J'avais d'autres préoccupations, d'autres obligations que de songer aux femmes et au mariage.

— Ce qui explique que tu sois médecin, en déduisit Khoui. Ma fille t'aime, Hor. L'aimes-tu ?

— Je ne connais pas l'amour, cependant sache que je suis heureux lorsque je la vois, même si je la trouve souvent délurée !

— Elle est très jeune.

— Que souhaites-tu de moi, Khoui ? osa enfin demander Hor, gêné et intrigué par la conversation.

— Épouse Inenek-Inti, Hor ! répondit franchement Khoui. Je serais si fier de t'avoir pour gendre. Tu es un homme bien et bon, cela se distingue sur ton visage et je ne me trompe jamais.

— Tu me fais trop d'honneur et de louanges, Khoui. Mais je ne sais quoi te répondre... Depuis mon arrivée à *Mennefer*, tout se précipite, ma vie se bouscule.

— Cela est un bon présage !

— Et je n'ai pas de dote...

— Ton statut suffit à mon épouse et à moi, insista Khoui.

— Il est vrai que l'amour me manque, avoua le médecin sur un ton de regret.

— Accepte ! Accepte pour elle ! Accepte pour toi ! Tu ne peux rester seul, tu as besoin d'une épouse à tes côtés qui saura t'offrir de la tendresse après ta journée, et cela sera bien mieux perçu par les gens, tu sais.

— Je suis inquiet... Je ne...

— Alors, c'est oui ?

Khoui devint impatient, très insistant, ce qui perturba Hor.

— Et si nous ne nous entendions pas ?

— Elle est douce, câline, docile, tu verras, contrairement à son apparence ! Vous vous aimez déjà alors pourquoi attendre ? Pourquoi tant d'hésitation ?

Le jeune médecin, abasourdi par la proposition, leva les yeux vers le ciel lorsqu'une étoile filante raya le firmament. Serait-ce un bon présage ? Il baissa la tête et regarda Khoui, sa décision fut prise.

— J'accepte !

— C'est magnifique ! J'espérais tellement ta réponse !

— Alors, tout ce monde... Ces festivités...

— Oui, Hor. Nous pouvons considérer que ce sont vos noces ! avoua l'architecte. Allons les rejoindre et t'unir à ma fille !

Hor fut stupéfait. Il n'y avait pas si longtemps, il priait *Osiris* et lui avait donné son existence. Contraint de fuir, en quelques jours la vie lui souriait. Ému, il accompagna Khoui vers les invités qui firent silence dès leur retour. Seul le vrombissement des moustiques se fit entendre. Les musiciennes firent taire leurs instruments, les danseuses restèrent immobiles, les convives se momifièrent, Inenek-Inti resta debout sans souffle.

— Mes amis, ce soir est le plus lumineux de mon existence ! Approche, ma fille adorée, annonça Khoui en tendant les bras à sa fille unique.

En contre-jour, Inenek-Inti était rayonnante dans sa robe rouge qui soulignait ses formes juvéniles. Elle avança vers son père d'un pas léger et élégant, presque solennel. « Une prêtresse d'*Hathor* », songea Hor sans la quitter des yeux. Elle prit les mains paternelles et en sentit une forte pression, alors son cœur battit la chamade. Khoui l'invita à se poster devant le jeune médecin.

— Mes amis, vous êtes témoins de l'amour, ce soir ! Je vous annonce l'union de Hor et d'Inenek-Inti ! Qu'*Hathor*, *Bès* et *Isis* demeurent à tout jamais dans leur foyer ! Buvons ! Mangeons ! Dansons !

Les acclamations de la foule firent taire les culicidés. Les musiciennes entonnèrent des mélodies très joviales sur lesquelles les danseuses souples et légères laissèrent leur corps délivrer une sensualité extrême pour le plus grand plaisir des admirateurs.

Tout avait été prévu, même les cônes parfumés que des jeunes employées posèrent sur la tête des invités.

Le jeune couple, assis, se réjouit de la joie de tous. Hor était saoul par la bière et par les événements successifs, tellement imprévisibles. Il songea aux dernières paroles du grand-prêtre d'*Osiris* à Abydos. Le dieu avait prédit son avenir. La destinée de Hor était écrite, il en était témoin. Les jeunes époux se regardaient parfois et le plus timide fut Hor, tendu, crispé et pourtant si heureux. Il aurait tant aimé avoir sa famille à ses côtés.

— Suis-je toujours délurée ? demanda Inenek-Inti.

— Plus que jamais ! Qu'est-ce que tu sens bon !

Le compliment de Hor fit rougir sa jeune épouse, les torches flamboyantes en étaient les témoins. Hor lui sourit tendrement et porta son regard vers les danseuses dénudées, uniquement parées de bijoux autour de leur taille, aux bras et aux pieds. Il prit conscience qu'il n'avait jamais caressé, embrassé, fait l'amour à une femme ; l'angoisse le gagna. Il réalisa aussi qu'à présent il faisait partie de la cour royale, des nobles.

— Esquivez la fête, les enfants, invita Khoui avec un large sourire. Votre nouvelle vie vous attend !

Le couple quitta la demeure de l'architecte sans se faire remarquer. Au passage du bassin, Hor cueillit une fleur de lotus qu'il glissa dans les cheveux d'Inenek-Inti. Les quatre porteurs de chaise, assis par terre, s'étaient assoupis. À l'arrivée du couple, ils se levèrent d'un bond. Le médecin prit place sur son siège et convia son épouse à s'asseoir sur ses genoux. Elle posa sa tête sur l'épaule de son époux. Les porteurs peinèrent à soulever les tourtereaux et se mirent en route vers la demeure du médecin dont une entrée était indépendante du palais. Main dans la main, le couple rejoignit la chambre conjugale et découvrit l'amour avec rires et maladresse.

Cette soirée fut riche en événements. Dans le village des ouvriers, Nikarê rallia à ses côtés ses collègues de sueur et quelques gardes, ce qui le surprit. Ces gardes se plaignirent de ne pas avoir été payés depuis plusieurs mois tandis que leurs supérieurs grossissaient allègrement. Pendant la discussion ouvrière, des gardes de nuit surgirent subitement. Les ouvriers craignirent les réprimandes, voire l'emprisonnement ou la mort. Et pourtant, leurs discours adoucirent leur répression ; une union de révoltés se modela intelligemment, silencieusement.

Du côté du palais, Ouserkarê avait profité allègrement des bienfaits de la potion de Hor, assouvissant alors ses vices auprès de femmes soumises, sans songer un instant à en épouser une, du moins pour l'instant. Son épouse royale put, quant à elle, passer enfin une soirée et une nuit sans souffrance. Dans la douceur d'une solitude tant espérée, elle joua au *senet* et aux osselets avec son cher Sennefer à la lueur des torches, au clair de lune, caressée par la fraîcheur nocturne.

46

Aux premiers chants des oiseaux, Hor s'éveilla. Assis sur le lit, il admira le corps délicat de son épouse à qui, cette nuit, il avait éclos la fleur de l'enfance. Pour la première fois de son existence, Hor avait découvert à son tour la virilité et la jouissance. Il se sentit un homme changé, prêt à tout pour le bonheur de sa belle.

Sa première tâche de la journée fut de rendre visite au roi pour vérifier sa bonne santé.

— Alors, jeune marié ! clama Ouserkarê. Tu as de petits yeux, la nuit a dû être ardente !

— Vous êtes au courant ? Les nouvelles vont vite, s'étonna Hor.

— Rien ne peut m'être caché ! Alors ?

— Nous serons heureux, répondit le médecin en auscultant son royal patient, préférant écarter tout débordement gênant. Mon vénérable roi a un cœur de jeune homme.

Le verdict médical n'était pas pour déplaire à Ouserkarê.

— Retournes-tu sur le chantier aujourd'hui ?

— Oui, une fois que j'aurai vu votre épouse.

— Bah ! Qu'elle aille vers la *Dévoreuse*...

Meurtri par de tels propos, Hor quitta la chambre du roi après s'être courbé et en reculant. Il lui parut incontestable que l'homme régnant sur *Kemet* était odieux et méprisant à l'égard de tous, à l'exception d'un petit noyau de privilégiés que Hor avait repéré. Tout le long des couloirs dédaléens du palais, Hor, plongé dans ses pensées, ne porta pas cas aux saluts des personnes croisées. Arrivé devant les appartements de Sathor, deux eunuques lui ouvrirent les lourdes portes de cèdre.

La reine était assise devant sa coiffeuse et vérifiait le travail de sa maquilleuse dans le reflet de son miroir d'argent. Des servantes faisaient le ménage dans la pièce, d'autres préparaient la tenue vestimentaire que porterait la reine. La chambre à coucher présentait un lit dont le pied était dirigé vers l'est pour qu'au lever, la reine soit caressée par les rayons naissants de *Rê*. Des coffres renfermaient des robes de grande manufacture. À l'apparition du médecin royal, tout le personnel et Sennefer s'inclinèrent. Sathor sursauta à l'appel de ce silence. Elle tourna la tête, vit Hor et courut à sa rencontre en lui sautant au cou ; geste qu'elle n'avait jamais eu depuis sa petite enfance lorsqu'elle honorait son père, Téti, qu'elle aimait profondément.

— Hor ! Mon Hor ! s'exclama-t-elle.

— Ma reine ! Comment te portes-tu ? Bien, à en voir ton beau sourire !

— Tu es mon sauveur !

— Allons ! Allons !

— Avant ta venue à la cour, je ne souhaitais qu'une chose, que *Ptah*, *Anubis* et *Osiris* me libèrent de *Seth* !

— Combien je comprends la détresse qui te rongeait... Et que me vaut ce changement subit ?

— Tu m'as délivrée des griffes de mon époux. Je t'en serai toujours reconnaissante, Hor !

— Je n'ai fait que mon devoir, ma reine.

— J'ai appris ton union et je sais que ton épouse sera aimée et respectée. Soyez heureux !

— Je te remercie, ma Reine.

— Sortez ! Sortez toutes ! Pas toi, Sennefer, ordonna Sathor.

Le trio s'installa confortablement sur la terrasse et dégusta quelques figues juteuses. La reine regarda son eunuque favori et fit un geste de la tête. Sennefer prit alors la parole.

— Hor, je suis au courant.

— Euh... Ah bon ? Au courant de quoi ? interrogea Hor.

— Ne fais donc pas l'idiot, surtout devant ma Sathor. Tu es trop intelligent pour cela.

Hor regarda Sennefer et Sathor dont le visage rayonnant respirait le bonheur. Que devait-il faire, dire ? Si la vie lui souriait depuis son arrivée dans la grande ville, il constatait que le malheur régnait dans le pays, et si une personne devait tenter quelque chose, il considéra que c'était sans doute lui.

— Ah, je constate que notre reine t'a parlé. Mais que veux-tu que je puisse faire seul ?

— Les gens qui m'entourent et le peuple me vouent une affection sans limite, déclara Sathor. Nous ne sommes pas seuls.

— Sathor, méfie-toi des gens, ils ne sont pas sincères. Tu es leur reine. Comment pourraient-ils ne pas t'aimer ? argumenta Hor avec lucidité.

— Non ! Non ! Tu ne comprends pas. Lors de soirées ou lorsqu'il m'arrive de me promener en ville avec Sennefer, les gens se confient à moi. Ils pleurent la perte de celui qu'ils appellent leur roi. Et ce n'est pas de mon époux dont il s'agit, mais de Téti ! Ils pleurent leur passé récent, prospère, ils ont perdu leur joie de vivre...

— Tu sais bien que ce fils de *Seth* mandate des espions, postés partout.

— À part son vizir, il n'a plus d'alliés. Ils sont tous morts, annonça Sennefer.

— Mais enfin, c'est incompréhensible..., analysa Hor. Les membres de sa cour...

— Ils sont de notre côté, coupa Sathor. Ils sauvent leur vie en dissimulant leur détresse dans l'hypocrisie, et ce monstre, endoctriné par le pouvoir et la richesse, ne s'en rend même pas compte. Il n'est que vénalité, poison du peuple. Et dans sa couche, il n'a jamais réussi à se taire... !

47

Le ciel se teignit en oranger lorsque le médecin rentra chez lui où une délicieuse odeur de pain se mêla à celle de la volaille rôtie. Il fut étonné par la présence d'un couple inconnu en ces lieux, s'activant à leurs tâches culinaires dans le jardin. Les mains enfarinées, la femme était assise devant le four, façonnait des boules de pain et surveillait la cuisson. L'homme veillait au foyer ardent qui rôtissait la volaille. Inenek-Inti profitait de leur compagnie pour confectionner une délicate résille de perles qui saurait ornementer ses robes.

— Mon honorable époux, te voici enfin ! s'exclama-t-elle. Tu as l'air bien épuisé... Ta journée a été difficile ?

— Ma libellule, je suis heureux de rentrer en effet, avoua Hor.

— Tu me parais soucieux...

— Je le suis, sans doute la fatigue. La nuit a été courte ! plaisanta-t-il en camouflant son inquiétude.

— Les serviteurs nous ont été envoyés par notre vénérable roi ! déclara Inenek-Inti, satisfaite de leur présence.

— C'est très gentil de sa part ! répondit le médecin royal, suspicieux. Ils ne sont pas ici pour nous aider, songea-t-il, je préfère m'en méfier. Un bain au bassin va me ravigoter !

— Attends, je t'accompagne ! Appelez-nous lorsque le repas sera prêt !

— Bien, Maîtresse.

L'eau du bassin était délicatement chaude. Les corps se ressourcèrent et l'esprit de Hor s'y détendit. Inenek-Inti caressait la peau douce de son homme avec tendresse pour la purifier, mais pas seulement. Lorsque ses mains s'égarèrent vers l'intimité de Hor, ce dernier mit fin à la tentative de séduction, ce qui déplut à Inenek-Inti, vexée.

— Tu ne m'aimes pas.

— Cesse donc tes caprices d'enfant gâté. Nous ne sommes pas seuls. Un peu de retenue, ma bien aimée ! Regarde la grenouille sur la feuille de nénuphar, là, elle ricane de ta bouderie !

Il serra amoureusement Inenek-Inti et lui chuchota à l'oreille.

— Tu sais ce qui me plairait pour l'instant ?

— Non.

— Un bon massage.

Ils sortirent de l'eau, s'enveloppèrent grossièrement d'un pagne que Hor laissa tomber une fois hors de vue des serviteurs. La nudité était naturelle en *Kemet*, mais pas pour un prêtre, et Hor avait du mal à se libérer de ses anciennes contraintes. Il s'allongea sur l'herbe sous un tamaris. Inenek-Inti revint avec un flacon d'huile parfumée et d'un onguent.

— Prends l'onguent, ma libellule, préféra Hor.

Le flacon ouvert, une douce odeur d'huile, de miel et de menthe embauma l'air ambiant. Une fois le corps de Hor recouvert de cette préparation, les petites mains d'Inenek-Inti le massèrent avec délicatesse. Hor contrôla les effets bénéfiques des caresses de son épouse sur sa virilité. Encore une découverte agréable et appréciée. Pourtant, ses préoccupations ne s'estompèrent point. Inenek-Inti termina ses massages sur les bras et les mains de Hor. En tournant la tête, elle vit la petite bourse de cuir sur le guéridon.

— Qu'y a-t-il dans cette pochette ? J'ai remarqué que tu la portes toujours à ta ceinture.

— Il s'agit d'une amulette.

— Un porte-bonheur ?

— Oui ! Grâce à elle, nous nous sommes rencontrés ! Elle a mis sur le chemin de ma vie, l'amour, ton amour.

Le médecin alla enfreindre sa promesse donnée au grand-prêtre en détachant le lien de la bourse, lorsque son épouse l'en empêcha.

— Non, mon époux, un porte-bonheur ne se partage pas.

Le couple s'embrassa langoureusement, se prit par la main et alla dîner. Le médecin resta silencieux tout au long du repas, ce qui inquiéta son épouse jusqu'au coucher.

— Je suis épuisé, ma libellule. Demain, la journée sera chargée confia Hor en serrant son épouse tendrement contre lui.

Ils s'endormirent blottis l'un contre l'autre.

48

Sur la nécropole, le village des ouvriers était d'un calme inhabituel. Suspicieux, les deux gardes de nuit inspectèrent les chambres des ouvriers, vides. Une lueur attira leur attention. Ils pointèrent leur nez à l'entrée de la chambre de Nikarê. Les ouvriers étaient entassés dans la pièce exiguë où le calme régnait.

— Qu'est-ce qu'il se passe ici ? demanda un des gardes.

— Nous venons tenir compagnie à Nikarê, répondit un ouvrier.

— La journée n'a pas été assez dure alors ! grogna l'autre garde. On en référera au Maître d'œuvre pour que vous vous activiez davantage, menaça-t-il.

— Allez ! Laissons-les, rétorqua son collègue.

Les ouvriers attendirent quelques instants avant de reprendre leur discussion. Un d'entre eux jeta un œil furtif à l'extérieur pour vérifier l'éloignement de la garde.

— Ils sont loin.

— Sommes-nous destinés à subir cet esclavagisme et le manque de liberté jusqu'à notre mort ? demanda Nikarê à ses collègues de sueur.

— A-t-on un autre choix d'avenir ? interrogea un homme.

— Peut-être pas, analysa Nikarê. Mais avant, à l'époque de Téti, vous qui avez travaillé avec moi sur sa demeure d'éternité, souvenez-vous de l'ambiance sur le chantier.

— Oui, nous étions bien traités, bien nourris, sans coups de fouet, avoua un autre ouvrier.

— Téti n'est plus là..., regretta un autre.

Les langues se délièrent, les hommes se soulagèrent en parlant.

— Guette qu'ils ne reviennent pas, ordonna Nikarê à l'ouvrier posté proche de l'entrée.

— Ils discutent autour du feu.

— Il faut agir et vite, déclara Nikarê.

— Comment veux-tu que nous fassions ? Nous ne sommes pas armés, nous sommes privés de liberté... Nous allons être rapidement arrêtés et torturés. C'est cela que tu souhaites ?

— Oh non, mon ami ! Oh non ! Je souhaite notre bonheur, notre joie de vivre et le bien-être de nos familles que nous n'avons revues depuis trop longtemps. Qui est prêt à me suivre ?

Une quinzaine d'hommes leva un bras en signe d'accord.

— Demain, je vous donnerai des précisions sur la suite des événements, annonça Nikarê.

— Demain ? Si rapidement ? demanda un des volontaires.

— Il faut agir très vite. Nos amis qui ne prendront pas partie à la révolte, je compte sur votre silence, sur votre confiance.

— Nous te le jurons, Nikarê ! Pardonne notre faiblesse, nous n'avons pas ton courage, déclara un homme hésitant.

— Nous agirons pour vous aussi. Allez, allons dormir. Votre journée sera difficile avec les menaces annoncées...

— Quand reviendras-tu sur le chantier ? s'inquiéta un des collègues.

— Demain, le médecin viendra me changer le pansement et jugera de ma guérison.

Chacun rejoignit sa chambre. Nikarê éteignit sa coupe incandescente. Allongé, il se satisfit de la réunion et fut fier de participer à la libération de *Kemet* sans songer un instant

à l'échec. Alors que ses yeux se fermèrent par la fatigue et la douleur, une voix chuchota à l'entrée.
— Tu dors ?
— Hum...
— Nikarê !
— Oui... Quoi ?
— Nikarê, c'est moi.
L'ouvrier blessé rouvrit les yeux et aperçut dans la pénombre un des deux gardes.
— Alors, comment ça s'est passé ? demanda ce dernier.
— Très bien, Nefer, mieux qu'espéré. Et ton collègue ?
— Il est pour Ouserkarê.
— Pas étonnant... Mais il t'a vu revenir ici...
— Je lui ai dit que je faisais un tour d'inspection.
— Parfait. Demain, reviens me voir discrètement. J'aurai sans doute des nouvelles.
— Je tenterai d'allier à notre cause d'autres gardes.
— Si tu le veux, mais sois prudent, notre tête est en jeu. Il nous faut des partenaires de confiance, sinon nous serons tous empalés.
— Nikarê, tu es un homme courageux !
— Merci, Nefer. Le peuple est soumis mais loin d'être idiot. Que *Nout* berce tes rêves !

49

Quelques jours s'étaient écoulés où chacun mena ses tâches coutumières dans un silence absolu. La vie suivait son cours avec ses joies et ses peines. Sathor était soulagée de son royal époux qui l'ignorait totalement, s'adonnant à ses fastes au harem. Hor et Inenek-Inti formaient un couple idéal baignant dans l'harmonie et la tendresse.

La nuit enveloppa la ville. Le calme envahit les ruelles, pas âme qui vive. La ville était plongée dans un large sommeil. Seule la maison de bière était animée, bien qu'esseulée de clients, même des plus fidèles. Quelques bandits s'enivrèrent, attristés de ne trouver un homme pour lui chercher des noises. Même les prostituées firent grise mine, cette nuit était chômée.

— Viens par ici, ma jolie ! hurla un voyou, bégayant sous l'effet de l'alcool et bavant sa gorgée de breuvage en pleine déglutition.

Il commença à lui peloter gauchement le fessier. Il recula son siège et d'un geste brusque, mit la fille face à lui.

— Allez, empale-toi sur *Min* !

Tel un chien, il culbuta la prostituée qui ne broncha pas malgré la violence de l'acte, les railleries des quelques clients et l'indifférence des autres catins. Soulagé de sa bave de crapaud, l'homme donna une poignée de graines de tomates à la fille.

— Tiens ! Une fois germées, tu pourras manger, dit-il en rotant. Bon, je file, je m'ennuie. Je préfère aller me coucher.

Le maître des lieux fit sortir les occupants et ferma l'échoppe.

Dans la nuit profonde, quelques chiens affamés aboyaient. Cette nuit fut étrangement fraîche.

Perché au premier étage du temple d'*Osiris*, à une fenêtre, Hor scrutait l'horizon. Il avait rencontré le grand-prêtre d'*Osiris*, dévoilant sa véritable identité et son appartenance au même culte. Il eut l'autorisation d'organiser le rassemblement dans une des salles du lieu saint.

Soudain, de nombreuses lignes apparurent telles des colonnes de fourmis. « Ils arrivent ! », se dit-il. Il descendit au rez-de-chaussée. Une centaine d'hommes pénétra dans la bâtisse sombre et suivit la timide lueur d'une torche, leur indiquant la direction à suivre. Tous restèrent silencieux et pénétrèrent dans une salle dont les peintures murales se dévoilèrent à ces êtres du monde extérieur. C'était la salle de la barque. Hor monta sur le support de la petite embarcation posée sur le sol.

Il jeta un œil sur l'assemblée et constata que toutes les classes sociales s'étaient ralliées à la bonne cause, les prêtres du temple restèrent en retrait. De la main droite, Hor fit un signe de côté. Apparut alors Sathor.

— Mais c'est notre reine ! s'exclama le groupe.

— Mes amis, nous voici dans le temple d'*Osiris* dédaigné par Ouserkarê, au profit des prêtres de *Rê*. Si nous sommes rassemblés ce soir, c'est pour que tout change ! Que notre vie à tous change ! Dès demain !

— Qui es-tu pour avoir la prétention de renverser Ouserkarê et sa troupe ? s'écria une voix connue de Hor. Nous avons suivi un ami, un frère, un collègue pour leurs idées. Mais toi. À part être le médecin du roi, pourquoi veux-tu notre bonheur ?

La voix était celle d'un des gardes des ouvriers de la demeure d'éternité d'Ouserkarê. Hor invita Sathor à le rejoindre sur le promontoire, aidée de Sennefer. Relevant les yeux sur la foule, il vit Khoui, son beau-père, et lui fit un sourire.

— Qui suis-je ? Je vais laisser votre bien aimée reine vous le dire ! Sathor, je t'en prie, invita Hor en se postant derrière elle.

— Mon peuple bien aimé, cela ne fait que quelques jours que cet homme au nom de Hor est entré dans *Men-nefer*. Depuis son arrivée, les cœurs semblent plus légers, les malades guérissent...

— Il ne fait que son travail ! coupa un homme.

— Non ! Il ne fait pas son travail ! Hor est un homme courageux comme il en existe peu !

— Balivernes, manifesta l'assemblée.

— Il prêche pour son intérêt !

— Un imposteur, oui !

— Cela suffit ! hurla Sathor. Devant vous, cet homme qui risque sa vie...

— Et la nôtre !

— Cet homme qui risque sa vie pour nous tous est..., reprit la reine, intimidée en se retournant pour regarder Hor dans les yeux tandis que les siens suintaient de joie.

Hor lui fit signe d'être prudente.

— Cet homme est... celui envers lequel j'ai le plus confiance, déclara Sathor.

— Mensonge ! murmura alors la troupe.

— Vous avez devant vous un homme intègre, attentionné, qui a compris combien nous souffrions tous. Il est l'unique à oser tenter l'impossible !

— Mensonge ! Calomnie !

— Lorsque notre liberté s'ouvrira à nous, il vous prouvera combien sa bravoure est grande, souligna Sathor.

L'instant se fit grave. Hor parut ne plus savoir ce qu'il devait faire. Il reprit la place d'honneur.

Un homme l'interrogea.

— Puisque tu te dis l'homme providentiel, pourquoi n'arrives-tu que maintenant alors que nous souffrons depuis deux ans ? cria un homme.

— Dans l'existence, on ne fait que rarement ce que l'on souhaite et, dans le sud, à Abydos où je me trouvais, malgré la pression des taxes, la vie était bien moins difficile qu'ici. Lorsque j'ai appris que les troupes d'Ouserkarê avaient tué les prêtres d'*Osiris*, ne pouvant rester indifférent à ce massacre, j'ai pris la décision de venir ici et...

— Je trouve tes explications un peu trop légères, s'interposa une personne.

— Je vous en conjure, supplia Sathor, faisons confiance à cet homme, suivons ses directives et nous verrons. Nous n'avons plus rien à perdre.

Tous restèrent interloqués par l'annonce, cependant le courage et la prestance de Hor charmèrent finalement l'assemblée. Quant aux paroles de Sathor, elles surent convaincre définitivement les hommes présents pour le changement.

— Qu'allons-nous faire maintenant ? demanda Nikarê qui en oublia sa blessure.

— Je vous demande d'écarter de mon chemin tous les alliés de ce traître d'Ouserkarê, répondit Hor.

— C'est un bourreau certes, mais traître..., s'insurgea un homme qui donna aussitôt l'occasion à Sathor d'expliquer le meurtre de Téti.

— Ouserkarê, Hessi, Shem Kuimptah ont comploté et ont assassiné mon père !

— Comment le sais-tu ? questionna un homme.

— Je vivais à la cour que je sache. Un petit matin, ne voyant pas mon père venir m'embrasser, je me suis levée et, arrivée dans le couloir, j'ai vu Ouserkarê et Hessi entrer chez lui. Les portes restées entrouvertes, je me suis approchée, je les ai entendus chuchoter et soudain, ils se sont mis à hurler. Effrayée, je me suis cachée derrière le bassin, c'est alors que Shem Kuimptah est arrivé, sans avoir été averti par qui que ce soit. Puis ils sont sortis pour se poster devant l'entrée de chez Père, et se sont mis à rire comme des enfants de *Seth*. Toute tremblante, je me suis réfugiée dans ma chambre, et n'en suis plus sortie. J'ai appris plus tard par le chambellan de mon père que ces trois hommes lui avaient rendu visite tardivement la veille.

Hor était anéanti en écoutant les déclarations de la reine. Il lui prit la main et la serra. Sathor, soulagée de ce poids si lourd, poursuivit.

— Traumatisée, je ne parlais plus à personne. Pour m'achever, il fallut que ce traître me prenne pour épouse royale. J'ai assez souffert et vous aussi !

Les visages exprimèrent une tristesse immense. Hor s'exprima à nouveau.

— Il faut que tout cela cesse et tout de suite !

— Oui ! Oui ! approuva l'assemblée.

— J'ai tout étudié dans le moindre détail, déclara Hor.

— Tu n'as qu'à l'empoisonner ! cria un homme.

— Non, mort trop rapide. Non, ce serait lui faire trop d'honneur, répondit Hor, en jubilant. J'ai besoin de deux gardes, deux suffiront. Toi, choisit-il en le reconnaissant, et...

Un homme s'avança, puis un troisième.

— Très bien, venez ici près de moi ! Un paysan à présent ! Très bien. Deux serviteurs !
Le groupe qu'il avait prévu fut constitué.
— Mes amis, ne m'en veuillez pas si je ne vous ai pas choisis, vous agirez dans votre quotidien, mais nous ne pouvons être si nombreux en action, cela attirerait trop l'attention et risquerait de faire échouer notre révolte. Si vous entendez des choses qui pourraient contrecarrer notre projet, venez me voir en consultation. Rentrez chez vous maintenant. Je vous remercie tous, votre soutien est mon énergie ! Demain, *Kemet* retrouvera sa joie de vivre et sa noblesse !
Les membres non sélectionnés saluèrent Hor et quittèrent le temple. Le médecin royal s'entoura de ses collaborateurs. Assis par terre, il invita Sennefer à raccompagner la reine au palais ; son absence risquait d'être remarquée par le roi.

50

Les premières lueurs de l'aurore apparurent lorsque Hor rentra chez lui. Sa belle dormait encore. Sans bruit, il s'assit dans le jardin pour se relever aussitôt. Il ne tint pas en place malgré la fatigue d'une nuit blanche. Il se dévêtit et s'immergea dans le bassin, dérangeant libellules et grenouilles encore endormies. Les yeux rivés sur une fleur de lotus d'un rose fuchsia, il mit de l'ordre dans son esprit. Ce jour ne serait pas comme les autres. La place devait être à la réussite et non à l'échec. La survie de *Kemet* se jouerait aujourd'hui.
— Mon doux époux, tu es déjà levé ! dit Inenek-Inti qui avait rejoint Hor discrètement. As-tu bien dormi ?
— Oui, ma libellule ! Et toi ?

— J'ai bien dormi, mais toi par contre tu as l'air bien fatigué. Tu as travaillé tard hier soir.
— Malgré notre jeunesse, lorsque les journées sont chargées, le corps et l'esprit ont des difficultés à récupérer ! ironisa-t-il.
— Hor, je suis si fière d'être ton épouse ! Viens donc manger quelque chose.

Avant de quitter la maison pour entamer sa journée, journée bien particulière, il embrassa tendrement, langoureusement Inenek-Inti.
— Je t'aime, ma libellule ! Ne l'oublie jamais ! déclara-t-il et s'en alla.

Sa première visite fut auprès d'Ouserkarê, qui s'épaississait de jour en jour.
— Ah ! Mon médecin favori !
— Comment vas-tu, mon vénérable Roi ?
— Ton remède est un pur bonheur ! Je redeviens juvénile ! Mais j'ai mal aux jambes, j'ai du mal à me bouger, révéla le roi.
— Mon Roi devrait faire davantage attention à son alimentation et boire moins de bière !
— Ça c'est impossible ! ria Ouserkarê.
— Mange plus de céréales et moins de viande, mon Roi !
— Bah ! rechigna le souverain.
— C'est à toi de voir. Je ne suis là que pour te conseiller.
— Je vais tenter, mais que quelques jours !
— Ce serait déjà un petit bienfait pour ton corps, tu verras !
— Mais tu n'as pas une de tes potions qui m'aiderait ? insista Ouserkarê, réticent face à l'effort.
Hor sortit de sa mallette un pot contenant une poudre verdâtre. Il en versa un peu dans un bol.
— Dans le milieu de la journée, il te suffira de mélanger cette poudre dans de l'eau et boire.
— Ce n'est pas du poison, dis-moi ? interrogea le roi, question qui surprit son médecin.

— Par *Rê*, mon Roi, comment oses-tu douter de moi ? s'insurgea Hor dont le visage s'empourpra.

— Bah ! Un peu d'humour, mon médecin ! Comment pourrais-je douter de toi ? Toi qui m'as redonné ma virilité !

Le médecin royal se sentit soulagé ; il craignit une taupe dans l'assemblée de la veille. Il prit congé du roi en le saluant bien bas et se rendit chez la reine.

Sathor était levée, Sennefer veillait sur elle jour et nuit. La reine se restaurait avant la venue de ses dames pour sa toilette. Sathor parut sereine, rayonnante, fraîche comme la rosée du matin. À l'arrivée de Hor, elle ne se jeta pas à son cou mais resta assise près d'un guéridon au grand plateau garni d'oignons rouges, de pain et de fruits.

— Entre, Hor, invita-t-elle. Viens donc partager mon repas !

— Comment se porte ma Reine aujourd'hui ?

— Si bien que j'ai l'impression d'être une branche de papyrus flottant sur les eaux d'*Hâpy* !

— Voici une bien belle image du bonheur, ma Reine !

— Il me semble que ce jour sera lumineux, avoua-t-elle. Même si je ne te vois qu'au lever de *Rê*, ta présence m'est précieuse. Elle m'est indispensable.

Hor lui sourit et leva le regard vers Sennefer dont le visage respirait la sérénité et dégageait une grande gratitude.

— Ma Reine, ma journée s'annonce lourde de tâches, je dois te quitter, déclara le jeune médecin avec une pointe de regret dans la voix.

— Va, Hor, répondit Sathor. Oui, ta journée sera longue et difficile ! *Thot* est à tes côtés !

Hor fut impressionné par l'aplomb. Avec tout ce qu'elle avait vécu, sa maîtrise révélait une grande personnalité, insoupçonnable et bienvenue.

Le médecin refusa de se faire porter, marcher lui ferait le plus grand bien. Sur son passage, les hommes le saluèrent. En chemin, il fit un arrêt chez le paysan choisi la veille au soir. Sans mot dire, le paysan lui montra les sacs de farine destinés à la cour et aux prêtres de *Rê*. Il les ouvrit. Hor y versa un pot entier de poudre blanche et brassa le tout avant de refermer les gros sacs de lin. Les deux hommes se congratulèrent d'un geste de la tête.

Arrivé sur les lieux de la future demeure d'éternité du roi, les quatre gardes saluèrent le médecin en s'inclinant ; ils étaient prêts, tel était le message. Nikarê avait repris ses corvées. Le médecin lui changea le pansement, la plaie guérissait.

— Tu as été d'une aide précieuse, Nikarê et je ne l'oublierai pas !

— Je savais que tu étais un grand homme, sans savoir pourquoi. En toi se dégage une puissance... digne d'un roi. C'est parfois étrange ce que l'on ressent à travers les autres.

Nikarê se tut mais sourit. Il scruta le ciel et constata que la journée était déjà bien entamée. Pour l'instant, son travail était terminé, seuls ses alliés étaient à l'œuvre.

Les sacs de farine furent livrés au palais et au temple. Les incontournables miches de pain étaient en pleine fournée. Dans peu de temps, Ouserkarê boirait sa potion magique.

Le médecin rentra chez lui pour l'après-midi, ce qui surprit agréablement Inenek-Inti. Ils s'adonnèrent aux jeux de l'amour, enfiévrés par leur jeunesse, par l'envie l'un de l'autre. À l'appel du crépuscule, Hor abandonna à regret sa moitié dont il trouvait la beauté encore plus intense après l'acte amoureux.

51

Rê ne pointait pas encore ses rayons chaleureux. Comme cela avait été convenu, Hor se rendit chez son beau-père. Dans un silence absolu, ils prirent le chemin du palais. Les deux hommes discutèrent dans les ruelles vides, et Hor se confia. Ses paroles surprirent agréablement Khoui. À leur arrivée, l'accès leur fut accepté sans retenue. Les portes massives s'ouvrirent. Dans l'immense jardin, un silence inhabituel régnait en maître. Prudent, Hor y jeta un œil et découvrit les jardiniers endormis sous les arbres.

— C'est bon, le passage est libre, chuchota-t-il à Khoui.

Personne ne les accueillit sur le perron. Dans les couloirs, tout le personnel était écroulé sur le sol ; la drogue avait agi. Hor connaissait le palais à la perfection et prit le chemin le plus court pour accéder aux appartements du roi. Les battements de son cœur s'accélérèrent. Khoui encouragea son gendre en lui posant une main sur l'épaule. Avant d'arriver devant les portes où tout allait se jouer, Hor et Khoui s'arrêtèrent et vérifièrent les membres de la garde royale.

— Ils sont là ! chuchota Hor. Allons-y, dépêchons-nous !

À la vue du médecin royal, les gardes, complices, ouvrirent les portes et annoncèrent les visiteurs au souverain. La satisfaction atteignit son comble, la réussite aussi. Tout parut si simple, trop simple à Hor, toujours précautionneux, ce qui le fit redoubler de vigilance.

— Mon Hor ! Aide-moi ! Je souffre tant..., se plaignit Ouserkarê plié en quatre de douleurs gastriques. Ne me laisse pas dans un tel état... Que m'arrive-t-il ? C'est ta potion, hein ?

— Ah oui, Ouserkarê n'est pas en forme, en effet ! ricana Khoui.

Hor s'avança vers le roi très affaibli et le regarda gravement. Son visage s'imprégna alors de haine et de mépris. Il appela les gardes qui le rejoignirent sans attendre.

— Voyez donc ça ! s'exprima alors Hor. Un criminel qui se plaint de souffrir ! C'est tout simplement risible, ne trouvez-vous pas ?

— Que dis-tu, Hor ? Tu es devenu fou ! renfrogna Ouserkarê transpirant telle une barde de lard au soleil.

— Redressez-le et ligotez-le, ordonna sèchement Hor pendant qu'Ouserkarê tentait de riposter. Tais-toi, traître !

Le médecin prit violemment le menton du roi usurpateur, le redressa, forçant ce dernier à le regarder.

— Mon nom est Sarê, Sarê Pepy, fils de Téti, Téti le Bon, Téti le Juste !

— Ce n'est pas possible..., grommela Ouserkarê. Son fils a disparu...

— Quelques années seulement ! répondit Sarê Pepy en souriant.

Le prince lui mit devant les yeux sa bague. Devant le sceau, Ouserkarê s'affola et tenta de fuir, mais sans succès.

— Cette bague me fut donnée par mon regretté et vénérable père lorsque j'ai décidé de quitter la cour pour rejoindre le temple d'*Osiris* à *Abydos* ! Le sceau de la bague mentionne ma filiation.

Le jeune prince écarta sa robe au niveau de son torse et le montra à son oncle.

— Regarde, regarde cette cicatrice ! Enfant, j'ai été la cible d'un traître dans le sud de *Kemet*. Un traître, j'en suis certain à présent, que tu as payé. Oui, je suis Sarê ! Oui, je suis le prince, successeur légitime du trône !

Ouserkarê suait tel une barde de *reri*, en pleine panique.

— Ta cruauté t'a desservi, pauvre oncle. Emprisonnez ce monstre ! Je ne peux plus supporter sa personne fétide.

— Mon Roi, nous ne pouvons pas traverser la ville, ce serait trop risqué, précisa un garde.

— Il y a une geôle sous l'escalier principal du palais, déclara Sarê Pepy.

— Tu me le paieras cher ! Sur *Rê* ! Tu me le paieras cher ! menaça Ouserkarê.

— Accompagnons les gardes. On ne sait jamais si un visiteur ou autre reprenait connaissance.

En effet, sous le grand escalier à l'entrée du palais royal, une porte dissimulée menait à un souterrain très obscur où régnait une chaleur insoutenable. Une autre porte se présenta avec un lourd verrou. Sarê Pepy l'ouvrit et accéda à une pièce exiguë dépourvue de fenêtre où se dégageaient une chaleur et une odeur insupportables. Il fit un geste de la tête à ses gardes. Ils poussèrent Ouserkarê dans la geôle et refermèrent le verrou. Sarê Pepy colla l'oreille à la porte. Ouserkarê souffrait d'une gastroentérite et se vidait. Ses mains étaient restées ligotées dans le dos. Sarê Pepy et ses compagnons éclatèrent de rire.

— Mes précieux amis, aux premiers rais du soleil, *Kemet* sera à vous ! déclara le prince. Khoui, va chercher ta fille et amène-la-moi. Vous, mes gardes, restez à mes côtés. Votre bravoure me prouve la confiance que je peux avoir en vous ! Toi et toi, précisa Sarê Pepy en pointant du doigt deux des quatre gardes, le moment de vous rendre chez Hessi est arrivé. Je vous attends ici. Toi, ramène-moi Nikarê. Toi, reste là jusqu'au retour de tes collègues. Vous, mes amis d'arme, rendez-vous au temple de *Rê*, récupérez le Trésor et ramenez-moi le grand-prêtre.

Seul au beau milieu du jardin, accompagné d'un de ses fidèles gardes, Sarê Pepy revivait les doux instants à l'époque de son père. Il eut une douce pensée pour Ipout, sa mère, avec le regret d'être parti sans lui avoir fait ses adieux. Il revit Meri-Téti lorsqu'ils jouaient ensemble, Mérerouka qui avait toujours été un beau-frère protecteur. Ce passé était révolu, seuls les bons souvenirs restaient à l'esprit. Aujourd'hui, la joie de vivre devait reprendre ses droits. Il regretta de ne pouvoir punir les traîtres déjà morts, et espéra leur cœur en perdition face à *Osiris*.

Victorieux, Sarê Pepy ouvrit la petite bourse de cuir attachée à sa ceinture. Il en sortit un scarabée d'albâtre poli. Il le retourna et lut « Pepy est le roi de *Kemet* ». Emu, il se souvint de l'instant où le grand-prêtre lui remit l'objet et de ses dernières paroles.

52

Khoui était passé par le jardin arrière pour arriver à la maison du médecin royal. Sa fille discutait avec la cuisinière quand il surgit.

— Père !

— Ma fille !

— Mais que fais-tu ici ? Ce n'est pas que je ne sois heureuse de te voir, mais...

— Le Roi te demande ! répondit Khoui sans plus de précisions.

— Le Roi ? s'étonna Inenek-Inti. Attends, il faut que je m'arrange.

— Tu es très belle ainsi et le Roi n'aime pas attendre, insista Khoui.

Les deux gardes entrèrent dans la demeure de Hessi, le vizir, sans ménagement. Malgré les contestations de ce dernier, les gardes l'empoignèrent et le neutralisèrent devant sa femme et ses enfants hurlant leur détresse.

— Que me reproche-t-on ? manifesta Hessi.

— Le Roi est fort mécontent, déclara un des gardes. Tu t'expliqueras avec lui. Allez, tais-toi maintenant.

Il collabora, se persuadant qu'il s'agissait d'une erreur. Lorsque les trois hommes arrivèrent devant les portes du palais, les gardes ne posèrent pas de questions. Sarê Pepy attendait, très calme. Hessi fut poussé en avant, tituba et tomba aux pieds du souverain.

— Incline-toi devant ton roi ! imposa un des gardes.

— Mais... Hor..., tenta de riposter Hessi.

Un des gardes lui donna un coup de pied dans les reins. Sarê Pepy mit fin à la violence d'un geste de la main.

— Dresse-toi ! ordonna-t-il avec une grande autorité dans la voix. Dresse-toi, te dis-je !

Hessi se leva avec difficulté, redressa la tête et regarda Sarê Pepy.

— Hor...
— Qui est Hor ? demanda Sarê Pepy en questionnant du regard ses compagnons de révolte. Mon nom est Sarê Pepy ! Ce nom doit te rappeler quelque chose, non ?
— Sarê... ? Pepy... ? Le fils de...
— Eh oui, le fils de Téti, cet homme qui avait une confiance sans limites en toi. Et tu en as profité pour l'assassiner avec Ouserkarê, mon oncle indigne. La mémoire te revient-elle ?
— Mais... Ce n'est pas possible...
— Écartez ce traître de ma vue, il me donne la nausée. Il aura de la compagnie avant de faire face à la *Dévoreuse* !

La révolte ne se déroulait pas uniquement à la cour. Les hommes choisis par Sarê Pepy encerclèrent le temple de *Rê*, dont les prêtres avaient été drogués comme le personnel de la cour. Ils arrêtèrent le grand-prêtre. L'envie de mettre le feu au temple leur caressa l'esprit, mais ils n'enfreignirent pas les ordres de leur prince vénéré. Ils se contentèrent de vérifier que personne ne leur tende de guet-apens. Les prêtres eurent l'interdiction de prêcher, sur ordre du roi. Le grand-prêtre fut emprisonné dans la geôle, avec Ouserkarê et Hessi. Son emprisonnement fut annoncé au prince, satisfait.

Inenek-Inti suivit le pas rapide de son père et l'accabla de questions, restées sans réponse.
— Tais-toi un peu et marche, exigea Khoui.
Il prit la main de sa fille et la guida vers le jardin de l'entrée du palais. La soirée en voila les charmes. Elle devina deux gardes torche à la main accompagnés d'une grande et belle silhouette au centre. Khoui la laissa face à cet homme qui lui tournait le dos. Elle resta pétrifiée, sans voix, les yeux pleins d'étonnement. Sarê Pepy se retourna et fit signe à Khoui.
— Ma fille, ton époux ne se nomme pas Hor, déclara sans ménagement Khoui à Inenek-Inti qui mit les mains sur sa bouche. Il est le fils unique de notre regretté roi Téti !

Inenek-Inti se mit à pleurer, prise d'un étonnement qui dépassait l'entendement. Sarê Pepy s'avança vers elle et la serra dans ses bras.

— Ma libellule, je ne pouvais t'avouer ma véritable identité, crois-moi.

Il la prit par les épaules et la regarda tendrement.

— Mon souhait, à présent, est de rendre la grande épouse royale la plus heureuse des femmes !

Ils s'embrassèrent tout en pleurant de joie. Sarê Pepy regarda le ciel inondé d'étoiles. Il sortit de sa rêverie pour reprendre les rennes de son rang, tout en souhaitant partager son bonheur. Il s'adressa à ses gardes.

— Allez chercher ma sœur et Sennefer ! Je les souhaite à mes côtés pour fêter la libération d'*Inebou* et de *Kemet* !

À l'arrivée de Sathor, Inenek-Inti se prosterna à ses pieds.

— Redresse-toi, invita Sathor. En ce jour, c'est moi qui devrais me prosterner à tes pieds, ma Reine. Rends mon royal frère heureux, il le mérite !

53

Au petit matin, le groupe révolutionnaire fut averti de la réussite des actions par l'absence du son des cymbales qui, d'ordinaire, résonnait dans toute la ville dès l'apparition de *Rê*. Seule la vue du large et haut pyramidion de la ben-ben indiquait que le temple existait, mais sans prêche. La vie s'éveilla lentement. Les alliés de Sarê Pepy suivirent les ordres : réunir le peuple en place publique devant le palais. Les personnes, effrayées et bousculées, hurlèrent, convaincues qu'il s'agissait d'une nouvelle répression d'Ouserkarê contre le peuple. Nul ne leur donna d'explications. La grande place se remplit rapidement. Les habitants de *Men-nefer* furent inquiets de voir les gardes royaux planter deux pieux dans le sable, annonciateurs de condamnation. Les étendards de Téti flottaient à nouveau sur la façade du palais. Ceux d'Ouserkarê furent brûlés. Les chuchotements planaient en un son strident d'essaim d'abeilles. Dès le peuple regroupé, les alliés de Sarê Pepy rejoignirent le palais.

Quant au personnel domestique d'Ouserkarê, il reprit ses esprits lentement, assommé par la drogue. À son éveil, il entra dans l'incompréhension la plus totale. Le prince confia à Khoui, Sathor et Sennefer la lourde tâche de lui expliquer la situation.

Sarê Pepy s'adressa à son équipe courageuse.

— Mes amis, ensemble, aujourd'hui, nous fêtons notre victoire ! Sans vous, jamais je n'aurais pu agir. Je comprends votre surprise. Pardonnez mon silence lors de notre réunion, mais je ne souhaitais pas vous révéler mon identité, avoua Sarê Pepy.

— Qui es-tu vraiment ? interrogèrent les courageux révoltés.

— J'étais jeune. Mon père avait choisi Mérerouka et Meri-Téti pour lui succéder. Le pouvoir ne m'intéressant pas, j'avais pris alors la décision de consacrer ma vie à notre dieu *Osiris* et je suis parti à Abydos.

— Lorsque tu es venu me soigner, ton visage m'était familier, je comprends mieux. Tu ressembles tellement à notre regretté roi, Téti ! déclara Nikarê.

Sarê Pepy prouva son identité en montrant sa bague au sceau royal et poursuivit ses explications.

— Voyez, mes amis, ma cicatrice, précisa-t-il. Lorsque j'étais enfant, Ouserkarê, ce traître, avait mandaté un archer pour qu'il m'abatte en *Shemaou.*

— Quelle horreur..., s'offusqua l'assemblée.

— À Abydos, mon esprit était consacré à vénérer notre dieu *Osiris*. Après la mort de mon père, je me suis résigné, malgré tout, à rester auprès de mes frères. Nous ne savions pas ce que vous enduriez, jusqu'au jour où un courageux prêtre d'*Osiris* nous informa des ordres d'Ouserkarê de piller le Trésor. Le grand-prêtre d'Abydos, sachant qui j'étais, m'avait ordonné de quitter le temple pour sauver ma vie et de venir ici pour tenter de vous libérer, délivrer *Kemet* et faire renaître notre culte. J'ai dû rapidement me faire une place dans la grande ville et jouer de sagesse pour atteindre la cour. Et me voici devant vous pour que nous organisions notre revanche.

— Gloire à notre prince ! Gloire à toi, Sarê Pepy ! acclamèrent les membres de la rébellion.

— Sachez que dès à présent vous faites partie de ma cour. Vous serez gratifiés d'un poste qui vous conviendra, nous resterons ensemble, unis, pour veiller sur la prospérité du pays. Sortons ! Montrons notre courage au peuple d'*Inebou* et de *Kemet* ! Ma Reine, reste près de moi ! Toi aussi Khoui ! Ma sœur, viens à mes côtés.

Toute la cour se tint sur le perron du palais. Le prince choisit de féliciter le courage des membres de son équipe par leur présence à ses côtés. Ses courageux alliés venant du peuple, le prince désirait leur prouver son affection. Sarê Pepy leva le bras, ordonnant l'ouverture des portes du palais. Il s'était coiffé du *pschent* et paré de la barbe postiche. Autour de son cou pendait le pectoral de Téti que Sathor avait conservé précieusement. Il prit place sur le trône.

Les portes s'ouvrirent en grinçant. Sarê Pepy et son équipe eurent vue directement sur les deux pieux. Le peuple se fit soudainement silencieux, même les chiens errants n'aboyèrent plus. À la surprise générale, ce n'était pas Ouserkarê sur le trône mais le médecin royal. Tous se regardèrent, stupéfaits.

— Mais... C'est Hor, le médecin du roi ! s'étonnèrent certains.

— Regardez les fanions du palais, ils ont été changés ! remarqua un observateur.

— C'est... Ce sont ceux de Téti ! reconnut un vieillard dont le visage refléta une joie nostalgique.

Sarê Pepy se leva et le silence revint.

— Peuple de *Men-nefer* ! Peuple d'*Inebou* ! Peuple de *Kemet* ! Vous avez été trahis durant ces années où Ouserkarê a pris, a volé le trône royal à Téti, Téti mon père ! Oui, je suis son fils, Sarê Pepy, mon sceau royal l'atteste !

— Oh..., s'étonna la foule. Ce n'est pas possible... Ce n'est pas croyable...

Sarê Pepy invita Sathor et Inenek-Inti à s'approcher de lui.

— Votre Reine est ma sœur ! Je sais qu'elle tient une grande place dans votre cœur et à compter de ce jour, son rôle sera de vous aider dans votre quotidien. D'aider les vieillards ! D'aider vos enfants à s'instruire !

— Sarê Pepy est bon ! Pepy est bon ! acclama le peuple, paroles qui émurent le nouveau roi qui réclama le silence d'un geste de la main.

— Je vous présente votre nouvelle reine, mon épouse Inenek-Inti qui partagera les tâches avec ma sœur et sera toujours à votre écoute !

— Pepy est bon ! Pepy est bon !

Les deux jeunes femmes se reculèrent, Sarê Pepy avança vers la foule encadré par ses quatre fidèles gardes. Le peuple de *Men-nefer* n'avait jamais eu l'honneur de voir d'aussi près un de ses souverains. La prestance du prince était digne d'un roi, elle reflétait l'autorité et la bonté à travers son visage rond, sa bouche souriante de nature et son regard plein de bonté comme celui de son père. Il leva les bras et les rabaissa ; d'autres gardes royaux répondirent au signal et allèrent chercher les deux prisonniers. Pendant ce temps, Sarê Pepy expliqua sa prise de pouvoir et sa raison. Le peuple fut abasourdi par les révélations. Trahi, à la vue d'Ouserkarê et de Hessi, ligotés, traînés sans ménagement, le peuple cracha par terre. Les enfants se moquèrent d'Ouserkarê souillé par sa diarrhée et dont la puanteur écœura tout le monde. Les regards reflétèrent une grande haine. De la foule, une pierre lancée heurta la tête du traître. Sarê Pepy laissa les gardes royaux attacher fermement les accusés à leur pieu respectif.

— Vois mon peuple ! Regarde ! Tu as en face de toi les criminels de mon père, votre regretté Téti le Bon, Téti le

Juste ! *Maât* doit rendre justice et vous tous en serez témoins. Ces assassins immondes n'auront pas leur place dans la *Douat*, mais seront avalés par la *Dévoreuse* pour que *Kemet* vive en paix ! Khoui ! appela Sarê Pepy.

Son beau-père vint à sa rencontre. À sa tenue vestimentaire, le peuple comprit qu'il était leur nouveau vizir.

— Khoui, donne la dague à Nefer !

Nefer, le garde que Sarê Pepy avait jugé le plus courageux, prit l'arme et serra le manche. Le prince l'invita à le suivre. Ils se postèrent devant Hessi qui pleurait et suppliait la clémence de Sarê Pepy.

— L'entendez-vous ? Il pleure comme un nouveau-né !

Le peuple éclata de rire.

— Tu oses faire appel à la clémence de ton roi ? Jamais tu ne l'obtiendras. Avant ta mort, sache que ton gras nourrira les vautours ! Finissons-en ! ordonna Sarê Pepy.

La lame aiguisée égorgea Hessi en un geste franc. Le peuple acclama l'exécution, les hommes portèrent leurs jeunes enfants pour leur montrer la scène sordide et la force du roi. Tandis que Hessi se vidait de son sang, les deux hommes s'avancèrent et s'arrêtèrent devant Ouserkarê. L'effroi se lisait sur son visage.

— Aurais-tu peur, Ouserkarê ? Vois-tu, tu me fais de la peine, vraiment. Mais je ne suis pas d'humeur à perdre mon temps avec toi, déclara Sarê Pepy qui fit signe à Nefer d'en finir.

Nefer se posta derrière Ouserkarê et bascula la tête de l'accusé en arrière en le tirant par les cheveux. La lame était encore chaude du sang de Hessi lorsqu'elle se posa sur la gorge d'Ouserkarê. Soudain, la foule en pleine effervescence se tut quand le nouveau roi mit la main sur celle de Nefer. Sarê Pepy approcha son visage de celui de son oncle, le forçant à le fixer et à supporter son regard vengeur, dur comme le granit.

— As-tu regardé mon père de la sorte avant de le poignarder ? Avant de le découper en quatorze morceaux ?

hurla Sarê Pepy. Tu es trop lâche pour cela, tu préfères violer sa fille, n'est-ce pas ?

Les yeux de Sarê Pepy se gorgèrent de sang, puis il se reprit.

— Mais, tu es mon oncle... Devrais-je te pardonner... ?

— Par *Maât*, il ne va pas l'épargner tout de même, s'inquiéta la foule.

— Quelle décision dois-je prendre, mon cher oncle ?

— À mort ! À mort ! hurla la foule.

— Alors, que dois-je faire, Ouserkarê ?

— Tu n'es qu'un être stupide, digne de ton père, insulta Ouserkarê d'une voix pleine de haine, aussi rauque que le cri d'un vautour, mais dépourvue de noblesse.

Avec sang froid, d'un geste énergique, Sarê Pepy arracha la dague de la main de Nefer, s'en saisit et planta la lame dans le cœur d'Ouserkarê sans le quitter des yeux. Les deux hommes se firent front d'un regard glacial, et ce dans le plus grand silence. Sarê Pepy n'ôta l'arme du corps qu'une fois la mort constatée. Il leva alors la lame ensanglantée et la montra à son peuple euphorique.

— Pepy est bon ! Pepy est juste !

— Mon peuple ! Pour l'amour d'*Osiris*, tel *Horus*, j'ai vengé la mort de mon père et vous délivre de *Seth* en personne. Je déclare *Men-nefer* capitale de *Kemet* ! Je vous promets une vie heureuse. Je redonne au culte d'Osiris sa digne place et le déclare culte primordial !

En balayant du regard la foule amassée autour de lui, il reconnut trois visages, jeunes. Il les fixa pensant à une hallucination. Ces trois visages lui sourirent et présentèrent un regard plein de respect. Il avait devant lui trois prêtres d'Abydos, rescapés du massacre. Le culte d'*Osiris* était prêt à reprendre les rennes et à veiller sur le pays.

Le peuple en liesse profita de trois jours fériés et festifs.

Dès le lendemain des condamnations, Sarê Pepy fit marteler toutes les représentations de Hessi et de Shem Kuimptah sur les murs de leur tombe afin de les priver d'une vie éternelle. Il ordonna l'arrêt des travaux de la demeure d'éternité d'Ouserkarê. Chaque pierre devait être récupérée pour construire de nouvelles habitations dans *Men-nefer*. Quant aux corps des assassins, celui de Hessi servit de festin aux vautours, tandis que celui d'Ouserkarê fut traîné par des bœufs jusqu'au cœur du désert du Couchant et laissé aux charognards ; souhaitant voir ses exigences suivies à la lettre et les portes de la *Douat* jamais ouvertes à ce traître, Sarê Pepy avait mené le macabre cortège.

De retour à *Men-nefer*, Sarê Pepy exigea qu'on lui menât le grand-prêtre de *Rê*.

Ligoté, souillé, le prisonnier se présenta devant le roi. Restant immobile, un garde lui fit plier les jambes d'un coup de bâton. Le grand-prêtre tomba à genoux.

— Toi, Grand-Prêtre de *Rê*, comment as-tu osé comploter contre mon père ? questionna Sarê Pepy, d'un ton autoritaire.

— Je ne sais pas... Pardonne-moi...

— Mon Roi ! corrigea un garde.

— Mon Roi, répéta le grand-prêtre.

— Mon père n'a jamais lésé le temple de *Rê*, même en privilégiant celui d'*Osiris*, précisa le fils de Téti. Te pardonner ? Comment le pourrais-je ?

— Mon Roi...

Le prince marqua une pause. Certes, sa spiritualité se portait vers *Osiris*, mais il ne pouvait dénigrer *Rê*, ce dieu indispensable à toutes vies terrestres. Il repensa à ses années passées à Abydos. Oter la vie à un prêtre lui était insupportable. Il ne voulait pas répondre à la violence par la violence.

— Lève-toi ! ordonna-t-il au grand-prêtre. Regarde-moi !

Malgré sa haine, Pepy lut de la bonté sur le visage du prisonnier.

— Scribes, notez mes paroles ! Moi, Pepy, Sarê Pepy, Hor Mery Taouy, « *Horus* l'aimé des Deux Terres », laisse la vie sauve au grand-prêtre de *Rê* ! Libérez-le !

L'annonce surprit tout le monde. Le grand-prêtre rampa et baisa les sandales royales. Sarê Pepy poursuivit.

— Moi, Nefersahor, « *Horus* est parfait de protection », Mérirê, « l'aimé de *Rê* », je reviens sur ma récente décision et proclame les cultes d'*Osiris* et de *Rê* primordiaux ! Je condamnerai sévèrement tous conflits cultuels. Mes paroles ont été guidées par *Maât*, pour l'amour d'*Osiris* !

Le cœur libéré, Pepy alla rejoindre la délicate Inenek-Inti dans ses appartements aménagés à ses goûts sans excès. Elle eut des difficultés à se remettre des émotions et à admettre que son époux, ce jeune homme qu'elle avait taquiné sur la rive du fleuve, était en réalité le prince de *Kemet*. Lorsqu'elle vit son mari, vêtu de ses apparats royaux, elle se figea. Devait-elle se prosterner ? Se mettre à genoux devant lui ? Elle alla se baisser lorsque Pepy l'en empêcha.

— Tu n'es pas une simple dame de *Kemet*, ma libellule, mais la reine des Deux Terres ! Viens avec moi.

Ils s'assirent dans le jardin, blottis l'un contre l'autre. Inenek-Inti posa sa tête contre son époux. D'une voix douce, en contradiction avec sa vaillante et grande prestance, Pepy rassura l'amour de sa vie.

— Je protègerai *Kemet* de tous les maux, ma libellule. Enfant, j'avais quitté le palais, ne souhaitant pas régner, et pourtant me voici de retour pour venger le meurtre de mon père et lui succéder. C'est étrange la destinée, n'est-ce pas ?

— Sache que ton père est fier et veille sur toi. Mon Roi, mon amour, tu es un homme merveilleux. Ton cœur est grand et tu sauras rendre ton peuple heureux. Nos enfants grandiront dans un pays où il fait bon vivre.

— Nos enfants... Oui !

Le couple s'étreignit, bercé par son amour et son cœur léger, libéré de *Seth* pour l'amour d'*Osiris*.

***

Pepy régna sur *Kemet* une trentaine d'années et y instaura de grands changements administratifs. Inenek-Inti prit le nom d'Ankhêsenpepy et mit au monde Mêrenrê qui succéda à son royal père, Pepy.

De nos jours, la sépulture et la dépouille d'Ouserkarê restent introuvables.

Akhet : Première saison du calendrier nilotique, périodes d'inondations. Les crues se déroulaient de mi-juillet à mi-novembre.
Akh : force spirituel de l'âme du défunt.
Am-douat - *Douat* : l'au-delà.
Amon : « Le caché ». Dans l'Ancien Empire, ce dieu n'était pas « le dieu de tous les dieux » mais associé à *Rê*, il représentait le dieu solaire. Epoux de *Mout* et père de Khonsou.
Ankh : croix ansée dont le symbole hiéroglyphique signifie « vie ».
Anubis : dieu des embaumeurs et de la momification. Représenté avec une tête de chacal et de couleur noire symbole du bitume dont les défunts étaient recouverts.
Ba : âme du défunt à la forme d'oiseau à tête humaine.
Bastet : divinité représentée sous les traits d'une femme à tête de chat, protectrice du foyer, incarnation de la féminité.
Bès : génie familier et bienfaiteur, protecteur du foyer, repoussant les mauvais esprits. Représenté en nain barbu à la langue pendante.
Chemou : troisième et dernière saison du calendrier nilotique, période de la moisson, précédant la crue. De mi-mars à mi-juillet.
Chesmou : Dieu pressoir, divinité du vin, des huiles, des parfums, des onguents, représenté en homme ou en lion les bras chargés de jarres.
Coudée royale - *meh* : 0,525 mètre, longueur correspondant à la distance du bout de l'index au coude.
Dévoreuse : appelée Ammout. Animal effrayant qui dévore les défunts au cœur plus lourd que la plume de *Maât* lors de la psychostasie face à *Osiris*.
Djed : pilier de la stabilité, symbole d'*Osiris*.
Djedmedou : formules magiques destinées à protéger le défunt et lui permettre de renaître dans l'au-delà.
Douat - *Am-douat* : l'au-delà.

Geb : dieu-terre qui, avec *Nout*, créa le soleil *Rê*.
Hâpy : Dieu du Nil, représenté en personne androgyne, vénéré pour des crues abondantes et la fertilité des terres.
Hathor : Déesse des festivités, de l'amour, de la musique, de la danse, représentée avec une tête de vache.
Horizon : anti-chambre.
Heb Sed : jubilé du souverain aux trente ans de règne.
Horus : divinité représentée en faucon. Fils d'*Osiris* et d'*Isis*, il vengea la mort de son père.
Horus Netjérierkhet : Djoser.
Imehou sekou : les étoiles, appelées aussi les *Infatigables*.
Inebou : Memphis.
Inebou Hedj : "Le mur blanc", centre administratif de l'Égypte dans l'Ancien Empire.
Infatigables : les étoiles, symboles de l'âme des défunts.
Itérou : le Nil.
Itou neter : les prêtres divins.
Isis : divinité représentée en femme avec le symbole d'un petit siège sur la tête. Épouse et sœur d'*Osiris*, mère d'*Horus*. Représentation de l'épouse fidèle même dans la mort et de la mère dévouée.
Jugement : psychostasie, jugement de l'âme du défunt devant Osiris où le cœur du mort doit être aussi léger que la plume de *Maât*.
Keben : le Liban.
Kemet : l'Égypte.
Kheper : ou Khépri, Kheperou, représenté par un scarabée signifiant « venir à l'existence », « être », « devenir ». Symbole du culte solaire, de la renaissance de *Rê* chaque jour nouveau.
Khnoum : représenté en homme à tête de bélier. Il est la puissance génératrice et assure la fécondité des troupeaux.
Khoufou : Khéops.
Koush : au sud de l'Égypte, royaume étendu du Soudan à la Nubie actuels.
Maât : déesse de la rectitude, de la Justice, fille de *Rê*, elle porte une plume sur la tête.

Meh - coudée : 0,525 mètre, longueur correspondant à la distance du bout du majeur à la pointe du coude.
Ménat : grand collier de perles servant aussi d'instrument de musique, de crécelle.
Mesdemet : le khôl.
Mésori : « la naissance de *Rê* », douzième mois du calendrier nilotique, quatrième mois de *Chemou.*
Min : dieu de la reproduction, de la fertilité végétale, animale, humaine, représenté en homme avec un bras et un pied en moins, et un pénis exagérément long en érection.
Mout : la mère, la femme, elle symbolise la maternité. Représentée par une femme coiffée d'une couronne blanche, d'un vautour ou d'une tête de lionne.
Nefertoum : fils de *Ptah* et *Sekhmet*, représenté par un jeune garçon avec une fleur de lotus sur la tête.
Némès : coiffe au tissu rayé à la verticale, aux pans retombant sur les épaules.
Nout : divinité du ciel, de la voûte céleste, mère de tous les astres. Représentée en femme nue, courbée sur la Terre, souvent recouverte d'étoiles, les bras pendant vers le couchant, les pieds du côté du levant.
Osiris : époux et frère d'*Isis*, père d'*Horus*. Divinité représentée étroitement enveloppée dans un linceul blanc dont seule la tête apparaît sans bandage, de couleur verte, sceptre et flagellum à la main, et coiffée de la couronne atef (couronne blanche de la Haute-Égypte flanquée de deux plumes). Symbole de la végétation, il est le dieu de la continuité, de la vie éternelle après la mort.
Ouabet : « la place pure », la salle d'embaumement.
Ouaouat : région de la Basse-Nubie se situant entre les deux premières cataractes du Nil.
Oudjat : l'œil d'*Horus*, symbole protecteur, victoire du bien contre le mal.
Our-maou : grand voyant.
Oushebti : petite statuette funéraire ayant pour le devoir de servir le défunt et de l'aider dans ses tâches quotidiennes.

Peret : période de la germination, décrue du Nil, de mi-novembre à mi-mars, saison la plus froide.
Pésédjet : « groupe des neuf », Ennéade, les neuf divinités primordiales.
Pschent : nom grec de « Skhemty », la double couronne royale. La couronne blanche « Hedjet » symbole de la Haute-Égypte posée dans la couronne rouge « Decheret » de la Basse-Égypte.
Ptah : « créateur de Memphis », dieu des artisans et des architectes, patron de la construction, de la sculpture, de la métallurgie, des menuisiers. Dieu important avec *Rê* dans l'Ancien Empire. Il se doit de préserver l'univers et la royauté. Représenté engoncé dans une gaine, le crâne rasé coiffé d'une calotte, le pilier Djed dans les mains, il est la Connaissance.
Rê : dieu solaire, divinité primordiale représentée par un corps d'homme à tête de faucon coiffé du disque solaire.
Reri : porc.
Sekhmet : « la puissante », divinité représentée en femme à tête de lionne, déesse des médecins, elle symbolise la guérison.
Senet : jeu très répondu ressemblant un peu aux échecs.
Sepet : ou Sothis, correspondant à Sirius, l'étoile principale de la constellation du Grand Chien.
Serabit el Khadim : montagnes aux mines de turquoise dans le Sinaï.
Serdab : pièce fermée se trouvant dans les complexes funéraires dans l'Ancien Empire, où se trouvait la statue représentant le défunt. Un à deux trous sur une façade y étaient façonnés laissant apercevoir la statue.
Seth : Frère d'*Osiris*, d'*Isis* et Nephtys, oncle d'*Horus*, divinité du désert. Homme représenté avec la tête d'un chacal aux oreilles épointées. Agressif, il est le mal.
Shemaou : la Haute-Égypte - Tamehou, la Basse-Égypte.
Shou : divinité de l'Ennéade. Dieu de l'atmosphère, de l'air, représenté par un homme barbu avec une plume dans les cheveux, se tenant aux côtés de *Nout* et *Geb*.
Sinou : médecin.

Sobek : divinité représentée par un homme à tête de crocodile couronnée soit par deux plumes soit par le disque solaire et l'uraeus. Il est le dieu des marais.
Taouret : « la grande », divinité représentée en hippopotame, déesse protectrice des accouchements et symbole de la mère protectrice.
Thot : dieu lunaire à la forme d'ibis ou de babouin. La palette et le calame en main, il est le protecteur des scribes.
Tjaty : le vizir.

Précision : Dans la scène de l'embaumement du vizir Kagemni, ne sont pas précisées l'immolation et l'extraction de son cerveau, ces processus ne s'effectuèrent qu'à partir de la XVIIIème dynastie.

Je remercie tout particulièrement Jean-Marc pour sa grande patience et ses conseils pertinents.

34801015R00129

Printed in Great Britain
by Amazon